쥐덫

쥐 덫

1994년 5월 15일 초판 1쇄 발행
2023년 5월 1일 2판 중쇄 발행

지은이　애거서 크리스티
옮긴이　유명우
펴낸이　이경선
펴낸곳　해문출판사

등록　1978년 1월 28일 제3-82호
주소　서울시 강남구 테헤란로216 5층 151호(역삼동, 신웅타워)
전화　325-4721
팩스　0502-989-9473

값 12,000원

ISBN 978-89-382-0103-4
ISBN 978-89-382-0100-3 (세트)

※잘못 만들어진 책은 구입하신 곳에서 바꾸어 드립니다.

AGATHA CHRISTIE
쥐덫

애거서 크리스티/유명우 옮김

해문출판사

차 례

쥐덫 • 9
이상한 사건 • 113
줄자 살인사건 • 132
모범하녀 • 153
관리인 노파 • 173
4층 아파트 • 194
조니 웨이벌리의 모험 • 222
스물네 마리의 검은 티티새 • 242
연애탐정 • 263

☐ 작품해설 • 296

The Mousetrap

Copyright ⓒ 1975 Agatha Christie Ltd.

Korean translation edition is published by arrangement with
Agatha Christie Ltd., a Chorion group company.

이 책은 Agatha Christie Ltd., a Chorion group company와
적법한 계약을 통해 출간되었습니다.
저작권법에 의해 한국 내에서 보호를 받는 저작물이므로
무단 전재와 무단 복제를 금합니다.

The Mousetrap

쥐 덫

무척이나 추운 날씨였다. 하늘은 어두컴컴하게 찌푸린 채 눈이 올 듯 무겁게 가라앉아 있었다.

검은 외투를 입고 목도리로 얼굴을 감싼 한 사나이가 모자를 깊숙이 눌러쓰고 런던의 컬버 가(街)를 따라 걸어가고 있었다. 74번지에 다다르자, 그는 현관 계단을 올라가서 초인종을 누르며 집 안에 울리는 초인종 소리에 귀를 기울였다.

그 때 주방에서 바쁘게 설거지를 하고 있던 케이시 부인은 계속 울리는 초인종 소리를 들으며 신경질적으로 말했다.

「아휴, 시끄러워! 도대체 쉴 사이가 없다니까.」

그녀는 물묻은 손을 닦고 숨을 가쁘게 쉬며 아래층 계단을 힘겹게 내려가서 문을 열었다.

문 밖에는 낮게 드리운 하늘을 배경으로 한 남자가 서 있었다. 그는 케이시 부인에게 쉰 듯한 작은 목소리로 물었다.

「라이언 부인이십니까?」

「아니에요. 라이언 부인은 3층에 살아요. 올라가 보세요. 그런데,

오신다는 연락을 미리 하셨나요?」

케이시 부인이 묻자, 그 남자는 천천히 고개를 저었다.

「아, 그러세요? 하지만 괜찮아요. 올라가서 노크해 보세요.」

케이시 부인은 그 남자가 낡아빠진 카펫이 깔린 계단을 올라가는 것을 바라보았다.

나중에 그녀는, '이상한 기분이 들었어요.' 하고 말했다. 그러나 그때는 그 남자가 심한 감기에 걸려서, 그렇게 속삭이듯 작고 쉰 목소리로 말할 수밖에 없었나 보다라고만 생각했었다고 말했다. 사실 그렇게 생각할 정도로 날씨가 추웠기 때문이다.

그 남자는 계단이 꺾여지는 곳에 이르자, 낮고 부드러운 소리로 휘파람을 불기 시작했다. 그것은 '세 마리의 눈먼 쥐'라는 노래의 멜로디였다.

몰리 데이비스는 길 쪽으로 몇 걸음 물러서서 출입문 옆에 걸린 새로 칠한 간판을 올려다보았다.

고급 하숙집
몽스웰 여관

몰리는 만족한 얼굴로 고개를 끄덕였다. 간판은 전문가의 솜씨 못지않게 훌륭했다. '하숙집'이란 글씨의 뒷부분이 약간 위로 올라갔고, '여관'이란 글자가 조금 작게 쓰여지긴 했지만, 전체적으로 봐서 자일즈는 훌륭한 간판을 만들었던 것이다. 몰리의 남편인 자일즈는 정말 솜씨가 좋았고, 못 하는 일이 없었다. 몰리는 남편이 새로운 솜씨를 발휘할 때마다 깜짝 놀라곤 했다. 남편은 자기 자신에 관한 이야기를 거의 하지 않았기 때문에, 몰리는 남편이 지니고 있는 여러 가지 재능을 하나씩 알 때마다 놀랍기만 했다. 사람들이 해군 출신을 '솜씨 있는 사람'이라고 말하는 이유를 알 것 같았다.

남편이 지닌 재능은 이제부터 그들 부부가 시작할 새로운 사업에 꼭 필요할 것이 분명했다. 몰리와 자일즈 부부는 하숙집을 운영하는 일에 대해서는 아는 것이 전혀 없었다. 그러나, 해 볼 만한 일인 것 같았다. 그리고, 하숙집을 운영하게 되면 그들이 살 집 문제도 저절로 해결되는 것이었다.

하숙집을 해 보자는 것은 몰리의 생각이었다. 어느 날, 캐서린 아주머니가 몰리에게 몽스웰 저택을 유산으로 남겨 주었다는 사실을 변호사가 알려 주었다. 그래서 젊은 부부인 몰리와 자일즈는 당연히 그 저택을 팔아야겠다고 생각했다.

「어떤 저택이지?」 하고 자일즈가 물었을 때 몰리가 대답했다. 「크고 넓고 오래 된 집이에요. 집 안에는 빅토리아 풍의 구식 가구들로 가득차 있어요. 정원은 그래도 괜찮은 편이긴 하지만, 전쟁(제2차 대전) 이후로 잡초가 무성하게 자랐답니다. 정원사라고는 늙은 노인 한 사람밖에 없었거든요.」

그들은 저택을 팔려고 내놓았다. 그 대신 그들 두 사람에게 알맞은 작은 집이나 아파트에 필요한 가구만 갖기로 했다.

그런데 두 가지 어려운 문제가 생겼다. 첫째는 작은 집이나 아파트를 구할 수 없었고, 둘째는 저택에 있는 가구들이 엄청나게 많아서 도저히 다 처치할 수가 없다는 것이었다.

「그렇다면 가구까지 전부 팔아 버리면 되죠. 팔 수 있을 거예요.」

몰리가 말했다.

변호사도 요즘에는 무엇이든지 팔 수 있을 것이라고 장담을 했다.

「아마 누군가가 호텔이나 고급 하숙집으로 쓰려고 그 저택을 살 겁니다. 그렇게 되면 집 안의 가구도 전부 사게 될 겁니다. 다행스럽게도 그 저택은 손질이 잘 되어 있거든요. 돌아가신 에모리 양께서 전쟁이 나기 직전에 대대적인 집수리를 해서 현대적으로 만들어 놓으셨지요. 손볼 데가 거의 없습니다. 전쟁 뒤에도 아주 훌륭하게 그대로 남아 있습니다.」

바로 그 때 몰리가 이렇게 말했던 것이다.

「여보, 우리가 하숙집을 해 보면 어떨까요?」

처음에 남편은 몰리의 생각이 터무니없다고 말했다. 그러나 몰리는 남편을 계속 설득했다.

「처음부터 손님을 많이 받을 필요는 없어요. 그 저택은 하숙집으로 쓰기에는 안성맞춤이에요. 목욕탕에는 찬물과 더운 물이 나오고, 중앙난방시설도 되어 있어요. 또, 가스 조리대도 있고요. 그리고 우리가 닭과 오리를 기르면 달걀도 구할 수 있고, 채소를 직접 재배하면 반찬값도 많이 절약할 수 있거든요.」

「그런 일들을 전부 누가 하지? 요즘에는 일하는 사람을 구하기도 어려운데.」

「우리가 해야죠. 어디에 살더라도 그런 일은 우리가 하게 마련이니까요. 하숙집을 시작할 때쯤이면 일하는 여자를 한 명 정도 구할 수도 있을 거예요. 일할 사람을 많이 둘 필요는 없어요. 손님을 다섯 명만 받으면 한 사람이 일 주일에 7기니를 낼 테고······.」

이렇게 말하며 몰리는 희망에 찬 설계를 했다.

「그리고 이런 생각도 해 보세요, 여보. 그 저택은 우리 집이에요. 그 집에 있는 물건도 전부 우리 것이고요. 우리 힘으로 우리 집을 마련하자면 앞으로 몇 년이나 걸리지 않겠어요?」

그것은 사실이었다. 자일즈도 그 사실을 인정했다. 그들 두 사람은 서둘러서 결혼을 한 뒤 지금까지 일 때문에 함께 지낸 적이 거의 없었기 때문에, 그들만의 집을 가지고 정착하고 싶은 심정이 간절했다.

이렇게 해서 그들은 하숙집을 경영하는 큰일을 시작하게 되었던 것이다. 지방 신문과 '타임즈'지에 하숙집 광고를 냈더니, 손님들로부터 많은 문의 편지가 왔다.

그리고 오늘, 첫번째 손님이 도착하기로 되어 있었다. 자일즈는 철망을 싸게 판다는 광고를 보고서, 그것을 사기 위해 아침 일찍 차를 몰고 반대편 지역으로 떠났다. 몰리는 필요한 물건을 몇 가지 사야 하기 때문에 시내에 나갔다 와야겠다고 남편에게 말했었다.

모든 일이 순조롭게 되어갔는데, 단 한 가지 문제는 날씨가 좋지 않다는 것이었다. 지난 이틀 동안 날씨가 무척 추워지더니 급기야 눈이 내리기 시작했던 것이다. 몰리는 서둘러서 집으로 향했다. 휘날리는 눈송이가 방수복을 입은 몰리의 어깨와 윤기 있는 고수머리에 내려와 앉았다. 일기 예보는 마음을 우울하게 했다. 많은 눈이 내릴 것이라는 내용이었다.

몰리는 수도관이나 하수도가 얼어 버릴까 봐 걱정이 되었다. 하숙집을 시작하자마자 그런 일이 생긴다면 정말 큰일이다. 몰리는 손목시계를 보았다. 차마시는 시간이 벌써 지나 있었다. 남편이 돌아왔을까? 내가 어디에 간 걸까 하며 걱정하고 있는 건 아닐까?

「잊은 물건이 있어서 시내에 다시 갔었어요.」라고 말해야겠다는 생각을 했다. 그러면 남편은 웃으며 이렇게 말할 것이다.

「통조림을 더 사러 갔었나?」

통조림에 관한 이야기는 그들 두 사람 사이에 통하는 농담이었다. 가난했을 때 그들은 통조림 식량이 바닥이 나지 않도록 항상 조심했었다. 지금은 만일의 경우에 대비해서 식료품 저장소에다 통조림 식량을 가득 채워 두고 있었다.

몰리는 얼굴을 찡그리고 하늘을 쳐다보며, 이제 곧 그 만일의 경우가 닥칠 것 같다고 생각했다.

몰리가 집에 도착해 보니 아무도 없었다. 남편도 아직 돌아오지 않았다. 몰리는 우선 부엌에 갔다가 위층으로 올라가서, 손님을 맞기 위해 준비해 놓은 방들을 둘러보았다.

기둥이 네 개인 큰 침대와 마호가니(열대 식물의 일종) 가구로 장식된 남쪽 방은 보일 부인에게 주고, 떡갈나무 가구가 있는 푸른 벽지의 방은 메트카프 소령에게 줄 것이며, 밖으로 튀어나온 창이 달린 동쪽 방은 렌 씨에게 줄 것이다. 방들은 모두 훌륭해 보였다. 캐서린 아주머니가 그렇게 많은 린네르 천을 남겨 준 것은 정말 다행스럽고 고마운 일이었다. 몰리는 제자리에 놓인 이불을 한번 톡톡 두드려 보고는 다시 아래층으로 내려왔다.

밖은 거의 어두워지고 있었다. 집이 너무나 조용하고 텅빈 듯한 기분이 느껴졌다. 그 집은 마을에서 3km나 떨어져 있는 외딴집이었다. 몰리가 말하듯 세상으로부터 3km나 떨어져 있었다.

몰리는 전에도 집에 혼자 있었던 적은 있었지만, 지금처럼 절실하게 혼자뿐이라는 느낌이 든 적은 없었다.

밖에서는 눈송이가 바람에 날리며 창틀에 부딪치고 있었다. 그 소리는 속삭이는 듯하면서도 불안하게 들려 왔다. 만일 남편이 오늘밤에 돌아오지 못한다면 어떡하나? 눈이 너무 많이 쌓여서 자동차가 다닐 수 없게 된다면 어떻게 하지? 만일 이 집에서 며칠 동안 혼자 지내야 한다면 어떻게 할까?

몰리는 주방을 둘러보았다. 넓고 편안한 주방이었다. 덩치가 크고 마음씨 좋은 주방장이 요리를 하고, 몰리가 딱딱한 케이크와 차를 마시며 턱을 움직이고 있을 때 키가 크고 나이든 가정부가 식탁 한쪽에 서서 식사 시중을 들고, 자기보다 나이가 많은 하녀들의 눈치를 보며 눈을 동그랗게 뜬 식모와, 통통하고 얼굴이 발그레한 하녀가 식탁의 다른 한쪽에 서 있다면 참 잘 어울릴 그런 주방이었다. 하지만, 지금

새롭게 시작한 일을 서툴게 하고 있는 것은 몰리 데이비스 혼자뿐이었다.

이 순간, 몰리는 자신의 인생이 현실이 아닌 것처럼 느껴졌다. 남편의 존재도 비현실적으로 생각되었다. 몰리는 자신이 마치 연극을 하고 있는 기분이었다.

그 때 어떤 그림자가 창 밖을 스치고 지나갔다. 몰리는 깜짝 놀라 의자에서 일어났다. 낯선 남자가 눈 속에서 다가오고 있었다. 옆문이 덜컹거리는 소리가 난 다음, 그 낯선 남자가 문간에 서서 눈을 털어내고는 몰리가 혼자 있는 집 안으로 걸어 들어왔다.

그 때 갑자기 몰리의 환상이 사라졌다.

몰리가 소리쳤다.

「어머, 당신이군요! 당신이 돌아와서 정말 기뻐요!」

「이제야 돌아왔어. 지독한 날씨군. 몸이 꽁꽁 얼었어.」

자일즈는 발을 구르며 손가락에다 입김을 호호 불었다.

자일즈가 언제나 하는 버릇대로 외투를 벗어 떡갈나무 옷장에 획 내던지자, 몰리도 습관적으로 그것을 집어 옷걸이에 걸었다. 그리고 외투 주머니에서 목도리와 신문, 둥글게 감은 끈뭉치를 꺼내고, 아침에 서둘러 집어넣었던 우편물들도 꺼냈다. 몰리는 주방으로 가서 쇼핑한 물건을 찬장과 조리대 위에 놓고 가스 레인지에 주전자를 올려 놓았다.

「철망은 샀어요? 당신이 오랫동안 고대하던 물건 말이에요.」

몰리가 물었다.

「내가 원하는 물건이 아니었어. 우리에게 소용없는 것이었으니까. 싸게 파는 다른 곳에도 가 봤지만 그것도 좋은 물건이 아니었어. 당신은 오늘 하루 종일 뭘 하며 지냈지? 아직 손님이 아무도 오지 않은 것 같은데.」

「보일 부인은 내일 도착한다고 연락이 왔어요.」
「메트카프 소령과 렌 씨는 오늘 도착한다고 했지?」
「메트카프 소령도 내일 온다는 엽서를 보냈더군요.」
「그렇다면 렌 씨와 우리 두 사람이 저녁을 먹게 되겠군. 렌 씨는 어떤 사람일 것 같아? 내 생각엔 퇴직한 공무원일 것 같은데.」
「나는 예술가일 것 같아요.」
「그가 예술가라면 만일의 경우에 대비해서 일 주일치 하숙비를 미리 받아야겠는걸.」
「그럴 필요는 없어요. 손님들은 짐을 가지고 올 테니까, 만일 하숙비를 내지 않으면 하숙비 대신 그 짐을 우리가 맡으면 될 거예요.」
「하지만, 짐 가방 속에 신문지로 싼 돌멩이만 가득차 있으면 어쩌지? 여보, 우린 사실 이런 일을 처음 하기 때문에 모르는 게 많아. 손님들이 우리가 하숙집을 처음 시작한다는 것을 눈치채지 못했으면 좋겠는데.」
「보일 부인은 눈치를 챌 거예요. 그 여자는 눈치가 빠른 사람이거든요.」
「당신이 그걸 어떻게 알지? 그 여자를 본 적도 없잖아?」
몰리는 몸을 돌리고 신문지를 식탁에 깔았다. 그리고 치즈를 가지고 와서 썰기 시작했다.
「뭘 하는 거지?」
「치즈 토스트를 만드는 거예요. 빵가루와 으깬 감자를 섞어서 만드는 건데, 치즈를 아주 조금만 넣으면 치즈 토스트가 되는 거예요.」
「당신 정말 똑똑한 요리사인걸.」
자일즈가 감탄했다는 듯이 말했다.
「그렇지만, 난 걱정이 돼요. 한 번에 한 가지 요리는 만들 수 있지만, 여러 가지를 한꺼번에 하자면 연습을 많이 해야 되거든요. 아침식사를 준비하는 일이 제일 어려워요.」

「왜 그렇지?」

「왜냐 하면 한꺼번에 준비해야 하니까요. 달걀, 베이컨, 뜨거운 우유, 커피, 그리고 토스트를 한꺼번에 식탁에 올려야 하거든요. 잘못하면 우유가 끓어 넘치거나 토스트가 타고, 베이컨이 꼬들꼬들하게 구워지거나 달걀이 딱딱하게 굳어 버리거든요. 불에 덴 고양이처럼 바쁘게 뛰어다니며 한꺼번에 전부 살펴봐야 해요.」

「그렇다면 내일 아침에는 주방에 살금살금 내려와서 팔짝팔짝 뛰는 고양이 같은 당신의 모습을 지켜 봐야겠는걸.」

「주전자의 물이 끓고 있어요. 찻쟁반을 서재로 가지고 가서 라디오를 들을까요? 뉴스 시간이 된 것 같아요.」

「앞으로 주방에서 보내는 시간이 많아진다면 주방에도 라디오가 있어야겠군.」

「그래요. 참 좋은 주방이에요. 난 이 주방이 마음에 들어요. 이 집에서 제일 좋은 곳이라고 생각해요. 조리대와 그릇도 좋고, 저 커다란 요리용 스토브도 마음에 들어요. 저 스토브를 쓸 만큼 많은 요리를 하지 않아서 다행이긴 하지만요.」

「그 스토브를 쓰려면 1년치의 연료가 하루 만에 바닥이 나고 말 거야.」

「그렇긴 하지만, 그 안에서 구워지는 큰 고깃덩어리를 상상해 봐요. 소의 안심고기와 양의 등심고기를 말이에요. 구리로 만든 커다란 냄비에다 설탕을 잔뜩 넣고 딸기잼을 만든다고 생각해 봐요. 빅토리아 시대는 정말 좋았을 거예요. 위층에 있는 가구들도 약간 화려하긴 해도 얼마나 크고 튼튼해요. 사용하기 편리하고 옷도 많이 넣을 수 있어요. 서랍도 미끄러지듯 부드럽게 열리고 닫히거든요. 전에 우리가 전세로 살던 아파트 생각나세요? 겉모양은 그럴듯했지만, 제대로 된 건 하나도 없었죠. 서랍은 잘 열리지 않았고, 문도 한 번 열리면 닫히질 않고, 또 닫히면 열리지 않았죠.」

「맞아, 정말 엉터리로 만든 집이었어. 서랍이나 문이 말을 듣지 않을 때면 당신은 절망에 빠져 주저앉곤 했지.」

「자, 우리 이제 뉴스를 들어요.」

뉴스의 내용은 주로 날씨에 관한 것으로, 눈이 많이 올 예정이므로 조심하라는 것이었다. 그 밖에 흔히 있는 외국과의 분쟁에서 생긴 교착 상태, 의회에서의 열띤 논쟁, 그리고 런던 패딩턴 구의 컬버 가에서 일어난 살인사건에 관해 보도하고 있었다.

몰리가 라디오를 끄며 말했다.

「좋지 않은 내용들뿐이군요. 연료 절약을 강조하는 내용은 또다시 듣고 싶지 않아요. 도대체 어떻게 하라는 말인지 모르겠어요. 가만히 앉아서 얼어 죽으라는 말인가 원? 하숙집을 이런 겨울에 시작하지 말걸 그랬나 봐요. 봄까지 기다렸어야 하는 건데.」

몰리는 약간 다른 말투로 계속했다.

「살해된 여자는 어떤 사람이었을까요?」

「라이언 부인 말이야?」

「그 여자 이름이 라이언이에요? 누가 무슨 이유로 그 여자를 죽였는지 궁금하군요.」

「아마 마룻바닥에 보물을 감추어 두고 있었는지도 모르지.」

「경찰이 찾고 있는, '사건이 일어난 현장 부근에 있었다'는 남자가 살인범일까요?」

「그렇겠지. 언제나 그런 사람이 범인이니까. 경찰에서 그냥 찾고 있다고 점잖게 표현했을 뿐이지.」

그 때 갑자기 초인종 소리가 울렸다. 몰리와 자일즈는 깜짝 놀라 일어섰다.

「현관 문이군. 살인범이 등장하려나 본데.」

자일즈가 익살맞게 말했다.

「연극이라면 그럴 거예요. 어서 나가 봐요. 렌 씨일 거예요. 그가 뭘 하는 사람인지 드디어 알 수 있겠네요.」

문을 열자 렌 씨와 눈보라가 한꺼번에 밀어닥쳤다. 서재 문 앞에 서 있는 몰리에게는 온통 하얗게 변한 바깥 세상을 배경으로 서 있는 사람의 검은 윤곽만 뚜렷이 보였다.

검은 외투에 회색 모자를 쓰고 목도리를 두른 그 남자의 모습은 다른 남자들과 똑같아 보였다.

휘몰아치는 눈보라를 막으며 자일즈가 문을 닫자, 렌 씨는 가방을 내려놓고서 목도리를 풀며 모자를 벗어 던지는 동시에 말을 꺼냈다. 그의 목소리는 높고 성급하게 들렸다. 홀의 불빛 아래에는, 검고 윤기 있는 헝클어진 머리카락에 불안하게 두리번거리는 흐릿한 눈동자의 젊은이가 서 있었다.

「정말 지독한 날씨군요. 디킨스(1812~1870, 영국의 소설가.『크리스마스 캐럴』『올리버 트위스트』『두 도시 이야기』 등을 썼다.)의 소설에 등장하는 스크루지와 타이니 팀이 살았던 시대로 다시 돌아간 듯한 최악의 영국 겨울 날씨예요. 여간 튼튼하지 않고서는 이런 날씨를 견디어 내지 못할 겁니다. 그렇지 않습니까? 나는 웨일스 지방(영국의 서부 지방. 참고로, 영국은 잉글랜드·웨일스·스코틀랜드·북아일랜드로 나뉘어 있다.)에서 이곳까지 들판을 가로질러 왔는데, 너무 힘들었어요. 데이비스 부인이십니까? 만나서 반갑습니다!」

이렇게 말하며 그는 뼈가 앙상한 손으로 재빨리 몰리의 손을 잡고 악수를 했다.

「내가 상상한 모습과는 전혀 다른 분이시군요. 나는 부인이 인도에 주둔했던 육군 장성의 미망인일 거라고 생각했었죠. 지독하게 엄격한 마님 같은 분——베나레스(동부 인도에 있는 힌두교의 옛 성도) 영주의 마님 같고, 진짜 빅토리아 시대의 근엄한 체하는 마님 같은 여주인 말입니다. 혹시 밀랍(꿀을 짜낸 찌꺼기를 끓여 만든 기름)으로 만든 꽃이 있습니까? 아니면, 극락조를 갖고 계시지는 않습니까? 아, 하지만 나는 이곳을 좋아하게 될 것 같아요. 난 혹시 아주 오래 되고 낡은 하숙집이면 어떡하나 하고 걱정을 했었어요. 베나레스의 냄새가 나는 케케묵은 집이 아닐까 하고요. 그런데 이 집은 정말 훌륭하군요. 빅토리아 시대의 고상한 분위기가 감돌고 있어요. 아름다운 장식장도 있겠죠? 과일 무늬가 조각된 고운 자줏빛 마호가니 식기장 같은 것 말입니다.」

몰리는 그 젊은이가 쉴 새 없이 얘기해 나가자 정신이 얼떨떨해져서 더듬거리며 대답했다.

「예, 사실은——갖고 있어요.」

「아! 그렇습니까? 구경할 수 있겠습니까? 지금 당장에요. 저 방에 있습니까?」

그가 너무도 성급하게 구는 바람에 옆에 있는 사람들이 정신을 못 차릴 정도였다. 그는 식당 문의 손잡이를 돌려 문을 열고는 불을 켰다. 몰리는 남편이 언짢은 표정을 하고 있는 것을 느끼며 그 젊은이를 따라 식당으로 들어갔다.

그는 표면이 전부 조각으로 장식된 육중한 식기장을 긴 손가락으로 쓰다듬으며 감탄사를 연발했다. 그러다가 돌아서더니 나무라는 듯한 눈초리로 몰리를 바라보았다.

「커다란 마호가니 식탁은 없습니까? 이 작은 테이블 몇 개가 전부란 말입니까?」

「손님들이 그런 개인용 식탁을 더 좋아하실 거라고 생각했거든요.」

몰리가 대답했다.
「아, 물론 그 말씀도 옳아요. 내가 너무 내 기분에만 빠져 있었군요. 그런 커다란 마호가니 식탁이라면 그 식탁에 어울리는 가족도 있어야겠죠. 콧수염을 기른 엄격하고도 멋있는 아버지와, 아이를 많이 낳아서 허약해진 엄마, 그리고 열한 명의 아이들과 엄한 가정교사, 또 '불쌍한 해리엣'이라 불리는 가난한 친척 아줌마도 있어야겠죠. 집안일을 도와주며, 자신이 화목한 가정에 속해 있다는 것을 기쁘게 생각하는 가난한 친척 아주머니죠. 그 불쌍한 해리엣 아주머니의 등뒤에서는 벽난로의 불꽃이 타오르며 온 가족을 따뜻하게 해 주겠죠. 한번 상상해 보세요.」
「당신의 가방을 2층으로 옮겨야겠군요. 동쪽 방이지?」
자일즈가 말했다.
「예.」
몰리가 대답했다.
자일즈가 2층으로 올라갈 때 그 젊은이는 가벼운 걸음으로 다시 홀로 나왔다.
「내가 머물게 되는 동쪽 방에는, 작은 장미꽃 무늬가 수놓아진 사라사 무명천의 커튼이 드리워져 있는 네 기둥의 큰 침대가 있습니까?」
「아뇨, 없습니다.」
자일즈는 무뚝뚝하게 대답하고는 계단이 꺾이는 곳을 돌아 2층으로 사라졌다.
「남편께선 나를 좋아하지 않을 것 같군요.」
젊은이가 말했다.
「어디에서 근무했습니까? 해군이었나요?」
「예, 맞아요.」

「그럴 줄 알았어요. 해군은 육군이나 공군보다 참을성이 없거든요. 결혼하신 지 얼마나 되셨습니까? 남편을 무척 사랑하시겠죠?」

몰리는 그 질문에는 대답하지 않았다.

「2층에 올라가서 지내실 방을 둘러보시죠.」

「물론, 내가 무례하다는 것은 압니다. 하지만 정말 알고 싶군요. 사람들에 관해서 알게 된다는 건 참 재미있는 일이라고 생각합니다. 그렇지 않습니까? 그저 직업과 이름뿐만이 아니라 그들이 어떻게 느끼고 무엇을 생각하는지를 알고 싶다는 뜻입니다.」

「그런데, 당신이 렌 씨가 맞죠?」

몰리는 약간 새침한 목소리로 물었다.

그러자 젊은이는 별안간 걸음을 멈추고 두 손으로 머리카락을 움켜잡았다.

「이런, 실수를 하다니! 난 항상 먼저 해야 할 것을 하지 않고 이런답니다. 맞습니다. 내 이름은 크리스토퍼 렌입니다. 웃지 마세요. 우리 부모님은 아주 낭만적인 분들이셨어요. 내가 건축가가 되기를 바라셨죠. 그래서 유명한 건축가인 크리스토퍼 렌(1632~1723, 영국의 건축가. 세인트 폴(성 바울) 성당 외에 많은 교회와 병원, 학교 건물들을 건축했다.)의 이름을 따서 내 이름을 지어 주셨죠. 말하자면 부모님의 요망 사항인 셈이죠.」

「그래서 당신은 건축가가 되었나요?」

몰리는 터져 나오려는 웃음을 참으며 물었다.

「예, 되었죠.」

렌 씨가 자랑스럽게 말했다.

「아직 완전한 자격을 갖추지는 못했지만 이제 곧 유명한 건축가가 될 겁니다. 누구나 마음속으로 간절하게 바라는 것 중에서 단 한 가지는 이루어진다는 것을 보여 주는 좋은 본보기라고 할 수 있습니다. 하지만, 사실 내 이름이 오히려 방해가 될 겁니다. 왜냐 하면, 내가 아무리 노력한다 해도 그 유명한 크리스토퍼 렌과 같은 훌륭한 건축가는 못 될 테니까요. 하지만 조립식 간이 주택 같은 것을 만들어서 유명해질 수는 있을 겁니다.」

자일즈가 계단을 내려왔다.

「렌 씨, 당신이 지낼 방을 보여 드리겠어요.」

몰리가 말했다.

몇 분 뒤에 몰리가 아래층으로 내려오자 자일즈가 물었다.

「그 떡갈나무로 된 아름다운 가구가 마음에 든다고 하던가?」

「렌 씨는 네 기둥이 세워진 큰 침대를 무척 원했대요. 그래서 동쪽 방 대신 장미방에 묵도록 했어요.」

자일즈는 뭐라고 중얼중얼하더니, 「……버릇없는 젊은 녀석 같으니라고.」 하고 말을 끝냈다.

몰리는 약간 냉정한 태도로 자일즈에게 말했다. 「여보——우린 지금 즐거운 파티를 열고서 손님을 맞이하고 있는 게 아니에요. 이건 어디까지나 사업이에요. 당신이 크리스토퍼 렌을 좋아하건 안 하건 말이에요.」

「난 그 녀석을 좋아하지 않아.」

자일즈가 몰리의 말을 가로채며 말했다.

「그건 문제가 되지 않아요. 우리에겐 그가 일 주일에 7기니를 지불한다는 사실이 중요한 거예요.」

「지불하기만 한다면 괜찮겠지.」

「지불하겠다고 했어요. 그가 편지에 그렇게 썼으니까.」

「당신이 그 사람의 짐 가방을 장미방으로 옮겼나?」

「아뇨, 그가 직접 옮겼어요.」

「꽤나 친절하군. 당신이 그 가방을 옮겼더라도 힘들지는 않았을 거야. 가방 속에 신문지로 싼 돌멩이만 들어 있는 게 분명해. 가방이 어찌나 가벼운지 속에 아무것도 들어 있지 않은 것 같았어.」

「쉬――잇, 그가 와요.」

몰리가 주의하라는 듯이 말했다.

몰리는 널따란 의자와, 통나무를 지피는 벽난로로 장식된 훌륭한 서재로 크리스토퍼를 안내했다. 그리고 30분 뒤에 저녁식사가 준비된다는 것과, 다른 손님들은 아직 도착하지 않았다는 것을 알려 주었다. 그러자 크리스토퍼는 자기도 주방에 가서 저녁식사 준비를 돕고 싶다고 말했다.

「괜찮으시다면 내가 오믈렛을 만들어 드릴 수도 있어요.」

렌 씨가 애교스럽게 말했다.

결국 그는 주방에서 몰리를 도와 식사 준비를 했고, 나중엔 설거지까지 거들었다.

몰리는 하숙집을 시작한 첫날 치고는 어쩐지 평범한 시작이 아닌 것같이 느껴졌다. 자일즈도 뭔가 못마땅한 것 같았다. 그 날 밤 몰리는 '하지만 괜찮아지겠지. 내일 다른 손님들이 도착하면 오늘과는 다른 분위기가 될 거야.'라는 생각을 하며 잠이 들었다.

잿빛 하늘에서 계속 눈이 내리는 가운데 다음 날 아침이 밝았다. 자일즈는 근심스러운 얼굴이었고, 몰리도 마음이 무거웠다. 날씨 때문에 모든 일이 힘들어질 것 같았다.

눈길에 미끄러지지 않기 위해서 자동차 바퀴에 쇠사슬을 감은 택시를 타고 보일 부인이 도착했다. 운전사는 눈이 너무 많이 내려서 사람도 차도 다니기 어렵다는 우울한 말을 전하며, 「저녁 무렵이면 눈이 많이 쌓일 겁니다.」하고 예측했다.

보일 부인이 도착했어도 집안의 우울한 분위기는 밝아지지 않았다.

보일 부인은 몸집이 크고, 울리는 목소리에 거만한 태도를 지닌 까다로운 여자였다. 원래부터 타고난 공격적인 성격은 오랫동안 군대에서 있었던 경험으로 인해서 더욱 강화되었다.

「처음 시작하는 하숙집인 줄 알았더라면 이곳에 오지 않았을 거예요. 나는 이곳이 현대적이고 과학적인 시설로 운영되고 있는 하숙집이라고 생각했지 뭡니까.」

「마음에 들지 않으시다면 저희 집에 머물지 않으셔도 됩니다.」

자일즈가 단호하게 말했다.

「그래요. 나도 머물고 싶은 생각은 없어요.」

「그러시다면 전화로 택시를 부르시죠. 아직은 길이 막히지 않았으니까요. 뭔가 잘못 생각하신 점이 있으시다면 다른 하숙집으로 옮기는 게 나을 겁니다.」

자일즈는 다시 덧붙여 말했다.

「우리 집에 오시겠다는 손님들이 아주 많습니다. 그러니까, 부인이 나가셔도 우리는 쉽게 다른 손님을 모실 수 있습니다. 또, 앞으로는 하숙비도 올려 받을 예정입니다.」

보일 부인이 날카로운 눈초리로 자일즈를 바라보며 이렇게 말했다.

「이 하숙집이 어떤 곳인지 지내 보지도 않고 떠날 생각은 없어요. 데이비스 부인, 큰 목욕 수건을 빌려 줄 수 있겠죠? 나는 손수건만한 타월로 몸을 닦는 데는 익숙하지 못하거든요.」

보일 부인이 말을 마치고 방으로 들어가는 뒷모습을 보며 자일즈는 몰리에게 싱긋 웃었다.

「여보, 당신 정말 잘했어요. 참 용감하게 해냈어요.」

몰리가 말했다.

「저런 사람에게는 그렇게 해야만 꼼짝못하는 법이거든.」

「그런데, 여보, 저 여자가 크리스토퍼 렌과 잘 지낼지 모르겠군요.」

「잘 지내지 못할 거야.」

그 말은 사실이었다. 바로 그 날 오후, 보일 부인이 몰리에게 와서 말했다.

「크리스토퍼라는 사람은 정말 이상한 젊은이더군요.」

보일 부인의 목소리에는 분명히 렌 씨를 싫어하는 감정이 담겨져 있었다.

빵가게 배달원이 북극 탐험 대원 같은 차림으로 빵을 가지고 왔다. 그는 이틀에 한 번씩 오기로 되어 있었는데, 날씨 때문에 다음 번에는 못 올지도 모르겠다고 말했다.

「길이 전부 막혔어요. 식량은 충분히 준비해 두셨겠죠?」

「예, 통조림 식량을 많이 저장해 두었어요. 하지만, 밀가루를 조금 더 준비해 뒀으면 좋겠어요.」

몰리는 아일랜드 사람들이 만들어 먹는 소다 빵을 생각하며, 만일 식량이 부족한 최악의 상황이 닥친다면 소다 빵이라도 만들어야겠다고 작정했다.

빵 배달원은 신문도 가지고 왔다. 몰리는 홀의 테이블에 신문을 펼쳐 놓고 기사를 훑어보았다. 외교 문제는 잘 해결되고 있었고, 폭설이 내리는 날씨와 라이언 부인 살해사건에 관한 기사가 신문의 제1면을 차지하고 있었다.

몰리가 신문에 실린 살해된 여자의 흐릿한 사진을 들여다보고 있을 때, 크리스토퍼 렌이 몰리의 어깨너머로 이렇게 말했다.

「더러운 살인사건이에요. 안 그렇습니까? 그런 지저분한 곳에 사는 행실이 나쁜 여자를 죽였으니 말입니다. 별다른 사연이 있을 것 같지는 않군요.」

「그렇고 그런 여자가 당연히 받아야 할 벌을 받은 것 뿐이에요.」

보일 부인도 경멸하듯 코웃음을 치며 말했다.

렌 씨는 보일 부인의 말에 깊은 관심을 보였다.
「아——그러니까 부인은 그 살인사건이 이성 문제와 관련이 있다고 생각하시는군요?」
「난 그런 뜻으로 한 말이 아니에요, 렌 씨.」
「그렇지만 그 여자는 목이 졸려 죽었다지 않습니까?」
렌 씨는 하얗고 긴 두 손을 앞으로 내밀며 말했다.
「사람의 목을 조르면 어떤 기분이 들지 궁금하군요.」
「아니, 렌 씨!」
크리스토퍼는 보일 부인에게 더욱 가까이 다가가며 목소리를 낮추어 말했다.
「생각해 보신 적이 있습니까, 보일 부인? 목이 졸리면 어떤 기분이 들까요?」
「그만해요, 렌 씨!」
보일 부인이 화를 내며 소리쳤다.
몰리는 급히 소리내어 신문을 읽었다.
「경찰이 찾고 있는 남자는 검은 외투에 밝은 색 홈버그 모자(챙이 좁고 가운데가 들어간 중절모자의 일종)를 썼으며, 중간 정도의 키에 모직 목도리를 두르고 있었다.」
「그런 남자라면 우리가 어디서나 흔히 볼 수 있는 사람이죠.」
크리스토퍼 렌이 웃으며 말했다.
「맞아요. 흔히 볼 수 있죠.」
몰리가 말했다.

한편, 런던 경시청의 파민터 경감은 사무실에서 케인 경사에게 말하고 있었다.
「그 두 노동자를 지금 만나 봐야겠네.」

「예, 알겠습니다, 경감님.」

「어떤 사람들인가?」

「괜찮은 부류의 노동자들입니다. 반응이 다소 느리긴 하지만 믿을 수 있는 사람들 같습니다.」

「좋아.」

파민터 경감이 고개를 끄덕였다.

잠시 뒤, 제일 좋은 옷으로 차려입은 두 남자가 약간 어색한 표정으로 그의 사무실에 들어왔다. 파민터 경감은 사람들을 편하게 하는 데에는 숙련되어 있었다.

「그러니까, 두 분이 라이언 부인 살해사건의 해결에 도움이 될 만한 정보를 갖고 있다는 말이죠? 이렇게 와 주셔서 고맙습니다. 자, 앉으시죠. 담배를 피우시겠습니까?」

파민터 경감은 그들이 담배를 받아서 불을 붙이는 동안 기다렸다.

「바깥 날씨가 무척 춥죠?」

「예, 그렇습니다, 경감님.」

「자, 이제 이야기를 시작해 보시죠.」

두 남자는 말을 시작하기가 어려운지 서로 얼굴을 마주보며 머뭇거렸다.

「자네가 말씀드리게, 조.」

두 사람 중에서 덩치가 큰 사람이 말했다. 그러자 조라는 사람이 말을 시작했다.

「일은 이렇게 된 겁니다. 그 때 우린 담배를 피우려고 했는데 마침 성냥이 없었습니다.」

「그 곳이 어디였습니까?」

「자먼 가(街)였습니다. 그 곳 보도에서 가스관 공사를 하고 있었지요.」

파민터 경감은 고개를 끄덕이며 정확한 시간과 장소는 조금 뒤에 물어 봐야겠다고 생각했다. 자먼 가(街)라면 살인사건이 일어난 컬버 가(街)와는 아주 가까운 곳이었다.

「예, 제가 가진 성냥은 다 써 버렸고, 이 친구 빌이 가진 라이터는 고장이 나서 쓸 수가 없었어요. 그래서 지나가는 사람에게, '성냥 좀 빌려 주시겠습니까?' 하고 물었죠. 그 때까지만 해도 별다른 점은 없었어요. 특별히 이상하다는 생각이 들지도 않았고요. 그 사람이 마침 우리 곁을 지나가고 있었기에——다른 사람들과 마찬가지로——제가 우연히 그에게 말을 걸었던 것뿐이었으니까요.」

파민터 경감은 다시 고개를 끄덕였다.

「그랬더니 그 사람이 우리에게 성냥을 빌려 주더군요. 아무 말도 없었어요. 그 때 빌이, '지독하게 춥군요.' 하고 말하니까 그 남자가 쉰 목소리로, '예, 그렇군요.' 하고 대답했습니다. 저는 그 남자가 감기에 걸려서 목소리가 변했구나 하고 생각했죠. 그 남자는 외투와 목도리로 온몸을 감싸고 있었습니다. 제가, '고맙습니다.' 하면서 그에게 성냥을 돌려주었더니 그는 다시 재빨리 걸어가더군요. 걸음이 얼마나 빠른지, 그가 뭔가를 떨어뜨리고 갔기에 그를 불러 세우려고 했을 때는 이미 저만큼 멀어져 간 다음이었어요. 그가 떨어뜨린 것은 작은 수첩이었는데, 아마 주머니에서 성냥을 꺼낼 때 딸려 나온 것 같았어요. 저는, '이봐요, 뭘 떨어뜨렸어요!' 하고 그를 소리쳐 불렀죠. 그렇지만 그 남자는 제가 부르는 소리를 못 들었는지 계속 빠른 걸음으로 걸어서 모퉁이를 돌아가 버리더군요. 그렇지, 빌?」

빌이라는 옆사람이 맞장구를 쳤다.

「맞아. 마치 허둥지둥 도망치는 토끼 같았지.」

「그는 해로 가(街) 쪽으로 돌아갔는데, 우리가 있는 곳에서는 그를 불러 세울 수가 없었어요. 그가 길모퉁이를 돌아갔기 때문에 쫓아갈 수도 없었죠. 그리고, 그 남자가 떨어뜨린 것은 지갑이나 뭐 값비싼 물건이 아니라 작은 수첩에 지나지 않았으니까요. 별로 중요한 것도 아닌 것 같았어요. 저는 빌에게 이렇게 말했죠. '웃기는 사람이군. 모자를 눈 위까지 깊숙이 눌러쓰고 외투 단추는 목까지 잠갔어. 마치 영화에 나오는 악한 같은 모습이군.' 안 그런가, 빌?」

「그렇지. 자네가 그렇게 말했지.」

「그 때 제가 아무것도 눈치채지 못하고 그렇게만 말했다는 것도 지금 생각하면 참 이상해요. 그 남자가 돌아보지 않은 것도 날씨가 너무 추워서 그런 거라고 생각했습니다. 그 땐 날씨가 지독하게도 추웠으니까요.」

「굉장히 추웠지.」

빌이 또 맞장구를 쳤다.

「저는 빌에게 다시 이렇게 말했죠. '이 수첩을 살펴보세. 중요한 것일지도 모르니까.' 하고 말입니다. 그런데 수첩 속에 주소가 하나 쓰여 있었어요. 컬버 가(街) 74번지와 무슨 하숙집 주소였습니다.」

「고급 하숙집 주소였어.」

빌이 못마땅한 표정으로 퉁명스럽게 말했다.

조는 이제 어색함이 사라진 듯이 몸짓까지 섞어 가며 신나게 이야기를 계속했다.

「'컬버 가(街) 74번지라면 여기서 가까운 곳이군. 저 모퉁이만 돌면 되니까 일을 끝내고 그 곳으로 가 보세.' 하고 제가 빌에게 말했죠. 그리고 수첩에 적힌 주소 위에 뭐가 쓰여 있는 것이 눈에 띄기에, '이건 뭐지?' 하니까, 이 친구가 수첩을 받아들고 그걸 소리내어 읽었어요. '세 마리의 눈먼 쥐──이건 분명 누군가를 놀리는 말이야.' 하고 빌이 말하는 순간──예, 바로 그 순간이었어요. 어떤 여자가 '살인이야!' 하고 외치는 소리가 들렸죠. 아주 가까운 곳에서 들려 왔어요!」

조는 마지막 말을 좀더 의미 있게 끝내려는 듯 잠시 말을 멈추었다가 계속했다.

「굉장히 큰 소리로 외쳤습니다. '이봐, 자네가 얼른 가 보게.' 하고 제가 빌에게 말했죠. 그리고 잠시 뒤에 빌이 돌아와서, 어떤 여자가 목이 칼에 찔렸거나 아니면 목이 졸려 죽어서 사람들이 잔뜩 몰려왔고, 경찰도 도착했다는 것과, 아까 그 소리는 그 집 여주인이 경찰을 부르려고 소리를 친 거라고 하더군요. '어디야?' 내가 물었더니 빌이, '컬버 가(街)야.' 하고 대답했죠. '몇 번지인데?' 하고 다시 물으니까 빌은 자세히 살펴보지 않아서 잘 모르겠다고 말했습니다.」

빌은 무슨 잘못이라도 저지른 듯이 헛기침을 하며 발을 이리저리 움직였다.

조가 이야기를 계속했다.

「그래서 제가, '어디 우리 둘이 가서 자세히 알아보세.' 하고 말하며 그 곳으로 가보았죠. 살인사건이 일어난 집이 74번지라는 사실을 알았을 때 우린 이런 말을 주고 받았습니다. 빌은, '그 사건과 수첩에 적힌 주소와는 아무런 상관이 없을지도 몰라.' 하고 말했고, 저는 어쩌면 무슨 관계가 있을지도 모른다고 말했습니다. 어쨌든 우리가 그런 이야기를 하고 나서 경찰이 사건이 발생한 시각에 그 집에서 나온 남자를 찾고 있다는 말을 들었습니다. 그래서 이 곳에 와서 그 사건을 담당하고 계신 분을 만나고 싶다고 한 겁니다. 우리가 말씀드린 것이 사건 해결에 도움이 되었으면 좋겠습니다만.」

파민터 경감이 만족스러운 듯이 말했다.

「잘 오셨습니다. 그 수첩은 가지고 오셨습니까? 아, 고맙습니다.」

그 다음에 파민터 경감은 좀더 적극적이고 직업적인 질문을 했다.

그들로부터 정확한 장소와 날짜, 시간은 알아낼 수 있었지만, 범인으로 생각되는 그 남자의 정확한 인상에 대해서는 알 수가 없었다. 신경질적인 하숙집 여주인이 말한 범인의 인상——눈 위까지 모자를 눌러쓰고, 외투 단추를 전부 채우고, 얼굴 아랫부분을 목도리로 감쌌으며, 쉰 듯이 속삭이는 목소리에, 손에는 장갑을 끼고 있었다——라는 것이 전부였다.

두 남자가 나가자 파민터 경감은 사무실에 혼자 앉아서 책상 위에 펼쳐진 작은 수첩을 내려다보았다. 이제 이 수첩을 감식반으로 보내서 지문을 채취하고 철저히 조사하면, 혹시 어떤 단서라도 찾아낼 수 있을지도 모른다. 그런데, 지금 경감의 주의를 끄는 것은 수첩에 적힌 두 군데 주소와 위쪽에 쓰여진 작은 글씨였다. 그 때 케인 경사가 들어왔다.

「케인, 이리 와서 이것 좀 보게.」

케인은 파민터 경감 뒤에 서서 수첩을 들여다보며 낮은 목소리로 말했다.

「세 마리의 눈먼 쥐! 놀랍군요!」

「그렇지.」

파민터 경감은 서랍을 열고 공책에서 찢은 반쪽짜리 종이를 꺼내어, 책상 위에 놓인 수첩 옆에 올려놓았다. 그 종이는 살해된 여인의 옷에 핀으로 조심스럽게 꽂혀 있었던 것이다.

그 종이에는 '이것이 첫번째'라고 쓰여 있었다. 글씨 아래에는 어린애가 그린 것 같은 세 마리의 쥐 그림과 한 소절의 악보가 그려져 있었다.

케인이 그 악보에 따라 낮게 휘파람을 불었다.

「세 마리의 눈먼 쥐, 그들이 달려가는 것을 보세요——.」

「맞아, 그거야. 그게 바로 주제 음악이야.」

「미친 짓이군요. 안 그렇습니까, 경감님?」

파민터 경감이 눈살을 찌푸리며 대답했다.

「그렇군. 그런데, 죽은 여자의 신원은 확인되었나?」

「예, 여기 감식반에서 보내 온 보고서가 있습니다. 살해된 라이언 부인의 본명은 모린 그레그였습니다. 불과 두 달 전에 형기를 마치고 홀로웨이 형무소에서 나왔습니다.」

파민터 경감이 신중하게 말했다.

「그 여자는 모린 라이언이란 이름으로 컬버 가(街) 74번지에 하숙을 정했네. 이따금 술을 마셨고, 한두 번 남자를 데리고 하숙집으로 온 적도 있었다고 하네. 하지만, 무엇인가 겁을 먹거나 누군가를 두려워하는 기색은 전혀 없었다고 하더군. 그녀가 위험을 느끼고 있었다고 생각할 이유도 전혀 없어.

그녀를 찾아왔던 그 남자는 초인종을 누르고 그녀의 방을 물은 다음, 여주인이 3층이라고 대답하자 계단을 올라갔다는군. 하숙집 여주인은 그 남자의 얼굴을 자세히 보지 못했네. 단지 중간 정도의 키에, 목소리로 보아서 심한 감기에 걸린 것 같았다고만 했지. 여주인은 다시 아래층 자기 방으로 돌아갔고, 그 뒤에는 수상한 소리는 듣지 못했다고 했네. 그 남자가 집을 나가는 소리도 못 들었다네.

그리고 여주인은 10여 분 뒤에 차를 타 가지고 라이언 부인의 방에 올라갔는데, 그 때 그 여자가 목이 졸린 채로 살해되어 있는 것을 발견한 것일세. 이 사건은 흔한 살인사건이 아니야, 케인. 신중하고 치밀하게 계획된 살인이란 말일세.」

파민터 경감은 잠시 말을 멈추었다가 다시 덧붙여 말했다.

「우리 나라에 '몽스웰'이란 이름의 여관이 몇 군데나 있는지 알고 있나?」

「아마 한 군데뿐일 겁니다, 경감님.」

「그렇다면 천만다행이군. 우린 운이 좋은 걸세. 자세히 조사해 보게. 시간이 없네.」

케인은 생각에 잠긴 눈빛으로 '컬버 가(街) 74번지'와 '몽스웰 여관'이란 글자를 바라보았다.

「그러니까, 경감님 생각은────.」

「그렇다네. 자네도 그렇게 생각하나?」

파민터 경감이 재빨리 물었다.

「가능한 일입니다. 몽스웰 여관이라────그게 어디였더라? 이 이름은 제가 어디선가 최근에 본 적이 있습니다, 경감님.」

「어디서 보았나?」

「글쎄요. 기억이 날듯 말듯 합니다만. 아! 신문에서 봤습니다. '타임스'지의 뒷면, 그러니까 호텔과 하숙집을 소개하는 광고란이었습니다. 며칠 전 신문이었는데, 저는 그 신문에 실린 낱말 퀴즈를 풀고 있었습니다.」

이렇게 말하며 케인 경사는 얼른 사무실을 나갔다가 의기양양하게 돌아왔다.

「여기 있습니다. 이걸 보십시오, 경감님.」

파민터 경감은 케인 경사가 손가락으로 가리키는 곳을 보았다.

'버크셔 주(런던 서쪽의 주) 하펠든 시의 몽스웰 여관.'

경감은 전화를 끌어당겼다.

「버크셔 주 경찰을 불러 주게.」

메트카프 소령이 도착하자, 몽스웰 여관은 바야흐로 여관다운 면모를 지니게 되었다.

메트카프 소령은 보일 부인처럼 까다롭게 굴지도 않았고, 크리스토퍼 렌처럼 엉뚱하지도 않았다. 그는 대부분의 군복무를 인도에서 한 퇴역 장교였는데, 군인다운 깔끔함과 엄격함이 엿보이는 중년 남자였다. 또한, 그는 자신이 지내게 될 방과 가구들을 마음에 들어했다. 메트카프 소령과 보일 부인은 직접적으로 잘 아는 사이는 아니었지만, 메트카프 소령은 푸나라는 곳에서 '요크셔 은행 지점'에 근무한 보일 부인의 사촌 형제들을 알고 있었다. 메트카프 소령이 들고 온 돼지 가죽으로 만든 두 개의 가방은 자일즈의 의심을 풀어 주기에 족할 만큼 무거운 것이었다.

몰리와 자일즈는 자기들이 맞이한 하숙인들에 관해 알아볼 만한 충분한 시간이 없었다. 그들 부부는 식사를 준비하고 식탁을 차리고 설거지 등을 하느라 정신없이 바빴다. 메트카프 소령은 커피 맛이 좋다는 찬사를 했다. 그 말을 들은 자일즈와 몰리는 잠자리에 들 때에 무척 피곤했지만 아주 흐뭇한 기분이었다.

그런데 모두가 잠든 새벽 2시경에 느닷없이 초인종이 계속 울렸다.

「이런, 젠장.」

자일즈가 잠이 깨어 투덜거렸다.

「현관 문에서 들리는군. 도대체 이런 시각에 누가——.」

「얼른 일어나서 나가 보세요.」

몰리가 재촉했다.

자일즈는 몰리에게 귀찮다는 눈짓을 하며 가운을 걸치고 계단을 내려갔다. 현관 문이 열렸다 닫히는 소리와 함께 홀에서 두런거리는 소리가 몰리에게 들려 왔다. 그녀는 궁금한 생각이 들어 침대에서 일어나 계단 위에서 홀을 살짝 내려다보았다. 아래층 홀에서 자일즈는 턱수염을 기른 어떤 낯선 남자가 외투를 벗는 것을 도와주고 있었다. 그들의 말소리가 들렸다.

낯선 남자는 말투로 보아 외국 사람인 것 같았다.

「손가락이 얼어서 감각이 없어요. 그리고 발도——.」그는 발을 구르며 말했다.

「이쪽으로 들어오시죠.」

자일즈가 서재 문을 열며 말했다.
「이 안은 따뜻합니다. 제가 침대에 잠자리를 준비하는 동안 이 곳에서 기다리시죠.」
「아! 이젠 살 것 같습니다.」
낯선 남자가 예의바르게 말했다.
몰리는 호기심이 생겨 난간의 작은 기둥 사이로 그를 살펴보았다. 그는 턱수염을 기르고 메피스토펠레스(독일 작가 괴테의 『파우스트』에 나오는 악마)처럼 음흉한 눈썹의 늙은 남자였다. 관자놀이께의 머리카락이 희끗희끗한데도 불구하고, 마치 젊은 사람처럼 가벼운 발걸음으로 서재로 들어갔다.
자일즈는 서재 문을 닫고 급히 위층으로 올라왔다. 몰리가 웅크리고 있던 몸을 일으키며 물었다.
「누구예요?」
자일즈가 싱글거리며 대답했다.
「손님이야. 저 사람의 자동차가 눈더미에 미끄러져서 뒤집히고 말았다는군. 그래서, 뒤집힌 차에서 빠져 나와 눈속을 헤매다가 겨우 우리 집까지 왔다지 뭐야. 밖에는 아직도 눈보라가 휘몰아치고 있어. 그는 길을 따라 걷다가 우리 집 간판을 발견한 거야. 하느님께서 기도를 들어주신 것 같다고 말하더군.」
「그 사람——괜찮을까요?」
「여보, 이렇게 눈보라가 치는 날에는 도둑이 물건을 훔치려고 돌아다니지는 못할 테니까 걱정하지 말아요.」
「외국인인 것 같던데요?」
「맞아. 이름이 파라비치니라고 했어. 그 사람의 지갑을 봤는데—— 아마 내가 의심할까 봐 일부러 보여 주는 것 같더라고 ——돈이 가득 들어 있었어. 그 사람에게 어느 방을 줄까?」

「녹색 방을 주세요. 손님을 맞을 준비가 되어 있으니까요. 이불만 가져다 주면 될 거예요.」

「그 사람에게 잠옷을 빌려 주어야겠더군. 짐은 전부 차 안에 두고 왔다니까. 자동차 문을 통해 겨우 몸만 빠져 나왔다지 뭐야.」

몰리는 이불과 베갯잇, 그리고 타월을 꺼냈다.

두 사람은 서둘러 잠자리를 준비했다.

「눈이 점점 더 많이 내리고 있어. 눈이 너무 많이 쌓여서 바깥 세상과 완전히 두절될 것 같아, 몰리. 한편으로는 재미있기도 하겠지? 그렇잖아?」

「글쎄요. 여보, 내가 소다 빵을 만들 수 있을까요?」

몰리는 걱정스레 말했다.

「물론이지. 당신은 뭐든지 만들 수 있어.」

자일즈가 진심으로 말했다.

「그렇지만 난 아직 빵을 만들어 본 적이 없는걸요. 빵 만드는 일쯤은 누구나 할 수 있다고 생각했거든요. 지금까지 갓 구운 것이건 오래되어 딱딱한 것이건 빵가게에서 배달해 주었는데, 눈 때문에 길이 막히면 빵 배달원이 못 올 거예요.」

「정육점에서도 못 오고, 우편 배달부나 신문 배달부도 오지 못하겠지. 그리고 아마 전화선도 끊어지고 말 거야.」

「그렇게 되면 라디오에 의지할 수밖에 없겠군요.」

「어쨌든 전기는 자가 발전을 할 수 있으니까.」

「당신, 내일 아침에 엔진을 다시 한 번 가동시켜야겠어요. 중앙난방장치에도 계속 불을 지피도록 하세요.」

「그런데, 다음 번 코크스가 배달되지 못할 것 같아. 얼마 남지 않았는데.」

「어머, 그렇다면 큰일이네요. 정말 어려운 때를 만난 것 같아요. 당신은 빨리 가서 파라 뭔가 하는 손님을 데려오세요. 난 침대로 돌아가겠어요.」

다음 날 아침이 되었을 때 자일즈의 예측은 현실로 나타났다. 모든 출입문과 창문은 1.5m나 쌓인 눈으로 가려졌는데도 눈은 계속 내리고 있었다. 세상이 온통 하얗게 변했고, 고요한 적막감은 어떤 위기를 몰고 올 것만 같았다.

보일 부인은 식탁에 앉아 아침식사를 하고 있었다. 식당에는 그녀 밖에는 아무도 없었다. 바로 옆에 있는 메트카프 소령의 식탁은 이미 말끔히 치워져 있었고, 렌 씨의 식탁에는 아직도 아침식사가 놓여져 있었다. 메트카프 소령은 아침 일찍 일어나는 부지런한 사람인 것 같았고, 렌 씨는 늦잠꾸러기가 분명했다. 보일 부인은 아침식사 시간을 9시로 정해 놓고 있었다.

보일 부인은 훌륭하게 요리된 오믈렛을 먹고 나서, 하얗고 튼튼한 치아로 토스트를 씹어 먹었다. 그러면서도 그녀는 뭔가 불만스러웠다. 몽스웰 여관은 그녀가 생각한 곳과는 전혀 달랐다. 그녀는 이곳에서 나이 든 노처녀들과 브리지 게임을 즐기며, 자신의 사회적 경험과 훌륭한 친척들에 대한 자랑을 늘어놓고, 전쟁시에 자기가 얼마나 중대한 비밀 업무를 수행했던가를 슬쩍 귀띔해 줄 수 있으리라고 생각했었다.

전쟁이 끝나자, 보일 부인은 무인도에 버림받은 사람처럼 혼자 남게 되었다. 그녀는 항상 능률과 조직에 관해 열변을 토하며 바쁘게 지내왔었다. 그녀의 불 같은 열성과 박력 때문에 사람들은 그녀가 정말로 유능한 사람인지 아닌지를 생각할 여유조차 가질 수 없었다.

전쟁 때의 활동은 그녀에게 썩 잘 어울리는 일들이었다. 그녀는 사람들을 마음대로 휘두르고 못살게 굴며 으스대고, 때로는 윗사람들을 괴롭게 만들기도 했지만, 맡은 일에는 몸을 아끼지 않고 열심히 노력했다. 그녀의 여자 부하들은 그녀에게 쩔쩔매면서, 그녀가 약간만 얼굴을 찡그려도 겁을 먹곤 했다. 그런데 이제 그토록 의욕적이고 활기찬 생활이 끝난 것이다.

그녀는 다시 자신만의 생활로 돌아왔지만 전쟁 전의 생활과 같을 수는 없었다. 군대의 요구에 의해 강제로 징발되었던 그녀의 집은 많은 수리와 단장을 해야만 했고, 집안일을 해 줄 사람을 구하기도 어려웠기 때문에 집으로 돌아가는 것도 불가능했다. 그녀의 친구들은 사방으로 뿔뿔이 흩어져서 찾을 수가 없었다. 머지않아 적당히 지낼 곳을 마련하겠지만, 지금 당장은 잠시 지낼 만한 곳을 찾아야 했다. 호텔이나 하숙집이 좋을 것 같았기에 이 곳 몽스웰 여관을 선택했던 것이다.

보일 부인은 누군가를 비난하는 눈초리로 주위를 둘러보면서 마음 속으로 투덜거렸다.

'거짓말을 하다니. 내게 하숙집을 새로 시작한다는 말을 미리 하지도 않고.'

그녀는 접시를 되도록 멀리 밀어 놓았다. 아침식사는 훌륭한 것이었고, 커피와 집에서 만든 잼도 맛이 좋았다.

그럼에도 불구하고 그녀는 마음이 흡족하지 않았다. 모든 것이 잘 되어 있었기 때문에 불평거리를 찾을 수가 없었다. 잠자리도 아주 편안했다. 자수로 장식된 이불과 푹신한 베개도 마음에 들었다. 보일 부인은 마음이 편안한 것을 좋아하면서도, 한편으로는 흠잡는 것도 좋아했다. 아마 그녀의 성격으로 보아 흠잡는 것을 더 좋아한다고 볼 수도 있을 것이다.

보일 부인이 당당한 태도로 일어나서 식당 문을 나설 때 문간에서 바로 그 이상한 붉은 머리의 젊은이를 만났다. 이 날 아침 그는 진한 녹색 줄무늬의 모직 넥타이를 매고 있었다.
 보일 부인은 속으로 생각했다.
 '자연스럽지 못하군. 정말 우스꽝스러운 차림새야.'
 보일 부인은 그가 불안정한 눈빛으로 그녀를 흘끔거리며 쳐다보는 것도 마음에 들지 않았다. 이상하게도 뭔가 비웃는 듯한 그 눈초리는 사람을 기분 나쁘게 만들었다.
 '정신적으로 이상이 있는 사람이야, 틀림없어.'
 보일 부인은 다시 그런 생각이 들었다.
 렌 씨가 허리를 잔뜩 굽히며 과장된 몸짓으로 마침 인사를 하자, 보일 부인은 거만하게 고개만 까딱하고는 넓은 거실로 성큼성큼 걸어 들어갔다.
 거실에는 안락한 의자들이 놓여 있었는데, 특히 장미꽃 무늬로 장식된 큰 의자가 보일 부인의 눈에 띄었다. 그녀는 그 의자를 자기 자리로 만들어야겠다고 마음먹었다. 그녀는 다른 사람들이 앉지 못하도록 뜨개질감을 그 의자 위에 내려놓고 난방기 쪽으로 손을 뻗었다. 그녀가 예상했던 대로 난방기는 미지근하기만 했다.
 이제야 불평거리를 찾아냈다는 듯 보일 부인의 눈이 예리하게 번득였다. 이제 난방기를 구실로 뭔가 할 말이 생긴 것이다.
 보일 부인은 창 밖을 내다보았다. 지독한 날씨였다. 그녀는 이 하숙집에 손님들이 더 많이 와서 즐길 만한 곳이 되지 않는다면, 이 집에 오래 머물지 말아야겠다고 생각했다.
 지붕 위에 쌓인 눈이 미끄러져 내리며 부드럽게 부서지는 소리가 났다. 보일 부인은 갑자기 몸을 흠칫 떨며 소리쳤다.
 「싫어! 이런 곳에서 오래 머물 수는 없어.」
 그 때 어디선가 웃는 소리가 났다. 누군가가 낄낄거리며 소리 죽여 웃고 있었다. 보일 부인이 고개를 홱 돌렸다. 렌 씨가 문간에 서서 기묘한 표정으로 그녀를 바라보고 있었다.

「그러시겠죠. 나도 부인이 이 곳에 오래 머물 것이라고는 생각지 않아요.」

메트카프 소령은 자일즈를 도와 뒷문 앞에 쌓인 눈을 치우고 있었다. 그가 눈 치우는 일을 열심히 해 주고 있었으므로 자일즈는 몇 번이나 고맙다고 말했다.

「좋은 운동이 된다오. 운동은 매일 해야 합니다. 그래야 건강을 유지할 수 있거든요.」

메트카프 소령이 말했다.

메트카프 소령은 운동을 무척 좋아하는 사람 같았다. 자일즈는 그것이 오히려 걱정 거리였다. 왜냐 하면, 아침식사를 7시 반에 준비해 달라고 말 게 분명했기 때문이다. 자일즈의 마음을 알아채기라도 한 듯 소령이 이렇게 말했다.

「부인이 내 아침식사를 일찍 준비해 주신다면 정말 고맙겠습니다. 갓 낳은 달걀도 함께 말입니다.」

자일즈는 하숙집을 시작한 이후로 할 일이 많아졌기 때문에 아침 7시 이전에 일어나야만 했다. 몰리와 함께 달걀을 삶고 차를 끓이고 거실을 정돈했다. 모든 일들이 처음 해 보는 것이었다. 자일즈는 자신이 만일 손님이었다면 이렇게 일찍 일어날 필요 없이 마음껏 늑장을 부리며 잠자리에 있었을 것이라고 생각했다.

그런데 손님인 메트카프 소령은 저렇듯 일찍 일어나서, 아침식사까지 끝내고 넘치는 에너지를 발산할 일거리를 찾아 집 안팎을 돌아보고 있는 것이다.

'잘 됐지. 치울 눈은 얼마든지 있으니까.'

자일즈는 속으로 생각하면서 곁눈질로 소령을 흘끗 쳐다보았다. 그리고 다시 이렇게 생각했다.

'쉽게 친해질 수 있는 사람 같지 않아. 중년은 넘은 듯한데, 눈초리에는 어딘가 날카로운 면이 엿보이는군. 만만한 사람은 아니야. 어떤 일이라도 허술하게 처리할 것 같지도 않군. 그런데, 저 사람은 왜 하필 이 몽스웰 여관으로 왔을까? 아마 군대에서 제대를 한 다음 적당한 직업을 구할 수 없었기 때문이겠지.'

파라비치니 씨는 뒤늦게 자기 방에서 내려왔다. 그는 간소한 유럽식 아침식사로 커피와 토스트 한 조각을 먹었다.

몰리가 그에게 아침식사를 가져갔을 때, 그는 발꿈치를 들고 야단스럽게 과장된 태도로 인사를 했다.

「매력적인 부인이시군요. 이 집의 안주인이시죠?」

몰리는 당황해 하며 그렇다고 짧게 대답했다. 그녀는 찬사의 말을 들을 기분이 아니었다.

몰리는 접시를 개수대에 마구 쌓아놓으며 말했다.

「도대체 —— 왜 손님들은 같은 시간에 아침식사를 하지 못할까? 정말 힘들어 죽겠어.」

그녀는 접시를 닦아서 찬장에 넣고 침대를 정리하기 위해 급히 위층으로 올라갔다. 오늘 아침에는 자일즈가 그녀를 도와줄 수 없었다. 자일즈는 보일러실과 닭장에 이르는 길에 쌓인 눈을 치워야 하기 때문이었다.

몰리는 될 수 있는 한 가장 **빠른** 속도로 각 방의 침대를 정리했다.

그녀가 부지런히 목욕탕을 청소하고 있을 때 전화벨이 울리는 소리가 들렸다.

몰리는 일에 방해가 되자 처음에는 신경질이 났지만, 그래도 아직까지 전화가 통하고 있다는 생각이 들자 오히려 안도감을 느끼며 좋아졌다. 그녀는 전화를 받으려고 아래층으로 내려갔다.

몰리는 가쁜 숨을 몰아 쉬며 서재로 뛰어가서 얼른 수화기를 집어 들었다.

「여보세요?」

약간 사투리가 섞인 밝고 기운찬 목소리가 들려 왔다.

「몽스웰 여관입니까?」

「예, 몽스웰 여관입니다.」

「주인이신 데이비스 씨를 부탁합니다.」

「죄송하지만, 그이는 지금 전화를 받을 수 없어요. 제가 이 집 안주인인데요, 실례지만 누구시죠?」

「버크셔 주 경찰의 호그벤 총경입니다.」

몰리는 깜짝 놀라 소리쳤다.

「아, 그——그러세요?」

「데이비스 부인, 급한 일이 생겼습니다. 전화로는 길게 말씀드릴 수가 없습니다. 그래서 트로터 경사를 몽스웰 여관으로 파견했습니다. 얼마 뒤에 도착할 겁니다.」

「하지만 이곳에 오지 못하실 거예요. 우린 눈에 파묻혀 있거든요. 완전히 파묻혀 있어요. 다닐 수 있는 길이 없는 상태예요..」

수화기 저쪽의 목소리는 몰리의 말은 전혀 아랑곳하지 않고 다시 말했다.

「트로터 경사는 꼭 도착할 겁니다. 문제 없어요. 그리고, 데이비스 부인, 남편께 트로터 경사의 지시를 잘 듣고, 그 지시에 절대적으로 따르라고 전해 주십시오. 아셨죠? 이상입니다.」

「그런데 호그벤 총경님, 무슨 일이 ——.」

찰칵 하며 전화가 끊어지는 소리가 들렸다. 호그벤 총경은 할 말만 간단히 하고 전화를 끊었던 것이다. 몰리는 전화기를 한두 번 두드려 보다가 수화기를 내려놓았다. 그 때 서재 문이 열렸다. 몰리는 얼른 그 쪽을 돌아보았다.
「아, 당신이군요.」
자일즈의 머리에는 눈이 쌓여 있었고, 얼굴에는 석탄가루가 잔뜩 묻어 있었다. 그는 불을 지피고 왔는지 더워 보였다.
「무슨 일이지? 석탄통을 가득 채워 놓고 장작을 날라다 놓았어. 이제부터 닭장을 청소하고 보일러실을 살펴봐야겠어. 아니, 당신 괜찮아? 무슨 일이 생겼어? 당신, 놀란 것 같은데?」
「여보, 경찰에서 전화가 왔어요.」
「경찰?」
자일즈는 믿어지지 않는다는 표정으로 말했다.
「예, 경찰에서 형사인지 경사인지를 우리 집으로 파견했대요.」
「왜? 무슨 일로? 우리가 뭘 잘못했지?」
「모르겠어요. 아일랜드에서 사온 그 버터 2파운드 때문이 아닐까요?」
자일즈는 이맛살을 찌푸렸다.
「내가 라디오 수신 허가증을 받았던가?」
「예, 그건 책상 서랍에 넣어 두었어요. 비들록 부인이 낡은 트위드 코트를 구할 수 있는 자기의 구매표를 내게 주었는데, 그게 문제가 된 건 아닐까요? 설마 그런 게 다 문제가 된다고는 생각지 않았는데…… 코트가 한 벌도 없는 사람이 옷 구매표를 가진 게 무슨 잘못이겠어요? 여보, 그 밖에 우리가 뭐라도 잘못한 일이 있었나요?」
「며칠 전에 자동차 접촉 사고가 생길 뻔했어. 하지만 그건 저쪽 운전사가 잘못했기 때문이었어. 분명해.」
「그래도 우리가 뭔가 잘못한 게 확실해요.」
몰리는 울상이 되어 흐느끼듯 말했다.
「문제는, 요즘 세상에서 우리가 하는 일은 거의 다 위법이라는 거야.」
 자일즈가 우울하게 말을 이었다.
「그래서 사람들은 항상 죄책감을 느끼며 살고 있는 거야. 내 생각에는 이 하숙집 경영에 무슨 문제가 있는 것 같아. 이런 일에는 우리가 미처 생각하지도 못한 문제들이 가로막혀 있는 법이야.」
「문제가 될 만한 것은 술밖에 없어요. 그렇지만, 우린 아직 손님에게 술을 팔지 않았어요. 그러니까 괜찮을 거예요. 도대체 왜 우리가 원하는 방식대로 하숙집을 운영하지 못하게 되어 있는지 모르겠어요.」
「글쎄 말이야. 당신 말이 옳기는 하지만, 요즘에는 법으로 금지된 일이 하도 많아서.」
「여보, 하숙집을 시작하지 말 걸 그랬나 봐요.」
 몰리가 한숨을 내쉬고는 다시 말했다.
「앞으로 며칠 동안 우린 눈에 갇혀 있게 될 거예요. 그러면 손님들은 불평을 늘어놓을 테고, 저장해 둔 식량은 전부 바닥이 날 것이고 말이에요..」
「여보, 힘을 내요. 지금 당장은 힘들지만 좋아질 거야.」
 자일즈는 몰리의 이마에 건성으로 키스를 하고 나서 약간 심각하게 말했다.
「여보, 생각해 보니까 일이 심상치 않은 것 같아. 경찰이 이런 날씨를 무릅쓰고 우리 집에 형사를 보냈다면, 그건 아주 심각한 문제가 분명해.」
 자일즈는 창문 밖에 쌓인 눈을 손으로 가리키며 다시 말했다.
「틀림없이 위급한 일이 생긴 거야……」
 몰리와 자일즈가 서로 얼굴을 마주보며 앉아 있을 때, 서재 문이 열리며 보일 부인이 들어왔다.

「아, 여기 있었군요, 데이비스 씨. 거실이 지금 얼마나 추운지 알고 있습니까?」

「죄송합니다, 보일 부인. 코크스가 얼마 남지 않아서——.」

보일 부인은 자일즈의 말을 냉정하게 가로채며 따지듯 말했다.

「나는 일 주일에 7기니를 지불하고 있어요——7기니를 말이에요. 그런데 이렇게 얼어 죽을 정도로 춥게 하다니, 도대체 어떻게 된 거예요?」

자일즈는 얼굴이 상기되어 짧게 대꾸했다.

「제가 가서 연료를 더 넣겠습니다.」

자일즈가 방을 나가자, 보일 부인은 몰리에게 얼굴을 돌리며 말을 붙였다.

「이렇게 말해도 괜찮을지 모르지만, 여기 손님 중에 정말 이상한 젊은이가 한 사람 있더군요. 그 사람의 태도와 그 넥타이하며, 머리는 빗질조차 하지 않는 것 같더군요.」

「그 분은 아주 똑똑한 젊은 건축가예요.」

「뭐라고요?」

「크리스토퍼 렌 씨는 건축가란 말입니다. 그리고——.」

「아니, 이봐요, 젊은 부인.」

보일 부인이 달려들듯이 말했다.

「내가 그 유명한 크리스토퍼 렌 경을 모르는 줄 알아요? 물론 그 분은 건축가였죠. 세인트 폴 성당을 세운 분이죠. 당신 같은 젊은 사람들은 이 나라에 교육법이 만들어지기 전에 살았던 사람들은 교육도 받지 못한 줄 알고 있군요.」

「저는 그 젊은 렌 씨를 말하고 있는 거예요. 그 젊은이의 이름도 크리스토퍼 렌이에요. 그 사람의 부모님이 그가 건축가가 되었으면 하는 바람으로 이름을 그렇게 지어 주셨다는군요. 그래서 그 젊은이는 이제 머지않아 유능한 건축가가 될 거라고 했어요.」
「흥!」
보일 부인은 코웃음을 치며 말했다.
「믿어지지가 않는군. 내가 당신이었다면 그 젊은이가 어떤 사람인지 좀더 자세히 알아보았을 거예요. 그에 관해서 어느 정도나 알고 있죠?」
「부인에 관해서 알고 있는 것만큼은 알고 있어요. 말하자면, 부인과 그 젊은이가 우리 집에 머물면서 일 주일에 7기니씩 하숙비를 지불한다는 사실이죠. 제가 그 이상 뭔가를 더 알아야 할 필요가 있을까요? 제가 관심을 두고 있는 것은 그 사실밖에 없어요. 손님이 제 마음에 들거나——.」
몰리는 보일 부인을 똑바로 쳐다보면서 말을 이었다.
「마음에 들지 않거나 그건 아무 상관 없어요.」
보일 부인은 몰리의 말을 듣자 불같이 화를 냈다.
「당신처럼 젊고 경험이 없는 사람은, 자기보다 경험이 많고 나이가 든 사람의 충고를 고맙게 받아들여야 할 거예요. 그리고, 그 수상한 외국인은 또 누구죠? 도대체 언제 이 집에 도착했죠?」
「어젯밤 늦게 왔어요.」
「정말 이상한 일이군. 그런 시각에 사람을 집 안에 들어오게 하다니.」
「진실해 보이는 외국인 여행자를 쫓아낸다면, 그건 법에 어긋나는 일이에요.」
몰리가 상냥하게 덧붙였다.
「아마 그걸 모르셨나 보군요. 그건 아셔야죠.」
「그 파라비치닌가 뭔가 하는 사람은 내가 보기에——.」
「조심하세요, 부인. 호랑이도 제 말하면 온다고——.」

보일 부인은 정말 호랑이가 나타나기라도 한 것처럼 깜짝 놀라며 펄쩍 뛰었다. 서재에는 파라비치니 씨가 보일 부인과 몰리가 눈치도 채지 못할 정도로 살며시 들어와서 두 손을 비비며 늙은 악마같이 웃고 서 있었다.

「깜짝 놀랐잖아요. 아니, 소리도 없이 들어왔군요.」

보일 부인이 말했다.

파라비치니 씨가 대답했다.

「발꿈치를 들고 들어왔으니까요, 부인. 그래서 내가 걸어다니는 소리는 아무도 듣지 못한답니다. 살금살금 걸어다니면 아주 재미있습니다. 이따금 듣지 않아도 될 말도 듣는 적이 있지만, 그것 또한 재미있는 일이죠. 그리고 나는 한 번 들은 말은 절대로 잊지 않는답니다.」

보일 부인은 겸연쩍은 듯 작은 소리로 말했다.

「그래요? 아, 난 뜨개질감을 가지러 가야겠군요——거실에 두고 왔거든요.」

보일 부인은 황급히 방을 나갔다. 몰리는 당황한 채 파라비치니 씨를 바라보며 서 있었다. 그는 토끼처럼 깡총깡총 뛰어서 몰리에게 다가왔다.

「우리의 매력적인 안주인께서 기분이 안 좋으신 것 같군요.」

그는 몰리가 미처 피하기도 전에 몰리의 손을 잡고 손등에 키스를 했다.

「무슨 일입니까, 부인?」

몰리는 뒤로 한 걸음 물러서며, '이 사람에게 좋게 대해야 할지 불쾌한 표정을 지어야 할지 도무지 알 수가 없어.' 하고 생각했다. 파라비치니 씨는 늙은 사티로스(사람의 몸뚱이에 염소의 귀·뿔·다리·꼬리를 가진 괴물로, 여자를 지나치게 좋아함)처럼 몰리를 곁눈질해 보고 있었다.

몰리가 가벼운 어조로 말했다.

「오늘 아침에는 제대로 되는 일이 하나도 없어요. 전부 눈 때문이에요.」

「그렇습니다.」

파라비치니 씨는 고개를 돌려 창 밖을 내다보며 말했다.

「눈 때문에 일이 어렵게 되기는 했지만, 한편으로는 아주 쉬워지기도 했습니다.」

「무슨 말씀인지 모르겠군요.」

파라비치니 씨가 심각하게 말했다.

「그러시겠죠. 부인은 아직 모르는 게 많을 겁니다. 한 가지 예를 들자면, 부인은 하숙집을 운영하는 방법을 전혀 모르고 있는 것 같더군요.」

그러자 몰리는 턱을 앞으로 내밀며 단호하게 말했다.

「예, 그건 사실이에요. 하지만, 우리 부부는 최선을 다할 작정이에요.」

「좋아요, 좋습니다.」

몰리는 딱딱한 태도를 약간 누그러뜨리며 말했다.

「그리고 어쨌든—— 제 요리 솜씨는 별로 나쁘지 않다고 생각해요.」

「물론입니다. 부인의 요리 솜씨는 아주 훌륭합니다.」

몰리는, '정말 불쾌한 외국인이군.' 하고 생각했다.

파라비치니 씨는 몰리의 생각을 눈치챈 듯 갑자기 태도를 바꾸어 심각하게 낮은 목소리로 말했다.

「내가 한두 마디 조언을 해도 괜찮겠습니까, 데이비스 부인? 부인과 부인의 남편은 사람들을 쉽게 믿지 않는 것이 좋을 겁니다. 아시겠어요? 이 집에 온 손님들에 관해서 잘 알아보셨습니까?」

몰리는 난처한 표정으로 물었다.
「그렇게까지 해야 되나요? 하숙집이란 누구나 쉽게 드나드는 곳이라고 생각했는데요.」
「부인은 이 집에서 함께 지내는 사람들에 대해 약간은 알아두는 것이 현명한 일입니다.」
파라비치니 씨는 몰리에게 몸을 굽히며 위협을 하듯이 몰리의 어깨를 톡톡 두드렸다.
「나를 예로 들어 보죠. 나는 한밤중에 이 집에 왔어요. 내 자동차가 눈길에 미끄러져서 뒤집혔다고 말한 것밖에 부인이 나에 관해 알고 있는 건 아무것도 없지 않습니까? 전혀 모르고 계신 겁니다. 아마도 부인은 다른 사람들에 대해서도 마찬가지겠죠.」
「보일 부인은———.」
몰리는 뭔가 말하려다가 보일 부인이 뜨개질감을 손에 들고 다시 서재로 들어오자 말을 멈추었다.
「거실은 너무 춥군요. 여기 앉아 있어야겠어요.」
보일 부인은 이렇게 말하며 벽난로 쪽으로 성큼성큼 걸어갔다.
파라비치니 씨는 발끝으로 한 바퀴 뱅글 돌고 나서 보일 부인에게로 다가가서 말했다.
「제가 불꽃을 돋우어 드리겠습니다.」
어젯밤에 몰리는 파라비치니 씨가 젊은 사람처럼 활기차게 걷는 것을 보고 이상하게 여겼었다. 그리고, 그는 불빛을 정면으로 받지 않으려고 항상 조심하고 있는 것 같았다. 그런데, 지금 그가 무릎을 굽히고 벽난로의 불꽃을 돋우고 있는 모습을 보자 그 이유를 알 수 있었다. 확실하게 눈에 띄지는 않았지만, 파라비치니 씨는 얼굴에 엷은 '화장'을 하고 있었던 것이다.
'그러니까 저 늙은 남자는 젊게 보이려고 애쓰고 있구나. 하지만 성공하지는 못했어. 지금 저 얼굴은 오히려 나이가 더 들어 보이니까 말이야. 젊은이 같은 걸음걸이도 전혀 어울리지 않아. 아마 사람들을 속이려고 꽤나 조심스럽게 걷는 것이겠지.'

몰리는 이렇게 생각했다.

그 때 메트카프 소령이 뛰어 들어오는 바람에 몰리의 생각은 다시 불쾌한 현실로 돌아왔다.

「데이비스 부인, 아무래도 화장실의 수도관이 ──저──.」

큰 소리로 말하던 소령은 갑자기 목소리를 낮추었다.

「아래층 화장실의 수도관이 언 것 같습니다.」

「어머, 큰일났네! 오늘은 왜 이런지 모르겠어요. 조금 전에는 경찰이더니 이번에는 수도관이라니.」

몰리가 신음하듯이 말하는 순간, 파라비치니 씨는 '쨍그랑' 소리를 내며 부지깽이를 떨어뜨렸고, 보일 부인은 뜨개질하던 손을 갑자기 멈추었다.

몰리는 메트카프 소령도 몸이 굳어지며 얼굴 표정이 이상하게 변하는 것을 보자, 당황해서 어쩔 줄 몰랐다. 소령의 표정은 전혀 딴 사람처럼 변해 있었다. 나무로 깎은 목각 인형처럼 모든 감정이 사라진 것 같았다.

「경찰이라고 했습니까?」

메트카프 소령이 스타카토처럼 한 마디씩 짧게 끊어 말했다.

몰리는 소령의 굳어진 태도 뒤에는 어떤 격한 감정이 불타 오르고 있다고 느꼈다. 그것은 두려움이나 경계심, 또는 흥분된 감정이 분명했다.

'이 사람은 뭔가 숨기고 있어. 위험한 사람이 틀림없어.'

몰리는 이렇게 생각했다.

메트카프 소령이 다시 말했다. 이번에는 호기심을 나타내는 듯 누그러진 목소리였다.
「경찰이라니, 무슨 말입니까?」
「조금 전에 경찰에서 전화가 왔었어요. 우리 하숙집에 형사를 파견했다고 하더군요. 하지만 이런 날씨에는 형사가 이곳에 오기가 어려울 거예요.」
몰리는 창 밖을 내다보며 희망적인 어조로 말했다.
「왜 형사를 보냈다고 하던가요?」
메트카프 소령은 몰리에게 한 발자국 다가서며 물었다. 몰리가 대답을 하려는 순간, 문이 열리며 자일즈가 들어왔다.
「이 형편없는 코크스는 반 이상이 돌멩이야.」
자일즈는 화가 난 듯 말하다가,「무슨 일이 있었습니까?」라고 날카로운 눈초리로 물었다.
메트카프 소령이 자일즈에게 고개를 돌렸다.
「경찰이 온다고 하던데, 무슨 일입니까?」
자일즈가 아무 일도 아니라는 듯 말했다.
「아, 그 일이라면 걱정하지 마십시오. 이런 날씨에는 아무도 못 올 겁니다. 눈이 1.5m나 쌓여서 길이 전부 막혔거든요. 아무도 오지 못할 겁니다.」
바로 그 순간, 창문을 두드리는 소리가 요란하게 세 번 들려 왔다.
방 안에 있는 사람들은 모두 깜짝 놀랐다. 잠시 동안은 그 소리가 어디에서 났는지 아무도 몰랐다. 그 소리는 마치 유령의 경고처럼 크고 기분 나쁘게 들려 왔다. 갑자기 몰리가 비명을 지르며 프랑스 식으로 된, 바닥까지 내려온 창문을 가리켰다. 그곳에 어떤 남자가 창문을 두드리며 서 있었다. 그는 아무도 오지 못할 것 같은 이곳까지 스키를 타고 온 것이다.
자일즈는 소리를 지르며 방을 가로질러 가서, 손잡이를 더듬어 창문을 밀어 젖혔다.
「고맙습니다.」
스키를 타고 온 남자가 말했다. 그는 흔히 들을 수 있는 평범하고도 활기찬 목소리에다, 햇볕에 검게 탄 얼굴의 사나이였다.
「트로터 경사입니다.」
그가 자신을 소개했다.
보일 부인은 못마땅한 얼굴로 그를 가만히 쳐다보더니 믿을 수 없다는 듯이 말했다.
「경사라기엔 너무 젊어 보이는군요?」
정말 무척 젊어 보이는 그 남자는 보일 부인의 말에 모욕을 느낀 듯 약간 화가 난 투로 말했다.
「나는 보이는 것처럼 그렇게 젊지는 않습니다, 부인.」
그리고 사람들을 둘러보더니 자일즈에게 말했다.
「당신이 데이비스 씨죠? 이 스키를 어디엔가 넣어 두어야겠는데, 좀 도와주시겠습니까?」
「예, 그러죠. 절 따라오시죠.」
그 남자가 홀 안쪽으로 들어가고 문이 닫히자, 보일 부인이 언짢다는 투로 말했다.
「경찰관들이 스키를 타고 돌아다니며 겨울 스포츠나 즐기게 하려고 우리가 세금을 내고 있군요.」
파라비치니 씨는 몰리에게 다가와서 이 사이로 새어나오는 듯한 목소리로 나지막하고 재빠르게 말했다.
「왜 경찰을 불렀습니까, 부인?」
몰리는 원망이 담긴 것 같은 파라비치니 씨의 눈초리를 보자, 몸이 움츠러드는 느낌이었다. 그것은 예기치 못했던 파라비치니 씨의 새로운 일면이었다. 몰리는 자신을 뚫어지게 바라보는 그의 눈초리에서 잠시 두려움을 느꼈다.

「제가 부른 것이 아니에요. 전 경찰을 부르지 않았어요.」

몰리는 어찌 할 바를 몰랐다.

그 때 크리스토퍼 렌이 흥분한 모습으로 들어오며 높고 날카로운 목소리로 말했다.

「홀에 있는 그 남자는 누굽니까? 어디서 왔죠? 온통 눈을 뒤집어 쓰고 있으면서도 기운이 넘쳐 보이던데요.」

보일 부인이 큰 소리로 대답했다.

「당신이 안 믿을지 모르지만, 그 남자는 경찰이에요. 스키를 타고 온 형사라는군요!」

이렇게 말하는 보일 부인의 태도에는 마침내 하층계급 사람들의 잘난 체하는 면모가 드러났다.

메트카프 소령이 몰리에게 중얼거리듯 말했다.

「데이비스 부인, 미안하지만 전화를 써도 될까요?」

「물론이에요, 소령님.」

메트카프 소령이 전화기 곁으로 다가설 때, 크리스토퍼 렌이 째지는 목소리로 말했다.

「무척 잘생겼더군요. 그렇게 생각하지 않습니까? 난 항상 경찰관들은 상당히 매력적이라고 생각해 왔어요.」

「여보세요, 여보세요———.」

메트카프 소령은 조바심을 내며 전화기를 두드렸다. 그러다가 몰리를 바라보며 말했다.

「데이비스 부인, 전화가 통하지 않는군요. 먹통이에요.」

「조금 전까지도 통화가 되었었는데요. 왜 ———.」

몰리의 말을 가로채며 크리스토퍼 렌이 큰 소리로 웃었다. 쉿소리를 내며 거의 신경질적으로 들리는 웃음 소리였다.

「그러니까 이제 우린 바깥 세상하고 완전히 단절되고 말았군요. 완전히 단절되었어요. 우습지 않습니까?」

「웃을 일이 아닙니다.」

보일 부인이 말했다.

크리스토퍼 렌은 그래도 계속 웃었다.

「이건 나만 알고 있는 농담입니다.」

그리고는 손가락을 입술에 갖다 대었다.

「쉿, 형사가 들어오는군요.」

자일즈가 트로터 형사와 함께 방으로 들어왔다. 트로터 형사는 스키를 벗고 눈을 털어낸 모습으로 큰 노트와 연필을 손에 들고 있었다. 그 모습은 냉정하고 침착한 재판관 같았다.

「여보——트로터 경사님이 우리에게 할 말이 있다고 하시는군.」

자일즈가 말했다.

몰리는 그들을 따라 방을 나갔다.

「서재로 가시죠.」

자일즈가 트로터 형사에게 말했다.

그들 세 사람은 홀 뒤쪽에 있는 방으로 들어갔다. 그 방은 작기는 했지만, 서재라는 이름에 어울리도록 품위 있게 꾸며진 방이었다. 트로터 형사는 방으로 들어서서 조심스럽게 문을 닫았다.

「우리가 무슨 잘못을 저질렀나요?」

몰리가 울상을 지으며 말했다.

「무슨 잘못이냐고요?」

트로터 형사는 몰리를 바라보았다. 그러더니 활짝 웃으며 말했다.

「아, 그런 일이 아닙니다, 부인. 오해를 하셨다면 내가 사과를 드려야겠군요. 데이비스 부인, 그런 문제와는 전혀 다른 일 때문에 온 겁니다. 경찰의 보호가 필요한 문제가 생겼습니다. 내 말을 이해하시겠습니까?」

몰리와 자일즈는 트로터 형사의 말을 잘 이해하지 못해서 묻는 듯한 얼굴로 그를 바라보기만 했다.

트로터 형사가 유창하게 말을 계속했다.

「이 문제는 라이언 부인, 즉 모린 라이언 부인의 죽음과 관련이 있는 겁니다. 그 부인은 이틀 전에 런던에서 살해당했습니다. 신문에 난 기사를 보셨습니까?」

「예.」

몰리가 대답했다.

「우선 내가 알고 싶은 것은 두 분이 그 라이언 부인을 알고 있었느냐 하는 겁니다.」

「전혀 모르는 여자입니다.」

자일즈가 이렇게 대답하자, 몰리도 아주 작은 목소리로 그렇다고 말했다.

「그렇군요. 우리도 그럴 것이라고 생각했습니다. 그런데, 사실 라이언이란 이름은 살해된 여자의 진짜 이름이 아니었습니다. 그 여자는 죄를 짓고 교도소에 수감된 적이 있었기 때문에, 경찰에 그 여자의 지문이 기록되어 있습니다. 그래서 우리는 그 여자의 진짜 신원을 쉽게 알 수 있었죠. 그 여자의 진짜 이름은 그레그, 모린 그레그였습니다. 전남편인 존 그레그는 이곳에서 멀지 않은 롱리지 농장에서 살던 농부였습니다. 두 분도 롱리지 농장 사건에 관해서 들어 본 적이 있겠죠?」

방 안에는 침묵이 감돌았다. 들리는 소리라고는 지붕에 쌓였던 눈이 미끄러지며 땅에 떨어져 부드럽게 부서지는 소리뿐이었다. 침묵을 깨는 그 소리는 은밀하고도 불길한 느낌을 주고 있었다.

트로터 형사는 말을 계속했다.

「1940년에 세 명의 전쟁 고아가 롱리지 농장의 그레그 부부에게 입양되었습니다. 그런데, 얼마 뒤 그 아이들 가운데 한 아이가 그레그 부부의 범죄에 가까운 냉혹한 학대와 무관심 때문에 죽고 말았습니다. 그 사건이 보도되자 세상이 떠들썩했고 그레그 부부는 감옥에 보내졌습니다.

그러나, 그레그는 붙잡혀서 감옥으로 가는 도중에 도망을 쳤습니다. 그는 자동차를 한 대 훔쳐 타고 달리다가 경찰이 추격해 오자, 정신없이 차를 몰았죠. 그러다가 결국 사고를 당해서 그 자리에서 죽고 말았습니다. 한편, 그레그 부인은 감옥에서 형기를 마치고 두 달 전에 석방되었습니다.」

「그리고 살해당했군요. 누가 그랬다고 생각하십니까?」

자일즈가 물었다.

트로터 형사는 자일즈의 물음에 대답하지 않고, 천천히 물었다.

「그 사건을 기억하십니까?」

자일즈는 고개를 저었다.

「1940년에 저는 해군 소위 후보생으로 지중해에서 복무하고 있었습니다.」

그러자 트로터 형사는 몰리에게 시선을 돌렸다.

몰리가 숨을 가쁘게 쉬며 말했다.

「저——저는 들은 기억이 있는 것 같아요. 하지만 왜 우리에게 오셨죠? 그 사건이 우리와 무슨 상관이 있죠?」

「당신들이 위험에 처해 있기 때문입니다, 데이비스 부인!」

「위험이라고요?」

자일즈는 믿어지지 않는다는 듯 트로터 형사를 보며 말했다.

「예, 자초지종을 말씀드리겠습니다. 라이언 부인이 살해된 현장과 가까운 곳에서 수첩이 하나 발견되었습니다. 그 수첩에는 두 곳의 주소가 적혀 있었는데, 그 중 하나는 런던의 컬버 가(街) 74번지였습니다.」

「그 여인이 살해당한 곳이죠?」

몰리가 물었다.

「예, 그렇습니다. 또 하나의 주소는 바로 이곳 몽스웰 여관이었습니다.」

「뭐라고요?」

몰리가 도저히 믿기지 않는다는 어조로 소리쳤다.

「그래서 호그벤 총경께서는 두 분, 또는 이 집이 롱리지 농장 사건과 무슨 관계가 있는지 알아내는 것이 무엇보다도 긴급한 일이라고 생각하셨습니다.」

「아무런 관계도 없습니다. 전혀 없어요. 그 수첩에 우리 집 주소가 적혀 있었던 것은 아마 우연한 일일 겁니다.」

트로터 형사가 차분히 말했다.

「호그벤 총경께서는 그것이 우연이라고 생각하지 않으셨습니다. 사실은 총경께서 손수 이곳으로 오시려고 했었죠. 그런데 날씨 때문에 못 오셨고, 내가 스키를 탈 줄 알기 때문에 대신 나를 보내신 겁니다. 나는 이 집에 있는 모든 사람들에 관해 상세히 알아내서 전화로 총경께 보고를 드려야 합니다. 또한, 집 안에 있는 사람들의 안전을 위해 필요하다고 생각되는 모든 조치를 취하라는 지시도 받았습니다.」

자일즈가 소리쳤다.

「안전이라뇨? 맙소사! 설마 우리 집에서 누군가가 살해당할 것이라고 생각하시는 건 아니겠죠?」

트로터 형사가 미안하다는 투로 말했다.

「부인을 상심시키고 싶지는 않습니다만, 사실은 그렇습니다. 호그벤 총경께서도 바로 그 점을 염려하고 계신 겁니다.」
「도대체 무슨 이유로 그런 일이 우리 집에서———.」
트로터 형사가 얼른 자일즈의 말을 받았다.
「그 이유를 알아내기 위해서 내가 이곳에 온 겁니다.」
「미친 사람의 짓이군요.」
「그렇습니다. 미친 사람의 짓이기 때문에 위험하다는 겁니다.」
「경사님, 우리에게 하실 말씀이 더 있는 것 같은데요. 더 말씀하시죠?」
몰리가 말했다.
「예, 부인. 주소가 적혀 있는 그 수첩의 윗부분에는 '세 마리의 눈먼 쥐'라는 글씨도 쓰여 있었습니다. 그리고, 살해당한 여자의 옷에 핀으로 꽂혀 있는 종이에는 '이것이 첫번째'라고 적혀 있었고, 그 아래에는 세 마리의 쥐와 한 소절의 악보가 그려져 있었습니다. 그것은 '세 마리의 눈먼 쥐'라는 동요였습니다.」
몰리가 나지막이 노래를 불렀다.

세 마리의 눈먼 쥐
그들이 달려가는 것을 보세요.
그들은 언제나 농부의 아내를 쫓아다녔습니다.
그녀는———.

몰리는 갑자기 노래를 그치고 말했다.
「아, 무서워요. 끔찍해요. 롱리지 농장에는 아이들이 세 명이었어요, 그렇죠?」
「예, 열다섯 살 된 남자아이와 열네 살 된 여자아이, 그리고 죽은 아이는 열두 살 된 남자아이였습니다.」

「그 뒤에 두 아이는 어떻게 되었나요?」

「내가 알기로는 여자아이는 다른 사람에게 입양이 되었는데, 그 뒤에는 어떻게 되었는지 모릅니다. 그리고 제일 큰 남자아이는 지금 스물세 살이 되었을 텐데, 그 아이도 어디에 있는지 모릅니다. 그런데, 그 남자아이는 어딘가 약간 이상했다고 합니다. 열여덟 살에 군대에 들어갔는데, 얼마 뒤에 탈영을 했다고 하는군요. 그 뒤엔 어딘가로 사라졌는데, 군대의 정신과 의사의 말에 의하면 그는 정상이 아니라고 합니다.」

「그렇다면, 라이언 부인을 죽인 사람이 바로 그 남자아이라고 생각하십니까? 그가 살인광이 되어서, 어떤 알 수 없는 이유로 우리 집에 나타날 거라는 말입니까?」

자일즈가 재빨리 물었다.

「우리는 이 집에 있는 사람들 중의 누군가가 롱리지 농장 사건과 어떤 관련이 있다고 확신하고 있습니다. 어떤 관련이 있는지 그것만 밝혀낼 수 있다면, 불행한 일이 일어나지 않도록 미리 대비할 수 있다고 봅니다. 당신은 그 사건과 아무런 관련이 없다고 했습니다. 그리고 부인도 마찬가지라고 하셨죠?」

「아——예, 그래요. 저도 마찬가지예요.」

「이 집에 머물고 있는 사람이 누구누구인지 말해 주시겠습니까?」

몰리와 자일즈는 보일 부인, 메트카프 소령, 크리스토퍼 렌, 그리고 파라비치니 씨의 이름을 차례로 말했다. 트로터 형사는 수첩에다 그 이름들을 적었다.

「일하는 사람은 없습니까?」

「한 명도 없습니다. 아, 그러고 보니까 어서 가서 감자요리를 해야 하는 걸 깜박 잊고 있었군요.」

몰리가 서둘러 말했다.

몰리는 급히 서둘러 그 방을 나왔다.
트로터 형사가 자일즈에게 다시 물었다.
「이 하숙집에 있는 사람들에 관해 어느 정도 알고 있습니까?」
「저――우리는――.」자일즈는 잠깐 말을 멈추었다가 낮은 목소리로 말을 이었다.
「사실 우린 그 분들에 대해서 아무것도 모르고 있습니다. 보일 부인은 본머스 호텔에서 편지를 보내 왔고, 메트카프 소령은 리밍턴에서, 그리고 렌 씨는 사우스 켄징턴의 어떤 여관에서 우리에게 편지를 보냈었습니다. 파라비치니 씨는 여기서 멀지 않은 곳에서 자동차가 눈길에 미끄러지며 뒤집히는 바람에 푸른 하늘――아니, 하얀 하늘에서 갑자기 나타났죠. 손님들 모두가 신분증이나 식량 배급증 같은 증명서를 지니고 있을 겁니다.」
「그건 내가 조사를 해 보겠습니다.」
「날씨가 좋지 않은 것이 오히려 다행이라고 생각되는군요. 이런 날씨에는 살인범이라도 올 수 없을 테니까요, 안 그렇습니까?」
자일즈가 말했다.
「그럴 필요가 없을지도 모릅니다, 데이비스 씨.」
「무슨 말씀입니까?」
트로터 형사는 잠시 머뭇거리더니 이렇게 말했다.
「이미 이곳에 와 있을지도 모른다는 말입니다.」
자일즈는 깜짝 놀란 눈으로 트로터 형사를 쳐다보았다.
「아니, 그게 무슨 말입니까?」
「그레그 부인은 이틀 전에 살해당했습니다. 그런데, 이 집에 온 손님들은 전부 그 살인사건이 일어난 뒤에 도착했습니다.」
「그렇긴 하지만, 예약은 그 사건이 일어나기 전에 했습니다――며칠 전에 말입니다. 파라비치니 씨를 제외하고는.」

트로터 형사는 한숨을 내쉬며 피곤한 목소리로 말했다.
「이 사건은 미리 계획된 범죄들입니다.」
「범죄들이라고요? 사건은 한 번밖에 안 일어났는데, 왜 또 다른 사건이 일어날 거라고 단정하십니까?」
「또 다른 사건이 일어날 겁니다. 아니, 그렇게 되어서는 안 됩니다. 막아야 합니다. 어쨌든 범인은 사건을 꾸미고 있습니다. 확실합니다.」
「만일 경사님 말씀이 옳다면──.」
자일즈가 흥분한 태도로 말을 이었다.
「범인이라고 생각할 수 있는 사람은 단 한 사람밖에 없습니다. 범인의 나이와 비슷한 사람은 렌 씨밖에 없거든요.」
트로터 형사는 주방에 있는 몰리에게 갔다.
「데이비스 부인, 나와 함께 서재로 가시겠습니까? 이 집에 있는 사람들 전부에게 내가 맡은 일에 대해 대충 말씀을 드리는 게 좋을 것 같습니다. 데이비스 씨가 지금 준비를 해 주셔서──.」
「예, 저도 서재로 가겠어요. 하지만, 제가 이 감자요리를 끝낼 때까지만 기다려 주세요. 저는 이따금 월터 롤리 경(1552?~1618, 영국의 군인·탐험가·정치가. 엘리자베스 여왕 시대에 아메리카를 탐험하고 영토를 확보하여 여왕에게 바침. 남아메리카에서 담배와 감자를 처음으로 영국에 들여왔다고 함.)이 이 골치 아픈 감자를 수입해 오지 않았더라면 얼마나 좋았을까 하고 생각한답니다.」
트로터 형사는 불만스러운 표정을 한 채 말없이 잠자코 있었다. 몰리는 미안하다는 듯이 말했다.
「전 도무지 믿어지지 않아요, 경사님. 너무나 비현실적인 일이잖아요──?」
「비현실적인 일이 아닙니다, 부인. 이건 명백한 현실입니다.」

「범인이라고 생각되는 사람이 어떻게 생겼는지 알고 계신가요?」
몰리가 호기심을 느끼며 물었다.
「중간 정도의 키에 마른 체격이었고, 검은 외투에 밝은 색 모자를 쓰고 있었답니다. 얼굴은 목도리에 가려서 보이지 않았고, 감기에 걸린 듯한 목소리였다고 합니다. 흔히 볼 수 있는 그런 사람이죠.」
트로터 형사는 잠시 말을 멈추었다가 다시 입을 열었다.
「데이비스 부인, 이 집의 홀에는 검은 외투와 밝은 색 모자가 각각 세 벌씩 걸려 있더군요.」
「예, 그렇지만 런던에서 온 손님은 한 분도 없는걸요.」
「그럴까요?」
트로터 형사는 이렇게 말하며 재빨리 서랍 달린 찬장으로 가서 신문을 집어들었다.
「2월 19일 런던에서 발행된 '이브닝 스탠더드'지로군요. 이틀 전 신문이죠. 누군가가 이 신문을 런던에서 사서 이곳으로 가져온 것이 분명합니다, 부인.」
「그럴 리가 없어요.」
몰리는 그 신문을 쳐다보았다. 그 순간 뭔가 희미하게 떠오르는 게 있었다.
「그 신문이 어디서 났을까?」
「부인, 사람을 얼굴만 보고 판단해서는 안 됩니다. 부인은 이 집에 받아들인 손님에 대해 아는 것이 전혀 없는 것 같군요. 부인과 데이비스 씨는 하숙집을 처음 경영하시는 것 같습니다만.」
「예, 처음이에요.」
몰리는 트로터 형사에게 대답을 하며, 갑자기 자신이 경험이 없고 어리석은 어린애 같은 느낌이 들었다.
「결혼하신 지도 얼마 안 되었죠?」

몰리의 얼굴이 살짝 붉어졌다.
「1년밖에 안 됐어요. 갑작스럽게 결혼식을 올렸어요.」
「첫눈에 반해 버리셨군요.」
트로터 형사는 짐작하고 있었다는 듯이 고개를 끄덕였다. 몰리는 트로터 형사에게 뭐라 대꾸할 말이 없었다. 그녀는,「예.」라고 말하고는 누가 뭐라 해도 좋다는 듯 자신있게 덧붙였다.
「그이와 저는 알게 된 지 겨우 2주일 만에 결혼했어요.」
몰리는 너무도 열렬히 사랑했던 14일 동안의 연애 기간을 생각해 보았다. 몰리와 자일즈는 그 때 서로를 잘 알고 있다고 느꼈으며, 아무런 의심도 없었다. 그들은 근심 걱정이 많고 괴로운 이 세상에서 기적과도 같은 사랑과 행복을 발견했었던 것이다. 몰리는 살며시 미소지었다.
그러다가 트로터 형사가 그녀의 마음을 이해하겠다는 표정으로 그녀를 바라보고 있는 현실로 돌아왔다.
「남편은 이 고장 출신이 아니죠?」
몰리는 막연하게 대답했다.
「예, 아마 링컨셔 주(영국 중부의 주) 출신일 거예요.」
몰리는 자일즈의 어린 시절과 가정 환경에 대해선 아는 것이 거의 없었다. 그의 부모님이 돌아가셨다는 것은 알고 있었지만, 남편은 어린 시절에 대한 이야기는 되도록 하지 않으려고 했기 때문에, 몰리는 남편이 불행한 환경에서 자랐을 것이라고 짐작만 할 뿐이었다.
「이렇게 말해도 괜찮을지 모르겠습니다만, 내가 보기에 두 분은 하숙집을 경영하기에는 너무 젊은 것 같군요.」
트로터 형사가 말했다.
「아, 글쎄요. 저는 스물두 살이고———.」
그 때 자일즈가 문을 열고 들어오자, 몰리는 하던 말을 멈추었다.

「준비가 다 되었습니다. 손님들께 대략 말씀을 드렸습니다. 그래도 되는 것인지 모르겠습니다.」
자일즈가 덧붙였다.
「잘하셨습니다. 준비가 되셨죠, 데이비스 부인?」
트로터가 말했다.

트로터 형사가 서재로 들어서자, 그 방에 있던 네 사람이 한꺼번에 말하기 시작했다.
크리스토퍼 렌은 제일 높고 날카로운 목소리로, 이렇게 스릴 넘치는 일은 생전 처음이라서 오늘 밤엔 한잠도 못 자겠다며 살인사건에 관해 자세히 알려 달라고 했다.
보일 부인은 낮고 울리는 목소리로 말했다.
「도대체 알 수가 없군요. 살인범이 돌아다니고 있는데 경찰은 뭘 하고 있는지 모르겠군요.」
파라비치니 씨는 말소리보다는 몸짓이 더 요란했다. 그의 목소리는 보일 부인의 목소리 때문에 들리지 않았고, 손짓으로 말을 대신하고 있는 것처럼 보였다.
메트카프 소령은 이따금 한 마디씩 소리치고 있었는데, 단지 어떻게 된 일이냐고 묻고만 있었다.
트로터 형사는 잠시 기다렸다가 명령을 하듯 한 손을 쳐들었다. 그러자 소란스러움이 그치고 놀라울 정도로 잠잠해졌다.
「고맙습니다. 자, 데이비스 씨가 여러분들에게 내가 이곳에 온 이유를 대강 말씀드린 것으로 알고 있습니다. 그런데 내가 알고 싶은 것은 한 가지——단 한 가지입니다. 그 한 가지를 속히 알아야만 합니다. 그것은 여러분 가운데 롱리지 농장 사건과 관련이 있는 사람이 누군가 하는 겁니다.」

입을 여는 사람은 하나도 없었다. 네 사람은 무표정한 얼굴로 트로터 형사를 쳐다보기만 했다. 몇 분 전까지만 해도 흥분과 분노, 히스테리와 질문으로 소란스럽던 감정들이 마치 분필 지우개로 칠판에 쓰인 글씨를 깨끗이 지워 버린 것처럼 전부 사라진 것이었다.
　트로터 형사가 급박한 목소리로 말했다.
「내 말을 이해해 주시기 바랍니다. 우리의 판단에 의하면, 여러분 중의 한 사람이 지금 위험에 처해 있습니다. 목숨이 위험하단 말입니다. 누가 그 사건과 관련이 있는지 반드시 알아야만 합니다!」
　그러나 어느 누구도 말을 하지 않았고, 움직이는 사람도 없었다.
　트로터 형사가 이번에는 화를 내며 말했다.
「좋습니다. 그렇다면 한 사람씩 따로따로 묻겠습니다. 먼저 파라비치니 씨?」
　파라비치니 씨의 얼굴에 희미한 미소가 스쳐 갔다. 그는 결백을 주장하는 외국인의 몸짓으로 양손을 치켜 들었다.
「경사님, 나는 이곳에 처음 온 외국 사람입니다. 오래 전에 이 지방에서 일어난 사건을 내가 어떻게 알겠습니까? 난 아무것도 모릅니다.」
　그러자 트로터 형사는 지체없이 다음 사람에게 물었다.
「보일 부인?」
「알 수가 없군요——왜——그러니까 내 말은, 왜 내가 그런 끔찍한 사건과 관련이 있겠어요?」
「그렇다면 렌 씨는?」
　크리스토퍼 렌은 쉿소리를 내며 말했다.
「그 사건이 일어났을 때 나는 어린애였어요. 들은 적도 없는 것 같은걸요.」
「메트카프 소령님은?」

소령이 불쑥 말했다.

「그 사건은 신문에서 읽었소. 하지만, 그 당시 나는 에든버러에 주둔하고 있었소.」

「여러분, 그게 전부입니까? 더 이상 하실 말씀은 없습니까?」

다시 침묵이 흘렀다.

트로터 형사는 과장된 한숨을 내쉬고 말했다.

「만일 여러분 중의 한 사람이 살해당한다고 해도, 그 책임은 전적으로 여러분 자신에게 있는 겁니다.」

경사가 방을 나가 버렸다.

「이건 마치 멜로드라마 같군요.」

크리스토퍼가 먼저 말을 꺼냈다.

「그렇지만 정말 잘생긴 경찰이군요, 안 그렇습니까? 나는 경찰을 존경합니다. 엄격하고 비정하니까요. 이건 상당히 스릴 넘치는 사건이군요. '세 마리의 눈먼 쥐'의 곡조가 어떤 것이었지?」

크리스토퍼가 그 노래를 휘파람으로 불자, 몰리가 자신도 모르게 소리쳤다.

「그만둬요!」

크리스토퍼는 웃으면서 몰리의 뒤를 빙빙 돌았다.

「이 노래는 내 18번인걸요. 난 이처럼 살인범 취급을 받아 본 적이 한 번도 없었어요. 그래서 아주 재미있답니다!」

「무슨 시시한 멜로드라마 같군요. 난 하나도 믿을 수가 없어요.」

보일 부인이 말했다.

그러자 크리스토퍼의 눈이 빛나며 장난기가 넘쳤다. 그는 목소리를 낮추어 말했다.

「잠깐 기다리세요, 보일 부인. 내가 부인의 뒤로 몰래 다가가면, 부인의 목에 내 손이 닿는 것을 느끼실 겁니다.」

몰리가 몸을 움츠렸다.
자일즈는 화를 내며 말했다.
「내 아내를 겁주지 말아요. 엉터리 같은 농담은 그만둬요, 렌 씨.」
「이건 농담할 일이 아닙니다.」
메트카프 소령이 말했다.
「농담거리밖에 안 됩니다. 미친 사람의 농담이죠. 그렇기 때문에 섬뜩하게 기분 나쁜 겁니다.」
크리스토퍼가 말했다.
그는 사람들을 둘러보면서 다시 웃었다.
「여러분, 지금 자신의 얼굴을 한번 보시죠.」
그리고 그는 재빨리 방을 나갔다.
보일 부인이 맨 먼저 정신을 차렸다.
「저렇게도 무례하고 정신없는 젊은이는 처음 보는군. 아마도 양심적인 참전 거부자겠지.」
「저 청년은 공습 때 땅속에 파묻혀서 구출될 때까지 48시간 동안 묻혀 있었다고 하더군요. 그래서 태도가 저렇게 이상해진 것 같습니다.」
메트카프 소령이 말했다.
「정신이 이상한 사람들은 저마다 그럴 만한 이유가 있다고 변명을 하죠. 하지만, 나는 어느 누구보다 오랫동안 전쟁을 겪었지만 내 정신은 아무 이상이 없답니다.」
「당연하시겠죠, 보일 부인.」
메트카프 소령이 말했다.
「무슨 뜻으로 그렇게 말씀하시죠?」
보일 부인이 날카롭게 물었다.
메트카프 소령이 조용히 말했다.

「내가 알기로 부인은 1940년에 이 지방에서 전쟁 고아들을 입양시키는 일을 맡고 있었던 장교였다고 하더군요.」
이렇게 말하며 메트카프 소령은 진지하게 고개를 끄덕이는 몰리를 바라보았다.
「그렇죠?」
보일 부인이 얼굴을 붉히며 화를 냈다.
「그래서 어쨌다는 겁니까?」
그녀는 항의하듯 말했다.
「세 명의 어린애를 롱리지 농장에 보낸 것은 부인의 책임하에서 이루어진 일이었습니다.」
메트카프 소령이 엄숙하게 말했다.
「하지만, 그 뒤에 일어난 일까지 내가 책임질 필요는 없지 않겠어요? 그 농장의 주인 부부는 좋은 사람들 같았고, 또 아이들을 몹시 원하고 있었어요. 난 내가 잘못했다고 생각하지도 않거니와, 책임을 져야 한다고도 생각하지 않아요──.」
보일 부인의 목소리는 점점 작아졌다.
자일즈가 갑자기 말했다.
「왜 그 이야기를 트로터 형사에게 하지 않았습니까?」
「경찰과는 상관없는 일이에요. 내 일은 나 혼자 할 수 있어요.」
보일 부인이 단호하게 말했다.
메트카프 소령이 조용히 말했다.
「조심하시는 게 좋을 겁니다.」
그리고 메트카프 소령도 방을 나가 버렸다.
몰리가 중얼거렸다.
「맞아요, 부인이 그 일을 담당한 장교였죠. 저도 기억하고 있어요.」
「아니, 당신도 알고 있었어?」

자일즈가 놀란 표정으로 몰리를 바라보며 물었다.

「부인은 공유지에 큰 저택을 갖고 있었죠?」

「그 집은 전쟁 당시 군인들이 사용했어요. 그래서 망가지고 말았죠. 완전히 파괴되고 말았어요. 정말이지 너무했어요.」

보일 부인이 비통하게 말했다.

그 때 파라비치니 씨가 웃기 시작했다. 그는 머리를 뒤로 젖히며 거리낌없이 웃어댔다.

「죄송합니다. 용서하세요, 부인.」

그가 숨을 헐떡이며 사과했다.

「지금까지의 일들이 내게는 무척 우습게 느껴집니다. 재미있어요, 참 재미있군요.」

그 때, 트로터 형사가 다시 방으로 들어왔다. 그는 파라비치니 씨를 못마땅하게 쳐다보며 비웃듯이 말했다.

「여러분이 이 일을 그렇게도 재미있게 생각하시다니 나도 참 기쁘군요.」

「사과드립니다, 경감님. 정말 미안합니다. 경감님이 심각하게 경고한 말을 그만 우습게 만들고 말았군요.」

트로터 형사는 양어깨를 으쓱하며 말했다.

「나는 내 임무에 최선을 다할 뿐입니다. 그리고, 내 직책은 경감이 아니라 경사입니다. 데이비스 부인, 전화를 써도 되겠습니까?」

「부끄럽군요. 난 그만 조용히 사라져야겠습니다.」

파라비치니 씨가 말했다.

그러나 그는 소리없이 사라지겠다는 말과는 달리 젊은이처럼 팔짝팔짝 뛰며 방을 나갔다.

「이상한 사람이군.」

자일즈가 말했다.

「범죄자 같은 사람입니다. 절대로 믿을 수 없는 사람이죠.」

트로터 형사가 말했다.

「그렇다면 저 사람이 범인이라고 생각하세요? 하지만 저 분은 나이가 너무 많아요. 걸음걸이는 젊은 사람 같지만, 얼굴에 화장을 했어요. 어쩌면 늙어 보이는 화장을 했는지도 모르죠. 트로터 경사님, 그러니까——.」

트로터 형사는 몰리의 말에 냉정하게 대답했다.

「무모한 추측을 해서는 안 됩니다, 데이비스 부인. 호그벤 총경께 보고를 드려야겠군요.」

그는 전화기 쪽으로 걸어갔다.

「지금 전화가 통하질 않아요.」

몰리가 말했다.

「아니, 뭐라고요?」

트로터 형사가 몸을 홱 돌리며 소리쳤다.

그의 날카로운 외침은 방에 있는 사람들을 깜짝 놀라게 만들었다.

「불통이라니? 언제부터 그렇습니까?」

「조금 전에 메트카프 소령님이 전화를 하시려다 불통인 것을 알았어요.」

「하지만 그 전까지만 해도 통화가 되지 않았습니까? 호그벤 총경의 전화는 받으셨죠?」

「예. 아마——10시쯤부터 불통이 된 것 같아요. 눈이 많이 쌓인 탓이겠죠.」

트로터 형사는 근심스러운 얼굴로 말했다.

「누군가가 일부러 전화선을 끊은 것은 아닌지——.」

「그렇게 생각하세요?」

몰리가 물었다.

「조사를 해야겠습니다.」
 트로터 형사는 급히 방을 나갔다. 자일즈는 잠시 머뭇거리다가 그를 따라나갔다.
 몰리가 갑자기 소리쳤다.
「어머나! 벌써 점심시간이 되었군요. 서둘지 않으면 식사를 못 하겠네요.」
 몰리가 서둘러 방을 나가자, 보일 부인이 투덜거렸다.
「저런 여자가 하숙집 주인이라니! 정말 형편없는 곳이군. 이런 집에서 일 주일에 7기니씩이나 하숙비를 지불할 수는 없어.」
 트로터 형사는 몸을 굽히고 전화선을 따라가면서 자일즈에게 물었다.
「이 전화선은 어디와 연결되어 있습니까?」
「예, 위층의 우리 침실에 설치된 전화와 연결되어 있습니다. 제가 올라가서 살펴볼까요?」
「그렇게 해 주시죠.」
 트로터 형사는 창문을 열고 창턱의 눈을 쓸어내며 밖으로 몸을 굽혔다. 자일즈는 얼른 위층으로 올라갔다.
 파라비치니 씨가 넓은 거실에 있었다. 그는 방을 가로질러 그랜드 피아노로 다가가서 뚜껑을 열었다. 그리고 의자에 앉아 한 손가락으로 건반을 두드리기 시작했다.

세 마리의 눈먼 쥐.
 그들이 달리는 것을 보세요…….

 크리스토퍼 렌은 자신의 침실을 왔다갔다 하며 휘파람을 불어대다 멈추고는 침대에 걸터앉아 양손으로 얼굴을 감싸고 흐느끼기 시작했다. 그는 어린애처럼 중얼거렸다.

「더 이상 어쩔 수가 없어.」
 그러더니 다시 기분을 바꾸고 일어나 어깨를 펴고 말했다.
「계속해야 해. 이겨 나가야 해.」
 자일즈는 자기들 부부의 침실에 있는 전화기 곁에 서 있었다. 그는 방바닥에 몰리의 장갑 한 짝이 떨어져 있는 것이 눈에 띄자, 몸을 숙여 그것을 집었다. 장갑 속에 있던 분홍색 버스표가 팔랑거리며 바닥으로 떨어졌다. 가만히 서서 그것을 바라보던 자일즈의 얼굴 표정이 바뀌었다. 그는 마치 꿈속을 걷고 있는 것처럼 딴 사람이 되어 문 쪽으로 천천히 걸어가더니, 문을 열고 복도 끝의 계단을 응시했다.

 한편, 몰리는 감자요리를 냄비에 넣고 불 위에 올려놓은 다음, 오븐 속을 들여다보았다. 식사는 계획대로 준비되어 있었다.
 식탁에는 이틀 전의 '이브닝 스탠더드'지가 놓여 있었다. 몰리는 신문을 바라보며 기억을 더듬는 듯 얼굴을 찡그렸다.
 '누가 저 신문을 가지고 왔을까? 그걸 알기만 한다면.'
 그러다가 그녀는 갑자기 두 손으로 얼굴을 가렸다.
「아니야! 그럴 리가 없어!」
 몰리는 손을 천천히 내리고, 낯선 곳을 보듯 주방을 둘러보았다.
 '맛있는 요리 냄새가 풍기고 있는 이 주방은 얼마나 따뜻하고 안락한 곳인가.'
「아니야, 안 돼.」
 몰리는 숨을 가쁘게 쉬며 다시 한 번 말했다.
 그녀는 마치 몽유병 환자처럼 거실로 통하는 문으로 천천히 걸어가서 문을 열었다. 누군가가 휘파람을 부는 소리만 들릴 뿐 집 안은 고요했다.
 '저 멜로디는——.'

몰리는 몸을 떨며 다시 주방으로 들어왔다. 잠시 서서 친숙한 주방을 또다시 둘러보았다. 모든 것이 질서정연하게 잘 돼 가고 있었다.

그녀는 문 쪽으로 되돌아갔다.

메트카프 소령은 소리없이 계단을 내려와서, 잠시 홀에 서 있다가 계단 밑의 커다란 벽장을 열고 안을 들여다보았다. 아무 소리도 들리지 않았다. 집 안이 고요했다. 그가 지금 하려는 일을 하기에 적절한 때였다.

보일 부인은 서재에 있었다. 그녀는 웬지 마음이 불안해져서 라디오의 다이얼을 이리저리 돌렸다.

어떤 방송에서 동요의 기원과 중요성에 관한 프로가 진행되고 있었다. 그것은 그녀가 제일 싫어하는 내용 중의 하나였다. 다시 다이얼을 돌리자 꽤나 학식이 있는 듯한, 어떤 목소리가 들려 왔다.

「공포 심리학은 반드시 알아두어야 합니다. 만일 여러분이 방 안에 혼자 있다고 상상해 보십시오. 그 때 뒤에서 문이 살짝 열리고 ──.」

그 순간 실제로 문이 열렸다.

보일 부인은 깜짝 놀라 뒤돌아섰다.

「아, 당신이었군요.」

그녀는 안도의 한숨을 내쉬며 말했다.

「라디오에서 바보 같은 소리를 지껄이고 있군요. 들을 가치조차 없는 내용들뿐이에요!」

「그렇다면 듣지 마시지요, 보일 부인.」

보일 부인은 코웃음을 치며 말했다.

「라디오를 듣는 것 말고 무슨 할 일이 있어야죠. 바깥 세상과 단절된 이 집 안에서 살인자와 함께 있으니 ── 사실 그런 멜로드라마 같은 말은 믿지도 않지만 ──.」

「안 믿으십니까, 부인?」

「아니――무슨 말이죠――?」

바로 그 순간에 레인코트의 허리띠가 보일 부인의 목에 휘감겼다. 너무나 갑작스럽게 감겼기 때문에 보일 부인은 영문조차 알 수 없었다. 라디오 소리가 높아졌다. 공포 심리학을 강의하는 박식한 목소리가 방 안을 가득 메우면서 보일 부인의 죽음에 따르는 소리를 집어삼켜 버렸다.

그러나 보일 부인은 아무 소리도 내지 못했다.

살인자는 그 점에 있어서 능숙한 솜씨를 발휘한 것이다.

집 안에 있는 사람들이 모두 주방에 모였다. 가스레인지 위에서는 감자요리가 보글보글 즐거운 소리를 내며 끓고 있었고, 오븐에서는 고기와 콩팥 파이가 그 어느 때보다도 맛있게 익어 가고 있었다.

겁에 질린 네 사람이 서로를 바라보고 있었고, 다섯 번째 사람인 몰리는 얼굴이 하얗게 질린 채 몸을 떨며 여섯 번째 사람인 트로터 형사가 권한 위스키를 조금씩 마시고 있었다.

트로터 형사는 화가 잔뜩 난 채, 굳어진 얼굴로 모여 있는 사람들을 둘러보았다. 몰리가 겁에 질린 비명을 지르고, 트로터 형사와 나머지 사람들이 서재로 뛰어간 것이 바로 5분 전이었다.

「데이비스 부인, 부인이 서재로 들어가기 바로 전에 보일 부인이 살해당한 겁니다.」

트로터 형사가 덧붙여 물었다.

「홀을 가로질러 갈 때 정말 아무도 보지 못했고, 아무 소리도 듣지 못했습니까?」

「휘파람 소리가 들렸어요.」

몰리가 작은 목소리로 말을 이었다.

「그러나, 그건 사건이 일어나기 전이었어요. 어디선가 문이 닫히는 소리도 들은 것 같아요——살며시 닫히는 소리였어요. 제가 서재로 들어가는 순간이었던 것 같아요.」

「어느 문이었습니까?」

「모르겠어요.」

「다시 한 번 생각해 보세요, 데이비스 부인. 위층——아래층——왼쪽——오른쪽? 어느 문인 것 같습니까?」

「모르겠어요. 생각이 나질 않아요. 정말이에요. 문소리를 확실히 들었는지도 잘 모르겠어요.」

몰리가 울면서 말했다.

「더 이상 아내를 괴롭히지 마십시오. 아내가 지금 겁에 질려 있는 게 안 보입니까?」

자일즈는 화를 냈다.

「나는 지금 살인사건을 조사하고 있는 중입니다, 데이비스 씨. 아시겠습니까, 데이비스 중령님?」

「나는 전쟁시의 계급 명칭은 사용하지 않습니다, 경사님.」

「알겠습니다.」

트로터 형사가 뭔가 알겠다는 듯이 잠시 동안 잠자코 있다가 다시 말했다.

「이미 말씀드렸다시피 나는 지금 살인사건을 조사하고 있습니다. 이제까지 여러분은 사건의 중대성을 심각하게 받아들이지 않았습니다. 보일 부인도 마찬가지였죠. 그 부인은 자신이 알고 있는 것을 내게 말하지 않았습니다. 여러분도 내게 아무 말씀도 하지 않았습니다. 그런데 보일 부인이 죽은 겁니다. 이 사건의 진상을 알아내지 못하면——그것도 속히 알아내지 못하면 또 다른 사람이 죽을 것입니다.」

「또 다른 사람이라고요? 그건 말도 안 됩니다. 도대체 이유가 뭡니까?」

트로터 형사가 심각하게 말했다.

「왜냐 하면 —— 눈먼 쥐는 세 마리였기 때문입니다.」

그러자 자일즈는 믿어지지 않는다는 듯이 말했다.

「한 마리에 한 사람이란 말입니까? 그렇다면, 그 사이엔 무슨 관계가 있겠군요. 내 말은, 또 하나의 사건이 일어나지 않겠느냐 하는 겁니다.」

「하지만, 왜 이 집에서 또 하나의 살인사건이 일어난다는 겁니까?」

「그 이유는, 그 수첩에 적힌 주소가 두 군데였기 때문입니다. 컬버 가(街) 74번지에는 살해당할 만한 사람이 한 사람뿐이었지만, 이곳 몽스웰 여관에는 여러 사람이 있습니다.」

「그건 말도 안 됩니다, 트로터 경사님. 이 집에 롱리지 농장 사건과 관련된 사람이 우연히도 둘이나 있을 거라는 생각은 말도 안 됩니다.」

「어떠한 상황하에서는 우연이 아닐 수도 있습니다. 잘 생각해 보시죠, 데이비스 씨.」

트로터 형사는 다른 사람들을 둘러보며 말했다.

「보일 부인이 살해당했을 때 여러분이 어디에 있었는지 조금 전에 들었습니다만, 이제 한 분씩 확인 질문을 하겠습니다. 렌 씨는 데이비스 부인의 비명을 들었을 때 침실에 있었다고 했죠?」

「예, 경사님.」

「데이비스 씨는 위층 침실에서 연결된 전화를 조사하고 있었고요?」

「그렇습니다.」

자일즈가 대답했다.

「파라비치니 씨는 거실에서 피아노를 치고 있었다고 했는데, 아무도 피아노 소리를 듣지 못했다고 하는군요, 파라비치니 씨.」
「아주 작은 소리로 피아노를 치고 있었으니까요. 한 손가락으로 쳤습니다.」
「어떤 곡을 쳤습니까?」
「'세 마리의 눈먼 쥐'였습니다.」
파라비치니 씨는 미소를 지으며 말을 이었다.
「위층에서 렌 씨가 휘파람을 불고 있는 것과 같은 멜로디였죠. 그 멜로디는 여기 있는 사람들 전부가 잘 알고 있죠.」
「그건 너무나 무서운 멜로디예요.」
몰리가 말했다.
「전화선은 어떻습니까? 누군가 고의로 끊었던가요?」
메트카프 소령이 물었다.
「예, 식당 창문 밖에서 끊어져 있었습니다. 데이비스 부인이 비명을 지를 때 나는 바로 그 끊어진 부분을 발견했습니다.」
「그것 참 미친 짓이군. 어떻게 그런 짓을 할 생각을 했을까요?」
크리스토퍼가 날카롭게 말했다.
트로터 형사는 크리스토퍼를 주의깊게 바라보았다.
「아마 살인범은 그런 것쯤은 아무렇지도 않게 여길 겁니다. 자기가 우리보다 영리하다고 생각하고 있을지도 모르죠.」
트로터 형사가 말을 계속했다.
「우리 경찰에서는 훈련 기간중에 심리학을 공부합니다. 정신분열 중인 사람의 정신상태는 무척 흥미롭습니다.」
「살인사건과 관련이 없는 이야기는 그만두는 게 어떨까요?」
자일즈가 말했다.
「그러죠, 데이비스 씨. 지금 이 순간 우리에게 중요한 것은 '살인'

과 '위험'이라는 두 낱말입니다. 이 두 낱말에 신경을 써야 합니다. 자, 메트카프 소령님, 사건이 일어났을 때 소령님은 어디에서 뭘 하고 계셨는지 자세히 말씀해 주십시오. 지하실에 있었다고 하셨는데—— 왜 그곳에 계셨습니까?」

「그냥 구경을 하고 있었소.」

소령이 침착하게 대답했다.

「계단 밑의 벽장을 열고 내부를 들여다보다가, 문이 하나 있기에 그 문을 열었더니 지하실로 통하는 계단이 있더군요. 그래서 지하실로 내려가 본 겁니다. 참으로 훌륭한 지하실이더군요.」

메트카프 소령이 자일즈를 보며 덧붙였다.

「오래 된 수도원의 비밀스런 지하실 같았소.」

「우린 지금 고적 탐사를 하고 있는 게 아닙니다, 메트카프 소령님. 살인사건을 조사하고 있는 겁니다. 데이비스 부인, 잠깐 내가 시키는 대로 해 주시겠습니까? 이제 내가 문을 열어놓고 나가겠습니다.」

트로터 형사는 문을 열어놓고 나갔다. 잠시 뒤 밖에서 '딸깍' 하고 문이 닫히는 소리가 희미하게 들렸다.

「부인이 들었다는 소리가 바로 이런 소리였습니까?」

트로터 형사가 열린 문으로 들어오며 물었다.

「그런 것 같아요.」

「그것은 계단 아래의 벽장 문을 닫는 소리였습니다. 그러니까 범인은 보일 부인을 죽인 다음, 거실로 걸어나오다가 부인이 주방에서 나오는 소리를 들었던 겁니다. 그래서 급히 벽장으로 뛰어 들어가서 문을 닫았는지도 모릅니다.」

「그렇다면, 벽장 안쪽에 범인의 지문이 남아 있겠군요.」

크리스토퍼가 큰 소리로 말했다.

「내 지문도 있을 겁니다.」

메트카프 소령이 말했다.
「좋습니다. 어쨌든 그 소리에 관해서는 만족할 만한 설명을 하게 되었군요.」
트로터 형사가 조용히 말했다.
「그런데, 경사님──.」
자일즈가 말을 이었다.
「경사님이 이 사건을 담당하고 있는 점은 잘 알고 있습니다만, 여기는 우리 집이기 때문에 나는 이곳에 머물고 계신 손님들께 어느 정도 책임을 느끼고 있습니다. 그래서 말입니다만, 어떤 예방조치를 취할 순 없을까요?」
「어떤 예방조치를 말씀하십니까?」
「예, 솔직히 말씀드리자면 제일 의심스러운 사람을 감금했으면 좋겠습니다.」
그러면서 자일즈는 크리스토퍼 렌을 똑바로 쳐다보았다.
그러자 크리스토퍼 렌은 벌떡 일어나 앞으로 나서며 날카롭고 신경질적인 소리로 외쳤다.
「아니오! 난 아니란 말이오! 당신네들은 모두 날 싫어하고 있어. 사람들은 언제나 날 싫어해. 당신은 지금 나한테 죄를 뒤집어씌우고 있어. 이건 학대야──날 학대하는 거라고──.」
「침착하시오, 젊은이.」
메트카프 소령이 말했다.
몰리가 그에게 다가서며 그의 팔에 손을 얹고 말했다.
「진정하세요, 크리스토퍼. 아무도 당신을 싫어하지 않아요. 렌 씨에게 괜찮을 거라고 말해 주세요.」
「우린 사람을 학대하지 않습니다.」
트로터 형사가 말했다.

몰리가 트로터 형사를 바라보며 말했다.

「경사님이 렌 씨를 체포하지 않을 거라는 말씀도 해 주세요.」

「아무도 체포하지 않을 겁니다. 체포를 하려면 증거가 있어야 합니다. 하지만 지금은 아무 증거도 없습니다.」

자일즈가 소리쳤다.

「당신 미쳤군, 몰리. 그리고 경사님도 마찬가지고요. 이 집에 있는 사람들 중에서 범인이 될 만한 사람은 딱 한 사람뿐이오. 그런데 당신이 ──.」

몰리가 남편의 말을 막았다.

「여보, 잠깐 기다려요. 제발 조용히 하세요. 트로터 경사님, 저 ── 경사님께만 드릴 말씀이 있는데요.」

「나도 이 방에 있겠어.」

「안 돼요, 여보. 미안하지만, 당신도 나가 주세요.」

자일즈의 얼굴빛이 어두워졌다.

「당신이 무슨 생각을 하고 있는지 정말 모르겠군.」

자일즈는 다른 사람들을 따라 방을 나가면서 '쾅' 하고 문을 거칠게 닫았다.

「데이비스 부인, 이제 말씀해 보시죠.」

「경사님이 롱리지 농장 사건에 관해서 말씀하셨는데요, 이런 사건을 저지를 만한 사람은 그 세 아이들 중에서 제일 큰 아이라고 생각하시는 것 같더군요. 하지만, 그 소년에 대해서 잘 알고 계신 것 같지는 않네요.」

「그건 사실입니다. 그렇지만 군대의 정신과 의사의 보고에 의하면 그는 약간의 정신이상 증세가 있었다고 합니다. 그리고, 군대에서 도망쳤기 때문에 그가 범인일 것이라고 생각하는 겁니다.」

「예, 알겠어요. 그래서 크리스토퍼를 그 젊은이라고 생각하시는군요. 그렇지만 저는 그렇게 생각하지 않아요. 다른 사람이 범인일 가능성도 있지 않을까요? 그 아이들에게는 부모나 친척이 있었겠죠?」

「예, 그 당시에 아이들의 어머니는 이미 죽었고, 아버지는 외국에서 군복무를 하고 있었습니다.」

「그 아버지는 지금 어디에서 뭘 하고 있나요?」

「모릅니다. 작년에 군대에서 제대한 것만 알고 있습니다.」

「만일 아들이 정신이상이라면, 그 아버지도 정신이상일 수가 있겠죠?」

「그렇습니다.」

「그렇다면, 범인은 젊은 사람일 수도 있고 나이든 사람일 수도 있겠군요. 제가 경찰에서 전화가 왔다는 말을 했을 때 메트카프 소령님이 무척 놀라더군요. 굉장히 놀라는 것 같았어요.」

트로터 형사가 조용히 말했다.

「부인, 사건이 시작될 때부터 나는 여러 가지 가능성들을 모두 생각했습니다. 그 소년, 짐이라는 그 소년의 아버지, 그리고 소년의 누이동생까지도 생각해 보았습니다. 왜냐 하면, 범인은 여자일 수도 있으니까요. 따라서 모든 가능성을 전부 생각해 본 겁니다. 사실 나는 마음속으로 누가 범인이라고 짐작은 하고 있지만, 확실하게 단정할 수는 없습니다.

어떤 사람이나 어떤 사건을 자세히 안다는 것은 쉽지 않습니다. 특히 요즘 같은 세상에서는 더욱 그렇지요. 경찰에 몸을 담고 있으면서 어떤 일들을 보게 되는지 아시면 아마 놀라실 겁니다. 특히 결혼 문제가 그렇습니다. 전쟁시에 급히 서둘러 결혼한 사람들은 서로의 가정환경에 대해서 전혀 모르는 채 서로의 말만 듣고 결혼해 버립니다. 남자가 자기는 공군 조종사라고 하거나 육군 소령이라고 하면, 여자는 맹목적으로 그 말을 믿고 결혼하는 겁니다. 그런 다음 몇 년이 지나서야 그 남자가 아내와 지식들이 있는 도망친 은행원이라든가, 군대에서 도망친 탈영병이라는 사실을 알게 되는 경우도 있지요.」

그는 잠시 쉬었다가 다시 말했다.

「부인이 지금 무슨 생각을 하고 있는지 나는 잘 알고 있습니다. 내가 얘기하고 싶은 것은 단 한 가지입니다. 살인범은 지금 살인하는 행위를 즐기고 있다는 겁니다. 나는 그 점을 확신하고 있습니다.」

트로터 형사는 문 쪽으로 걸어갔다.

몰리는 얼굴이 상기된 채 꼿꼿하게 서 있었다. 잠시 동안 그렇게 서 있다가, 천천히 오븐으로 걸어가서 허리를 굽히며 오븐 뚜껑을 열었다. 친숙하고 맛있는 냄새가 풍겨 나왔다. 그 냄새를 맡자 몰리는 마음이 편안해졌다. 그것은 마치 갑자기 매일매일의 정답고 친숙한 세계 속으로 둥실 떠서 들어온 것 같은 느낌이었다. 요리, 청소, 집안 꾸미기 등의 평범한 생활로 다시 돌아온 기분이었던 것이다.

아득한 옛날부터 여자들은 남편을 위해 요리를 해왔다. 비록 바깥 세상은 어지럽고 위험했어도, 여자들은 주방에서만은 영원히 안전할 수 있었던 것이다.

주방 문이 열리며 크리스토퍼 렌이 숨을 헐떡이며 들어왔다.

「세상에, 이런 소동이 일어나다니! 누가 형사의 스키를 훔쳐 갔어요!」

「형사의 스키를! 왜 그랬을까요?」

「알 수 없죠. 형사가 이곳을 떠난다면 제일 좋아할 사람은 범인일 텐데, 이건 도무지 이해가 되질 않아요. 안 그렇습니까?」

「남편이 그 스키를 계단 밑 벽장에 넣어두었는데요.」

「그런데 없어졌단 말입니다. 어떤 음모가 있는 것 같지 않습니까?」

크리스토퍼는 재미있다는 듯 웃었다.

「형사는 지금 굉장히 화가 나 있어요. 누구라도 잡아먹을 것처럼 흥분했어요. 메트카프 소령에게 달려들어 추궁하고 있지만, 늙은 메트카프 소령은 보일 부인이 살해되기 직전에 자기가 벽장을 들여다보았을 때에 그곳에 스키가 있었는지 없었는지는 살펴보지 않았기 때문에 모른다는 말만 되풀이하고 있어요. 트로터 형사는 소령이 분명 스키를 봤을 거라고 우기고 있죠.」

크리스토퍼는 몰리에게 다가서서 갑자기 목소리를 낮추어 말했다.

「이제 트로터는 지치기 시작했어요. 하지만 나는 그렇지 않아요. 이런 일들은 나에게 무척 자극적이에요. 모든 것이 너무도 비현실적이거든요.」

몰리가 날카롭게 말했다.

「만일——만일 당신이 죽은 보일 부인의 모습을 보았다면 그런 말은 못 할 거예요. 난 자꾸 그 모습이 떠올라요. 잊혀지질 않아요. 잔뜩 부어오른 그 자줏빛 얼굴——.」

몰리는 몸을 떨었다.

크리스토퍼가 다가와서 그녀의 어깨에 손을 얹으며 말했다.

「알아요. 난 멍청이에요. 정말 미안합니다. 그 생각을 미처 못했군요.」

몰리는 흐느끼며 더듬거렸다.

「지금은 괜찮아요——지금은——이 주방에서 요리를 할 때는. 그러다가 갑자기——다시 돌아가서——마치 악몽처럼…….」

고개를 숙인 몰리를 보고 있던 크리스토퍼의 얼굴에 이상한 표정이 스쳐갔다.

「알아요. 이젠 됐어요. 난 이 방을 나가서 당신을 방해하지 말아야겠군요.」

「가지 말아요!」

크리스토퍼가 문 손잡이를 잡는 순간 몰리가 외쳤다.

크리스토퍼는 뒤돌아서서 묻는 듯한 시선으로 그녀를 바라보다가 천천히 그녀 곁으로 돌아왔다.
「진심이세요?」
「예?」
「가지 말라고 한 것 말입니다.」
「예, 진심이에요. 혼자 있고 싶지 않아요. 무서워요.」
크리스토퍼는 식탁 옆에 앉았다. 몰리는 오븐을 열고 윗선반에 파이를 올려놓은 다음 오븐을 닫았다. 그리고 나서 크리스토퍼 곁으로 왔다.
「참 이상하군요.」
크리스토퍼가 침착한 목소리로 말했다.
「뭐가요?」
「당신은 나와 단둘이 있는 것을 두려워하지 않는군요, 그렇죠?」
몰리가 고개를 끄덕였다.
「예, 두렵지 않아요.」
「그렇지만 나는 살인범일지도 모르는 사람이잖아요. 예정된 살인범 말입니다.」
「아니에요, 그렇지 않아요. 다른 사람일 가능성도 있어요. 트로터 형사에게 그런 점에 관해 말했어요.」
「그가 동의하던가요?」
「예, 동의했어요.」
몰리가 천천히 말했다.
그녀의 머릿속에서는 같은 말이 계속 들려 오고 있었다. 특히 그 마지막 말이.
'당신이 무슨 생각을 하고 있는지 잘 알고 있습니다.'
'알고 있을까? 내 생각을 정말 알고 있을까? 트로터 형사는 살인범

이 살인을 즐기고 있다고 했는데, 그게 사실일까?'
 몰리가 크리스토퍼에게 말했다.
「당신은 지금 이 일들을 즐기고 있는 건 아니죠? 조금 전에 말은 그렇게 했지만.」
「천만에요. 아니에요. 왜 그런 말을 하죠?」
「아니에요. 그건 내가 한 말이 아니라 트로터 형사가 한 말이에요. 난 그 사람이 미워요! 그 형사는——사실이 아닌 말들을 사람들의 머릿속에 집어 넣었어요——그건 사실일 수가 없어요.」
 몰리는 두 손으로 눈을 가렸다. 그러자 크리스토퍼가 그녀의 손을 살며시 내리게 했다.
「자, 몰리, 왜 그러죠?」
 몰리는 그가 자기의 손을 잡아 끌며 식탁 옆의 의자에 앉히는 것을 내버려두었다. 그의 태도는 더 이상 어린애 같거나 신경질적이지 않았다.
「무슨 일이죠, 몰리?」
 몰리는 한참 동안 뭔가를 알아보려는 듯한 눈빛으로 그를 바라보았다. 그리고는 엉뚱한 말을 했다.
「우리가 안 지 얼마나 됐죠? 이틀인가요?」
「그렇죠. 당신은 지금 이런 생각을 하고 있군요. 우리가 만난 지 오래 되지는 않았지만, 우린 서로를 잘 알고 있는 느낌이 든다는 생각 말입니다. 그렇죠?」
「맞아요. 참 이상해요.」
「우린 서로 통하는 게 있어요. 그건 아마 우리가 비슷한 처지에 놓여 있기 때문이 아닐까요?」
 그것은 묻는 말이라기보다는 서로의 느낌을 확인하는 말이었다. 그래서 몰리는 잠자코 있다가 조용히 말했다. 그것 역시 묻는 말이 아니었다.

「당신의 이름은 크리스토퍼 렌이 아니죠?」

「예, 아닙니다.」

「그런데 왜 ──.」

「왜 하필 그 이름을 선택했느냐고요? 그건 기발한 생각이었을 뿐이에요. 학교에 다닐 때 친구들은 나를 크리스토퍼 로빈이라고 부르며 놀렸지요. 로빈 ── 렌, 비슷하지 않습니까?」

「진짜 이름은 뭐예요?」

크리스토퍼가 나지막이 말했다.

「그런 건 밝힐 필요가 없을 것 같아요. 아무 의미도 없을 테니까요. 난 건축가가 아닙니다. 사실은 군대에서 탈영한 도망병이에요.」

순간 몰리의 눈빛에 깜짝 놀란 기색이 스쳐갔다.

크리스토퍼가 그것을 눈치채고 얼른 말을 이었다.

「예, 우리가 말하던 그 수수께끼의 살인범과 마찬가지죠. 그래서 내가 살인범일지도 모른다고 말하지 않았습니까?」

「바보 같은 소리 말아요. 난 당신이 살인범이라고 믿지 않는다고 말했잖아요. 자, 당신에 관해서 더 얘기해 봐요. 왜 탈영을 했죠? 심리적인 이유 때문인가요?」

「군대 생활을 두려워했느냐고 묻는 겁니까? 아닙니다. 그 점에 있어서는 다른 사람들과 비슷했어요. 사실 위급한 상황에서는 다른 군인들보다 더 냉정하고 침착하다는 말을 들었어요. 전혀 다른 문제 때문이었죠. 우리 어머니 때문에 탈영했어요.」

「어머니요?」

「예, 우리 어머니는 공습 때 땅속에 파묻혀서 돌아가셨어요. 그래서 어머니의 시체를 파내야만 했습니다. 그 소식을 들었을 때 나는 너무도 놀라서 제정신이 아니었어요. 나는 마치 내가 그 일을 당한 것처럼 느껴졌어요. 그래서, 어서 빨리 집으로 돌아가서 내 몸을 파내야 한다고 느낀 겁니다——그건 뭐라 설명할 수 없는——정말 혼란스러웠어요——모든 것이 뒤죽박죽된 느낌이었죠.」

크리스토퍼는 얼굴을 숙여 두 손에 파묻고 분명치 않은 목소리로 말을 이었다.

「나는 오랫동안 방황했어요. 어머니를 찾아다닌 건지, 아니면 나 자신을 찾아다닌 건지——그건 잘 모르겠어요. 그런 세월이 지나고 다시 정신을 차렸을 때, 나는 군대로 돌아가는 것이 두려웠어요. 아니, 어쩌면 돌아가서 보고를 하는 게 두려웠는지도 모릅니다. 왜냐 하면, 나는 그 당시의 내 혼란된 감정들을 설명할 수 없다는 것을 잘 알고 있었기 때문이죠. 그 때 이후로 나는 쓸모없는 인간으로 살아왔어요.」

말을 마치고 몰리를 바라보는 크리스토퍼의 얼굴은 절망감으로 가득차 있었다.

「그렇게 생각하면 안 돼요. 당신은 다시 시작할 수 있어요.」

몰리가 부드럽게 말했다.

「그럴 수 있을까요?」

「물론이죠. 당신은 아직 젊어요.」

「예, 그렇긴 하지만——난 갈 데까지 가고 말았는걸요. 이젠 모든 게 끝났어요.」

「아니에요. 아직 끝나지 않았어요. 당신이 그렇게 생각할 뿐이에요. 사람들은 누구나 살면서 한 번쯤은 그런 생각을——그러니까 모든 게 끝장이다, 더 이상 어떻게 할 수가 없다——라는 생각을 하게 되는 것 같아요.」

「당신도 그런 생각을 해본 적이 있군요, 몰리? 그렇게 말하는 걸 보니까 틀림없이 그렇군요?」

「그래요.」
「무엇 때문이었죠?」
「많은 사람들이 겪은 그런 일이었어요. 나는 젊은 공군조종사와 약혼을 했었어요. 그런데 그가 전사하고 말았죠.」
「그것 말고 다른 일은 없었나요?」
「있었던 것 같아요. 어렸을 때 나는 심한 충격을 받은 적이 있어요. 그래서 나는 잔인하고 비참한 일들을 무척 두려워하게 되었어요. 인생이란 항상 무서운 것이라는 생각을 갖게 된 거예요. 약혼자 잭이 전사했을 때, 인생이 잔인하고 믿을 수 없는 것이라는 내 생각이 더욱 굳어지고 말았죠.」
「그런데 그 때 자일즈를 만나게 되었군요?」
크리스토퍼가 몰리를 쳐다보며 물었다.
「예.」
몰리의 입가에는 수줍은 미소가 감돌았다.
「자일즈를 만나자 모든 것이 안전하고 행복하게 느껴졌어요── 그런데, 자일즈!」
그녀의 입가에 미소가 사라지고, 얼굴에 두려움이 나타났다. 몰리는 오한이 난 듯 몸을 떨었다.
「왜 그래요, 몰리? 몸을 떨고 있군요. 뭔가를 두려워하고 있군요, 그렇죠?」
몰리가 고개를 끄덕였다.
「남편과 관계가 있는 겁니까? 남편이 당신에게 뭐라고 했나요?」
「아뇨, 남편이 아니에요. 그 무서운 남자예요!」
「무서운 남자가 누굽니까? 파라비치니 씨입니까?」
크리스토퍼는 깜짝 놀라 물었다.
「아니, 아니에요. 트로터 형사예요.」

「트로터 형사라고요?」
「그가 내 마음속에다 남편에 관해 무서운 생각들을 심어 놓았어요. 내가 몰랐던 그런 생각들을 말이에요. 아! 난 그가 미워요——정말 미워요!」
크리스토퍼가 천천히 눈썹을 치켜뜨며 놀라움을 나타냈다.
「자일즈? 자일즈! 그렇군요. 당신 남편과 난 나이가 비슷할 겁니다. 그래요, 그러니까 자일즈도 범인일 가능성이 있군요. 하지만 그건 말도 안 돼요, 몰리. 런던에서 그 여자가 살해당한 그 날, 자일즈는 당신과 함께 이곳에 있었으니까요.」
몰리는 아무 말도 하지 않고 있었다.
그러자 크리스토퍼가 날카로운 시선으로 그녀를 바라보았다.
「그 날 남편이 이곳에 없었습니까?」
몰리는 알아들을 수 없는 혼란된 목소리로 힘겹게 말했다.
「남편은 하루 종일 집에 없었어요——자동차를 몰고——철망을 싸게 판다는 저 반대편 지역에 갔었는데——그가 그렇게 말했어요. 나도 그 전까지——그 전까지는 그렇게 생각했는데——.」
「언제까지 말입니까?」
몰리는 천천히 손을 뻗어 식탁에 놓여 있는 '이브닝 스탠더드'지의 날짜를 가리켰다.
크리스토퍼가 그 날짜를 보고 말했다.
「이틀 전 런던에서 발행된 것이군요.」
「남편이 돌아왔을 때 주머니 속에 이 신문이 있었어요. 남편은——남편은 그 날 런던에 갔었던 게 분명해요.」
크리스토퍼는 신문을 한참 동안 바라보다가 다시 몰리를 쳐다보았다. 그는 휘파람을 불려고 입술을 오므리다가 갑자기 그만두었다. 지금은 그 멜로디를 휘파람으로 불 때가 아니라는 생각이 들었기 때문이다.
 그는 몰리의 시선을 피하면서 조심스럽게 물었다.
「남편에 대해——어느 정도 알고 있습니까?」
「그만둬요! 그런 말 하지 말아요! 잔인한 트로터도 그렇게 말했어요. 여자들은——특히 전쟁시에는——잘 알지도 못하는 남자와 결혼을 한다고, 남자가 하는 말만 믿고 결혼을 해버린다고 말이에요.」
「그건 사실이라고 생각하는데요.」
「당신까지 그렇게 말하지 말아요! 난 참을 수가 없단 말이에요. 지금처럼 불안한 상황에서는 근거가 없는 말도 믿게 되니까요——하지만 그건 거짓말이에요! 나는——.」
 몰리가 말을 멈추었다. 주방문이 열렸던 것이다.
 자일즈가 들어왔다. 그는 약간 험상궂은 표정으로 물었다.
「내가 방해가 되었나?」
 크리스토퍼는 의자에서 일어나며 대답했다.
「나는 지금 요리 강습을 받고 있었습니다.」
「그래요? 이봐요, 렌 씨. 지금 같은 상황에서는 두 사람이 얼굴을 맞대고 있는 것은 그리 좋은 일이 아닌 것 같은데. 다시는 주방에 들어오지 말아요, 알겠소?」
「하지만 이건 분명히——.」
「내 아내와 가까이하지 말란 말이오, 렌 씨. 내 아내가 다음 번 희생자가 되게 할 수는 없으니까.」
「나도 그걸 염려하고 있는 겁니다.」
 크리스토퍼가 말했다.
 그 말에 중대한 의미가 깃들어 있었다 해도 자일즈는 그 의미를 눈치채지 못한 게 분명했다. 자일즈는 다만 얼굴이 더욱 상기되어 소리쳤다.

「염려는 내가 하겠소. 내 아내는 내가 보호할 수 있으니까 당신은 어서 나가시지.」

몰리가 분명한 목소리로 말했다.

「어서 나가요, 크리스토퍼. 부탁이에요.」

크리스토퍼는 마지못해 문 쪽으로 걸어갔다.

「멀리 가지는 않겠어요.」

그 말은 몰리에게 아주 분명한 뜻을 포함하는 것이었다.

「어서 나가지 못하겠소?」

크리스토퍼는 어린애처럼 낄낄거리며,「예, 예, 중령님.」하고 비아냥거렸다.

그가 나가고 문이 닫히자, 자일즈는 몰리에게 돌아서며 말했다.

「이런, 젠장! 몰리, 당신 도대체 정신이 있는 거야 없는 거야? 주방 문을 닫고 저런 위험한 살인광과 단둘이 있다니!」

「그 사람은 그런 ──.」하고 말하려다가 몰리는 재빨리 고쳐 말했다.

「그는 위험한 사람이 아니에요. 그리고, 나도 조심하고 있어요. 내 몸은 내가 지킬 수 있어요.」

자일즈가 씁쓸하게 웃었다.

「보일 부인도 그렇게 말했었지.」

「여보, 제발 그런 말은 하지 말아요.」

「미안해. 하지만 저 불쾌한 젊은 녀석 때문에 참을 수가 없어. 당신이 그 녀석에게 잘 대해 주는 이유를 알 수가 없군.」

몰리가 천천히 말했다.

「그가 불쌍해요.」

「살인광이 불쌍하다니?」

몰리는 의미 있는 눈초리로 자일즈를 보았다.

「나는 살인광이라도 동정할 수 있어요.」
「그 녀석을 크리스토퍼라고 부르더군. 언제부터 그렇게 부를 정도로 친해졌지?」
「여보, 그러지 말아요. 요즘에는 누구나 성이 아닌 이름을 부르고 있어요. 당신도 알잖아요.」
「만난 지 겨우 이틀밖에 안 되었으면서? 아니, 그보다 오래 되었는지도 모르지. 그가 여기 오기 전부터 당신은 그 엉터리 건축가인 크리스토퍼 렌을 알고 있었지? 우리 집으로 오라고 당신이 그에게 권한 건 아니야? 당신이 그 녀석과 짜고 그런 건 아니냐고?」
몰리는 자일즈를 노려보았다.
「당신 미쳤어요? 지금 무슨 말을 하는 거예요?」
「당신은 나보다 그 녀석을 더 잘 알고 있지? 전부터 알고 지낸 친구가 아니냐고?」
「당신 정말 미쳤군요!」
「당신은 그 녀석이 우리 집에 오기 전에 한 번도 본 적이 없다고 하겠지. 하지만, 그가 이런 외딴 곳에 와서 머문다는 것도 뭔가 이상한 일이 아니겠어?」
「그렇게 생각한다면 메트카프 소령과 보일 부인의 경우도 이상하기는 마찬가지 아니겠어요?」
「이제야 알겠어. 살인광들은 여자들에게 특히 매력적으로 보인다는 이야기를 읽은 적이 있어. 그게 사실인 것 같군. 당신, 그 녀석과 어떻게 알게 됐지? 언제부터 그런 사이로 지내왔어?」
「당신 정말 이상하군요. 크리스토퍼 렌이 이곳에 오기 전에는 그를 본 적도 없어요.」
「당신이 이틀 전에 런던에 가서 그 녀석을 만났지? 그리고 모르는 사람처럼 우리 집으로 오라고 서로 짠 거지?」

「내가 몇 주일 동안 런던에 가지 않았다는 건 당신도 잘 알고 있잖아요?」
「가지 않았다고? 그것 참 재미있군.」
자일즈는 주머니에서 가죽으로 안을 댄 장갑을 꺼내 들었다.
「이건 당신이 그저께 끼고 있었던 장갑 한 짝이야. 내가 철망을 사러 사일햄에 갔었던 그 날 말이야.」
「당신이 철망을 사러 사일햄으로 갔었던 그 날이었죠.」
몰리는 자일즈를 똑바로 보며 말했다.
「맞아요. 외출할 때 난 그 장갑을 끼고 있었어요.」
「당신은 시내에 간다고 했었지. 당신이 시내에만 갔었다면 장갑 속에 왜 이런 게 들어 있지?」
자일즈는 따지듯이 분홍색 버스표를 내밀었다.
잠시 침묵이 흘렀다.
「당신은 런던에 갔었어.」
자일즈가 말했다.
「그래요. 나는 런던에 갔었어요.」
몰리는 턱을 쳐들었다.
「크리스토퍼 렌이란 녀석을 만나러 갔었나?」
「아니에요. 크리스토퍼를 만나러 간 건 아니었어요.」
「그렇다면 왜 갔었지?」
「여보, 지금은 말할 수 없어요.」
「흥! 그럴 듯한 변명을 지어낼 시간을 벌자는 거군!」
「난 당신이 미워요.」
몰리가 말했다.
자일즈가 천천히 말했다.
「난 당신을 미워하지 않아. 하지만, 나도 당신을 미워했으면 좋겠

94

어. 난 더 이상 당신을 모르겠다는 느낌이 들어. 당신이 어떤 사람인지 전혀 모르겠어.」

「나도 마찬가지 기분이에요. 당신은──마치 낯선 사람 같아요. 나에게 거짓말을 하는 그런 사람──.」

「내가 언제 당신에게 거짓말을 했어?」

몰리가 웃었다.

「당신은 내가 당신이 철망을 사러 갔었다는 말을 믿고 있다고 생각해요? 그 날 당신도 런던에 갔었잖아요.」

「당신이 런던에서 나를 본 거로군. 그래서 나를 믿지 못하겠다는거야?」

「당신을 믿어요? 난 아무도 믿지 않을 거예요. 다시는 아무도 믿지 않을 거라고요.」

자일즈와 몰리는 주방 문이 살짝 열리는 것도 모르고 있었다. 파라비치니 씨가 들어와서 헛기침을 했다.

「그러지들 말아요.」

그가 중얼거리듯이 말을 이었다.

「젊은 사람들이 감정이 격해져서 말을 지나치게 하는 건 좋지 않아요. 사랑하는 사람들끼리의 싸움에서는 마음에도 없는 말을 하게 마련이지만.」

「사랑하는 사람들끼리의 싸움이라고요? 천만에요.」

자일즈가 비웃는 듯이 말했다.

「알아요, 알아. 나는 두 사람의 기분을 잘 알고 있어요. 젊었을 땐 나도 그랬으니까. 내가 주방에 온 이유는, 저 형사가 우리 모두를 거실로 모이라고 했다는 말을 전하기 위해서요. 그에게 무슨 생각이 떠오른 것 같더군요.」

파라비치니 씨는 낮은 소리로 웃었다.

「경찰이 단서를 잡았다는 말은 자주 들었지만, 무슨 생각이 떠올랐다니 도무지 알 수가 없군요. 우리의 트로터 형사는 열심히 노력하는 사람이 분명하지만, 머리가 좋은 것 같지는 않아요.」
「여보, 당신이 가봐요. 난 음식을 만들어야 해요. 내가 없어도 트로터 형사의 일은 상관없을 거예요.」
몰리가 말했다.
「음식이라면 말입니다만 ——.」
파라비치니 씨는 주방을 가로질러 깡충깡충 뛰어서 몰리의 곁으로 왔다.
「프랑스 겨자를 묻힌 얇은 베이컨과, 프와그라(거위와 오리의 간을 이겨서 풀 모양으로 만든 식품)를 두껍게 바른 토스트와, 닭의 간을 조리한 음식을 만들어 본 적이 있습니까?」
「요즘에는 프와그라를 구하기 힘듭니다. 어서 가시죠, 파라비치니 씨.」
자일즈가 대답했다.
「내가 주방에 남아서 도와드릴까요, 부인?」
「당신도 거실로 가야 합니다, 파라비치니 씨.」
자일즈가 말했다.
그러자 파라비치니 씨가 소리없이 웃으며 말했다.
「남편께선 부인을 걱정하고 있군요. 당연하죠. 부인을 나와 함께 주방에 남겨 놓기가 싫으신 겁니다. 부인의 남편께서 두려워하는 것은 남을 괴롭히는 내 성격이지, 불명예스러운 성격은 아닐 겁니다. 그러니까 그 말을 들어야겠죠.」
그는 우아하게 고개를 숙이고는 자신의 손가락 끝에 키스를 해 보였다.
몰리는 난처한 듯 말했다.

「파라비치니 씨, 저는 그렇게 생각하지 ──.」

파라비치니 씨는 고개를 흔들었다. 그리고 자일즈에게 말했다.

「당신은 아주 똑똑한 젊은이로군요. '기회를 주지 말 것'──그걸 알고 있으니까 말이오. 내가 미친 사람이 아니라는 것을 당신이나 형사에게 증명해 보일 수 있을까요? 아니오, 난 그럴 능력이 없어요. 아니라는 사실처럼 증명하기 어려운 것도 없으니까.」

그는 유쾌하게 그 멜로디를 흥얼거렸다.

몰리가 몸을 움츠리며 소리쳤다.

「제발 그 끔찍한 멜로디는 그만두세요, 파라비치니 씨.」

「아! '세 마리의 눈먼 쥐'라는 멜로디였군요! 내 머릿속에 박혀 버렸나 봅니다. 지금 생각해 보니 소름끼치는 내용이군요. 절대로 좋은 가사가 아니에요. 하지만 어린애들은 소름끼치는 걸 좋아하지요. 눈여겨 본 적이 있습니까? '세 마리의 눈먼 쥐'라는 동요의 가사는 무척 영국적이에요. 목가적이지만 잔인한 영국 시골의 생활을 보여 주고 있어요. '그녀는 식칼로 쥐들의 꼬리를 잘라 버렸습니다.' 아이들은 그런 것을 좋아하죠. 내가 아이들에 관해 이야기를 ──.」

「제발, 그만두세요.」

몰리가 겁에 질려 말했다.

「당신도 잔인한 사람이에요.」

그녀의 목소리는 신경질적으로 높아졌다.

「당신은 지금 잔인하게 웃고 있어요. 마치 쥐를 가지고 장난치고 있는 고양이처럼 ──쥐를 가지고──.」

몰리는 마침내 울기 시작했다.

자일즈가 말했다.

「여보, 진정해. 자, 우리 함께 거실로 갑시다. 트로터 형사가 화를 내겠어요. 음식은 걱정하지 말아요. 살인이 음식보다 훨씬 중대한 문제이니까.」
 파라비치니 씨는 뛰는 듯한 발걸음으로 몰리와 자일즈를 따라오며 말했다.
「난 그렇게 생각지 않습니다. 사형수는 아침을 맛있게 먹었다── 그런 말이 있습니다.」
 크리스토퍼 렌은 홀에서 그들 세 사람을 만났다. 자일즈가 그를 보며 눈살을 찌푸렸다. 크리스토퍼는 재빨리 살피듯이 몰리에게 눈길을 주었지만, 몰리는 고개를 쳐들고 똑바로 앞만 보며 걷고 있었다. 그들은 행진을 하듯이 거실로 들어갔다. 파라비치니 씨가 맨 뒤에서 깡총거리며 따라 들어갔다.
 트로터 형사와 메트카프 소령이 거실에서 그들을 기다리며 서 있었다. 메트카프 소령은 골이 난 표정이었고, 트로터 형사는 얼굴에 생기가 도는 기운찬 표정이었다.
 그들이 전부 들어오자 트로터 형사가 말했다.
「됐습니다. 나는 여러분이 전부 모여 주시길 원했습니다. 지금부터 어떤 실험을 하고 싶습니다. 그 실험에는 여러분의 도움이 필요합니다.」
「오래 걸릴까요? 전 주방에서 할 일이 많거든요. 어쨌든 식사는 해야 할 테니까요.」
 몰리가 말했다.
 트로터 형사가 대답했다.
「알겠습니다. 식사를 염려해 주셔서 고맙습니다, 부인. 그렇지만 식사보다 더 중요한 것이 있습니다! 예를 들자면 보일 부인은 더 이상 식사를 할 필요가 없죠.」
「경사님은 꽤나 재치없이 얘기하시는군요.」
 메트카프 소령이 말했다.

「죄송합니다. 하지만, 나는 여러분 모두의 협력이 필요합니다.」
「스키를 찾으셨나요, 트로터 경사님?」
몰리가 물었다.
그러자 트로터 형사는 얼굴이 붉어지며 말했다.
「아뇨, 아직 못 찾았습니다, 데이비스 부인. 그러나 누가 무슨 이유로 스키를 훔쳤는지 확실한 짐작은 하고 있습니다. 지금은 그 이상은 말씀드리지 않겠습니다.」
「제발 지금 말씀하지는 마십시오. 그런 설명은 흥분된 마지막 순간에 해야 한다고 생각하니까요.」
파라비치니 씨가 말했다.
「하지만, 이건 게임이 아니오.」
「아닙니까? 그렇다면 경사님은 뭔가 잘못 알고 있군요. 내 생각에 이건 게임입니다——어떤 사람에게는요.」
「살인범은 살인을 즐기고 있어요.」
몰리가 중얼거렸다.
다른 사람들이 놀라서 그녀를 바라보았다. 그러자 몰리는 얼굴을 붉혔다.
「트로터 경사님이 제게 한 말을 그대로 옮겼을 뿐이에요.」
트로터 형사는 불쾌한 표정이었다.
「좋습니다. 파라비치니 씨는 이 일이 마치 추리소설처럼 스릴 넘치는 사건인 양 마지막 순간이란 말까지 하셨는데, 이건 현실입니다. 지금 일어나고 있는 사건이란 말입니다.」
「그러나 나에게는 일어나지 말았으면 좋겠는데.」
크리스토퍼 렌이 손가락을 목에다 대며 말했다.
「이제 그만들 하시죠. 경사님이 지금 우리가 해야 할 행동을 얘기해 줄 겁니다.」

메트카프 소령이 말했다.

트로터 형사는 목소리를 가다듬었다. 그는 사무적으로 말하기 시작했다.

「나는 조금 전에 여러분의 설명을 들었습니다. 그 설명은 보일 부인이 살해당한 시간에 여러분이 어디에 있었는가 하는 것이었습니다. 렌 씨와 데이비스 씨는 각자의 침실에 있었고, 데이비스 부인은 주방에 있었습니다. 메트카프 소령님은 지하실에 있었고, 파라비치니 씨는 이곳 거실에 있었습니다.」

그는 잠시 뒤 다시 계속했다.

「이상은 여러분이 말씀하셨던 겁니다. 나는 여러분의 말씀이 사실인지 아닌지 확인할 방법이 없습니다. 사실일 수도 있겠고──아닐 수도 있습니다. 분명히 말씀드리자면, 네 사람은 진실을 말씀하셨지만──한 사람은 거짓말을 했습니다. 누굽니까?」

트로터 형사는 한 사람씩 훑어보았다. 입을 여는 사람은 하나도 없었다.

「한 사람이 거짓말을 했습니다. 그래서, 나는 그 사람을 찾아내기 위한 계획을 세웠습니다. 나에게 거짓말을 한 사람을 찾아내면──살인범이 누구인가도 알게 되는 겁니다.」

자일즈가 날카롭게 말했다.

「그럴 필요가 있을까요? 어떤 다른 이유로 거짓말을 했을지도 모르니까요.」

「난 그렇게 생각하지 않습니다, 데이비스 씨.」

「그런데 어떤 계획입니까? 우리의 설명이 진실인지 아닌지 밝혀낼 방법이 없다고 하시지 않았습니까?」

「그렇죠. 하지만, 여러분이 그 당시와 똑같은 행동을 한 번 더 해주신다면 어떻겠습니까?」

메트카프 소령이 경멸하는 태도로 말했다.

「아——범죄의 재구성 말이군요. 외국 방식이죠.」

「범죄의 재구성이 아닙니다. 결백하다고 생각되는 사람들의 행동을 재구성하는 겁니다.」

「그 방법에서 어떤 결과를 기대하는 겁니까?」

「죄송합니다만, 지금은 말씀드릴 수가 없습니다.」

「연극을 해보라는 말씀인가요?」

몰리가 물었다.

「예, 그런 겁니다, 데이비스 부인.」

잠시 침묵이 흘렀다. 불안감이 감도는 그런 침묵이었다.

몰리는 속으로 생각했다.

'이건 함정이야. 함정이야——하지만 알 수가 없어. 무슨 이유가 있을까——.'

누군가가 이 상황을 보고 있었다면, 아마 한 사람의 범인과 네 명의 결백한 사람이 아니라, 다섯 명의 범인이 그곳에 있다고 생각했을 것이다. 다섯 사람이 의심스럽게 곁눈질을 하며, 결백을 증명할 행동을 요구하는, 확신에 찬 미소를 짓는 젊은이를 바라보고 있는 것이다.

그 때 크리스토퍼가 갑자기 소리쳤다.

「알 수 없군요——도무지 알 수가 없어요——똑같은 행동을 다시 한 번 하라고 해놓고 도대체 뭘 알아내려는 겁니까? 이건 우스운 일입니다!」

「그렇게 생각하십니까, 렌 씨?」

「좋습니다. 당신 말대로 해보겠습니다.」

자일즈가 천천히 말했다.

「협력하겠어요. 그 당시와 똑같이 하면 되는 겁니까?」

「예, 같은 행동을 해 주시면 됩니다.」

메트카프 소령은 트로터 형사의 말을 듣자 뭔가 알겠다는 듯, 예리한 눈빛으로 트로터 형사를 쳐다보았다.
트로터 형사가 다시 말했다.
「파라비치니 씨는 피아노 앞에 앉아서 어떤 멜로디를 치고 있었다고 했습니다. 그 행동을 다시 한 번 해 주시겠습니까, 파라비치니 씨?」
「물론 해 드리죠, 경사님.」
파라비치니 씨는 깡충거리며 방을 가로질러 가서 피아노 의자에 앉았다.
「지금부터 피아노의 거장께서 살인을 위한 주제곡을 연주해 드리겠습니다.」
그는 허풍을 떨며 말했다.
그는 싱긋 웃고 나서 한 손가락을 세련되게 움직이며 '세 마리의 눈먼 쥐'를 치기 시작했다.
'저 사람은 즐기고 있어. 즐기고 있는 거야.'
몰리는 속으로 생각했다.
넓은 거실에 조용하게 울려퍼지는 피아노 소리는 무시무시한 느낌마저 주고 있었다.
「감사합니다, 파라비치니 씨. 사건이 일어난 당시에도 같은 멜로디를 치셨죠?」
트로터 형사가 말했다.
「예, 그랬습니다. 이 멜로디를 세 번 되풀이해서 쳤습니다.」
트로터 형사가 몰리에게 돌아서며 물었다.
「피아노를 칠 줄 아시죠, 데이비스 부인?」
「예, 트로터 경사님.」
「파라비치니 씨가 한 것과 똑같은 방법으로 그 멜로디를 칠 수 있겠습니까?」

「예, 물론이죠.」

「그러면 피아노 앞으로 가서 내가 신호를 보내면 칠 수 있도록 준비를 해 주실까요?」

몰리는 약간 당황한 것 같았다. 그녀는 피아노 옆으로 천천히 걸어갔다.

파라비치니 씨는 피아노 의자에서 격앙된 목소리로 항의했다.

「경사님, 우리는 각자 자기가 한 역할을 되풀이하는 것으로 알고 있는데요. 피아노에 앉아 있었던 사람은 나였습니다.」

「당시의 상황과 똑같은 행동을 하게 되는 것이지만, 같은 사람이 같은 행동을 할 필요는 없습니다.」

「무슨 뜻인지 모르겠군요.」

자일즈가 말했다.

「이런 겁니다, 데이비스 씨. 여러분이 하신 말씀이 진실인지 아닌지 확인하는 방법이 바로 이것입니다. 특히 어떤 한 사람의 말을 확인하는 것이라고 말할 수도 있겠죠. 자, 여러분의 위치를 지시하겠습니다. 데이비스 부인은 이곳 거실 피아노 앞에 계시고, 렌 씨는 주방으로 가서 저녁식사를 살피고 계십시오. 파라비치니 씨는 렌 씨의 침실로 가서 휘파람을 불며 음악적 재능을 발휘하십시오. '세 마리의 눈먼 쥐'를 휘파람으로 부는 겁니다. 메트카프 소령님은 데이비스 씨의 침실로 가서 전화를 살펴보시기 바랍니다. 그리고, 데이비스 씨는 홀의 벽장 속을 들여다보시고 지하실로 내려가시기 바랍니다.」

잠시 침묵이 흘렀다. 그런 다음 네 사람은 천천히 거실 문으로 걸어갔다.

트로터 형사는 그들 뒤를 따라가며 뒤돌아보며 말했다.

「50까지 센 다음 피아노를 치기 시작하세요, 데이비스 부인.」

그는 다른 사람들을 따라 거실을 나갔다. 문이 닫히기 전에 파라비치니 씨가 말하는 소리가 몰리에게 들려 왔다.
「경찰이 실내 게임을 이렇게 좋아하는지는 몰랐소이다.」

「48, 49, 50.」
몰리는 트로터 형사가 시키는 대로 숫자를 50까지 세고 나서 피아노를 치기 시작했다. 다시 부드럽고도 오싹하는 멜로디가 넓은 거실에 울려 퍼졌다.

세 마리의 눈먼 쥐
그들이 달리는 것을 보세요…….

몰리는 심장이 점점 빨리 뛰는 것을 느꼈다. 파라비치니 씨가 말했듯이 이상하리만큼 잊혀지지 않는 잔인한 가사였다. 어른이라면 끔찍하게 생각했을 그런 불행한 일을 무관심하게 넘겨 버리는 어린애들의 감정을 잘 나타내고 있는 가사였다.
위층에서 희미한 휘파람 소리가 들려 왔다. 크리스토퍼 렌의 역할을 하고 있는 파라비치니 씨가 크리스토퍼의 침실에서 휘파람을 불고 있는 것이었다.
갑자기 옆방의 서재에서 라디오 소리가 들렸다. 트로터 형사가 라디오를 켠 것이다. 그렇다면, 그는 보일 부인의 역할을 하고 있는 것이다.
'그런데 왜? 무엇 때문에 그 부인의 역할을 하는 걸까? 함정은 무엇일까?'
몰리는 함정이 있다는 것만은 확신할 수가 있었다.
갑자기 찬 바람이 그녀의 목덜미를 스쳐갔다. 얼른 고개를 돌렸다.

문이 열렸다 닫힌 게 분명했다.

'누군가가 거실로 들어온 모양이지——아니야, 거실에는 아무도 없어.'

몰리는 별안간 두려움을 느꼈다.

누가 들어온다면? 만일 파라비치니 씨가 깡총거리며 뛰어 들어와 피아노 옆으로 다가와서 긴 손가락을 내밀며——.

'아, 부인은 지금 자신의 장송곡을 연주하고 있군요. 행복하시겠습니다——.'

말도 안 돼. 어리석은 생각은 하지 마. 그런 상상을 하면 안 돼. 파라비치니 씨가 지금 위층에서 불고 있는 휘파람 소리가 들리잖아. 내가 치는 피아노 소리를 그가 듣고 있듯이.

그 생각이 떠오르자 몰리는 피아노에서 손을 뗄 뻔했다. 보일 부인이 살해당한 시각에 파라비치니 씨가 피아노 치는 소리를 아무도 듣지 못했어! 그것이 함정이었을까? 파라비치니 씨는 피아노를 치지 않았던 게 아닐까? 거실에 있지도 않았고 서재에 있었다면? 서재에서 보일 부인의 목을 조르고 있었던 게 아닐까?

트로터 형사가 몰리에게 피아노를 치라고 했을 때 파라비치니 씨는 무척 싫어하는 것 같았다. 그는 작은 소리로 피아노를 쳤다는 것을 강조했었다. 물론 그는 피아노를 아주 작은 소리로 쳤기 때문에 거실 밖에 있는 다른 사람들에게는 들리지 않았다고 말하고 싶었기에, 작은 소리라는 말을 강조했을 것이다.

그 때 피아노 소리를 듣지 못했던 사람이 지금 내가 치는 피아노 소리를 듣는다면——트로터 형사는 그가 원하는 결과를 얻게 된다——거짓말을 한 그 사람을 알게 되는 것이다!

그 때 거실 문이 열렸다. 파라비치니 씨가 들어올까 봐 조마조마하고 있던 몰리는 깜짝 놀라 비명을 지를 뻔했다. 하지만, 들어온 사람은 트로터 형사였다. 그 멜로디를 세 번 되풀이해서 치고 난 다음에 그가 들어온 것이다.
「감사합니다, 데이비스 부인.」
그는 굉장히 즐거워 보였다. 또한 태도도 활기차고 자신이 있어 보였다.
몰리는 피아노 건반에서 손을 떼며 물었다.
「원하는 결과를 얻으셨나요?」
「예, 내가 원하던 바로 그 결과를 얻었습니다.」
트로터 형사는 의기양양하게 대답했다.
「뭐예요? 누구예요?」
「모르시겠습니까, 데이비스 부인? 자, 그건 어렵지 않아요. 이렇게 말해도 될지 모르지만, 부인은 정말 어리석군요. 부인은 내가 세 번째 희생자를 추적하는 것을 내버려두었습니다. 그 결과 당신은 심각한 위험에 빠진 겁니다.」
「제가요? 무슨 말씀이죠?」
「부인이 솔직하지 않았다는 뜻입니다. 데이비스 부인, 부인은 내게 비밀을 털어놓지 않았습니다──보일 부인이 그랬던 것과 마찬가지로.」
「무슨 말씀인지 모르겠군요.」
「모르실 리가 없죠. 내가 롱리지 농장 사건에 대해 처음 말했을 때, 부인은 모든 것을 알고 있었어요. 전부 알고 있었죠. 그래서 부인은 당황했었죠. 보일 부인이 이 지방에서 전쟁 고아를 입양시키는 일을 맡고 있던 장교라는 사실을 확인한 사람도 부인이었습니다. 보일 부인과 당신은 이 지방 출신이죠. 그래서 나는 세 번째 희생자가 누구일까 하고 추측해 보았을 때, 그건 바로 부인이어야 한다고 단정한 겁니다. 부인의 행동과 말은 롱리지 농장 사건을 직접적으로 알고 있다는 것을 나타내고 있었습니다. 우리 경찰은 그런 것을 눈치채지 못할 정도로 멍청하지는 않습니다.」

몰리는 낮은 소리로 말했다.

「저를 이해하지 못하시는군요. 전 그 사건을 다시 생각하고 싶지 않았던 거예요.」

트로터 형사의 목소리가 약간 달라졌다.

「나도 그건 이해할 수 있습니다. 결혼 전 부인의 이름은 웨인라이트였죠?」

「맞아요.」

「그리고, 부인의 실제 나이는 부인이 말하는 나이보다 약간 많죠? 1940년 그 사건이 일어났을 때 부인은 애비베일 학교의 교사였죠?」

「아니에요!」

「그러지 마세요, 데이비스 부인.」

「난 아니에요. 사실이에요.」

「죽은 그 아이는 죽기 전에 부인에게 편지를 보냈었죠. 우표를 훔쳐서 붙였어요. 그는 편지에다 도와 달라고 썼어요. 친절하고 다정한 선생님께 도움을 청했던 겁니다. 자기 반 아이가 학교에 나오지 않으면 왜 안 나오는지 알아봐야 하는 것이 선생님이 해야 할 일이 아닙니까? 하지만, 부인은 알아보지 않았습니다. 그 불쌍한 어린애의 간절한 편지를 당신은 모른체 해 버린 겁니다.」

「그만하세요.」

몰리의 얼굴이 붉어졌다.

「경사님은 지금 제 언니에 관해 말씀하시고 계신 거예요. 언니는 학교 선생님이었어요. 그렇지만, 언니는 그 편지를 모른 체하진 않았어요. 언니는 그 때 아팠어요──폐렴을 앓고 있었던 거예요. 그 아이가 죽고 나서야 그 편지를 볼 수 있었던 겁니다. 그 일 때문에 언니는 얼마나 괴로워했는지 몰라요. 말도 못 할 정도로 괴로워했어요. 언니는 무척 예민한 사람이었거든요. 하지만 그 일은 언니의 잘못이 아니었어요. 언니가 그토록 괴로워했기 때문에 저도 그 일을 다시는 생각하기 싫었어요. 그건 악몽과도 같았어요.」

몰리는 두 손으로 눈을 가렸다. 잠시 뒤 손을 내렸을 때 트로터 형사가 그녀를 응시하고 있었다.

그가 조용히 말했다.

「그러니까 그건 부인의 언니였군요. 하지만 어쨌든 ——.」

그가 갑자기 이상한 미소를 지었다.

「그런 건 상관없어요. 당신의 언니가 —— 내 동생 ——.」 그는 주머니에서 뭔가를 꺼냈다. 그는 웃고 있었다. 행복하게.

몰리는 그가 쥐고 있는 것을 보았다.

「경찰은 리볼버 권총을 안 가지고 다니는 줄 알았는데요?」

「경찰은 리볼버 권총을 안 가지고 다니죠. 그렇지만, 데이비스 부인, 나는 경찰이 아니거든요. 내가 바로 짐이에요. 죽은 조지의 형이란 말입니다. 당신은 내가 시내에서 공중전화로 트로터 형사를 이곳으로 보냈다고 말했기 때문에 나를 경찰이라고 생각한 거죠. 난 이곳에 도착했을 때 집 밖의 전화선을 끊어 버렸어요. 그래야만 당신이 다시 경찰서로 전화를 못할 테니까.」

몰리는 눈을 크게 뜨고 그를 바라보고만 있었다. 권총이 그녀를 향하고 있었다.

「움직이지 말아요, 데이비스 부인 —— 소리를 지른다면 —— 즉시 방아쇠를 당기고 말겠소.」

그는 계속 미소를 짓고 있었다. 그것은 어린애의 미소였다. 몰리는 공포를 느꼈다. 그의 목소리도 어린애의 목소리로 변해 있었다.

「그래요. 난 조지의 형이에요. 조지는 롱리지 농장에서 죽었지. 그

나쁜 여자가 우릴 그리로 보냈어요. 그리고, 그 농부의 아내는 우리를 잔인하게 학대했고. 그런데 당신은 우리를──세 마리의 눈먼 쥐를 도와주지 않았어. 난 그 때 내가 크면 당신들을 전부 죽이겠다고 맹세했지. 굳게 맹세했어. 그 때부터 그 생각만 했어.」

그는 갑자기 얼굴을 찡그렸다.

「군대에서 사람들은 날 괴롭혔어. 그 의사는 나만 보면 자꾸 질문을 했지──난 도망칠 수밖에 없었어. 나는 그 사람들이 내가 하고 싶은 것을 못하게 할까 봐 겁이 났던 거야. 그렇지만 이젠 나도 어른이야. 어른들은 하고 싶은 것은 뭐든지 할 수 있거든.」

몰리는 정신을 가다듬었다.

'이 사람에게 말을 걸어야 해. 생각을 딴 데로 돌리게 만들어야 해.'

「하지만, 짐, 당신은 무사히 도망칠 수 없어요.」

그의 표정이 어두워졌다.

「누가 내 스키를 숨겼어. 그걸 찾을 수가 없어.」

그러더니 그는 다시 웃었다.

「그러나 상관없어. 이건 당신 남편의 총이니까. 그의 서랍에서 꺼냈지. 사람들은 당신 남편이 당신을 쏘았다고 생각할 테니까. 어쨌든──상관없는 일이지. 지금까지 정말 재미있었어. 경찰인 체한 건 정말 기막히게 재미있었어! 런던의 그 여자──나를 알아봤을 때의 그 얼굴 표정. 그리고 오늘 아침에 죽인 그 멍청한 여자!」

그는 고개를 끄덕였다.

그 때 어디선가 으스스한 휘파람 소리가 분명하게 들려 왔다. 누군가가 '세 마리의 눈먼 쥐'를 휘파람으로 불고 있었다.

트로터가 깜짝 놀라자 권총이 흔들렸다. 어떤 목소리가, 「엎드려요, 데이비스 부인!」하고 외쳤다.

몰리가 바닥에 엎드리는 순간, 문 옆의 소파 뒤에 숨어 있던 메트카프 소령이 일어나면서 몸을 날려 트로터를 덮쳤다. 권총이 발사되면서 총알은 죽은 에모리 양의 아끼던 유화 중의 하나에 박혔다.
　잠시 뒤에 자일즈가 뛰어 들어오고, 뒤따라 크리스토퍼와 파라비치니 씨가 밀려 들어오자 거실은 온통 혼란의 도가니로 변했다.
　메트카프 소령은 트로터를 꽉 붙잡은 채로 짧게 힘주어 말했다.
　「데이비스 부인이 피아노를 치고 있는 사이에 소파 뒤로 숨어들었죠. 난 처음부터 이 사람을 주목하고 있었습니다. 나는 이 사람이 경찰이 아니라는 것을 알고 있었죠. 경찰은 바로 나니까요——나는 태너 경감입니다. 메트카프 소령에게 상황을 설명하고 그 분 대신 내가 온 겁니다. 런던 경시청에서는 누군가를 현장에 보내는 것이 현명하다고 판단했죠. 자, 젊은이——.」
　태너 경감은 이제 온순해진 트로터에게 부드럽고 상냥하게 말했다.
　「나를 따라오게. 아무도 자네를 해치진 않을 걸세. 자네는 이제 괜찮아. 우리가 돌봐 주겠네.」
　그 젊은이는 굳은 얼굴을 한 채 가엾은 어린애의 목소리로 물었다.
　「조지가 내게 화를 내지는 않을까요?」
　「아니야, 조지는 화를 내지 않을 거야.」
　메트카프, 아니 태너 경감이 대답했다. 그는 자일즈 곁을 지나가며 말했다.
　「불쌍하게도 완전히 정신이상이 되고 말았소.」
　그들이 나가자, 파라비치니 씨가 넋을 잃은 채 서 있는 크리스토퍼의 팔을 툭 치며 말했다.
　「당신도 나와 함께 나갑시다.」
　단둘이 남은 몰리와 자일즈는 서로 마주보았다. 다음 순간 두 사람은 굳게 껴안았다.
　자일즈가 먼저 말했다.

「여보, 당신 괜찮아?」
「예, 괜찮아요. 여보, 그 동안 내 정신이 어떻게 되었었나 봐요. 난 정말 당신인 줄——당신, 그 날 왜 런던에 갔었죠?」
「내일이 우리의 결혼 기념일이잖아. 그래서 당신에게 줄 선물을 사러 갔었어. 당신에게 미리 알리지 않으려고 했던 거야.」
「어머, 이럴 수가! 나도 당신 선물을 사러 갔었어요. 당신 몰래 말이에요.」
「난 그 이상한 젊은 녀석에게 불 같은 질투를 느끼고 있었어. 머리가 이상했었나 봐. 미안해. 날 용서해요, 여보.」
그 때 문이 열리며 파라비치니 씨가 염소처럼 뛰어 들어왔다. 그는 기쁜 표정으로 말했다.
「화해하는 데 방해가 되었군요——정말 아름다운 장면이에요. 아, 그런데 난 이제 작별을 해야겠어요. 경찰차가 눈을 뚫고 이곳까지 왔군요. 나도 그 차를 타도록 해야겠어요.」
그는 고개를 숙이고 몰리의 귀에 은밀하게 속삭였다.
「머지않아 나는 몇 가지 골치 아픈 일을 당할지도 모릅니다——그렇지만 그런 것쯤은 자신있게 처리할 수 있답니다. 그리고 만일 부인이 어떤 상자를 배달받게 되면——거위와 칠면조, 프와그라 통조림 몇 개, 햄, 나일론 스타킹 등이 들어 있는 상자를 받게 되면, 그건 매력적인 부인에게 드리는 내 찬사의 선물이라고 생각해 주십시오. 데이비스 씨, 하숙비는 테이블 위에 놓아 두었습니다.」
파라비치니 씨는 몰리의 손에 키스를 하고 가벼운 발걸음으로 방을 나갔다.
몰리가 중얼거렸다.
「나일론 스타킹? 프와그라? 파라비치니 씨는 뭘 하는 사람이죠? 산타클로스일까요?」

「몰래 물건을 사고 파는 그런 장사꾼인 것 같아.」
자일즈가 말했다.
그 때 크리스토퍼 렌이 머뭇거리며 고개를 디밀고 말했다.
「저——방해를 해서 죄송합니다만, 주방에서 뭔가 타는 냄새가 지독하게 나고 있어요. 내가 가 볼까요?」
그러자 몰리가 괴로운 비명을 지르며 방을 뛰쳐나갔다.
「내 파이!」

이상한 사건

「그리고 이 분이——마플 양이에요!」

제인 헬리어가 소개를 했다.

여배우이니만큼, 그녀는 효과 있게 말하는 법을 알고 있었다. 이것이 절정이었으며 화려한 끝맺음이었다! 그 말씨에 경건한 위엄과 승리의 기쁨이 드러나 있었다.

이상한 점이라면 이처럼 자랑스럽게 소개된 대상이 그저 온화하면서도 좀 까다롭게 보이는 나이 많은 노처녀에 불과하다는 사실이다. 제인이 친절하게 주선해 주었지만 방금 그녀를 알게 된 젊은 두 사람의 눈에는 적이 의심스러웠던지 실망하는 기색이 역력했다.

그들은 훌륭한 용모를 가진 사람들로, 살갗이 거무스름하고 검은 눈빛과 머리칼을 지닌 호리호리한 몸매의 차미언 스트라우드라는 아가씨와, 에드워드 로시터라는 금발에 큰 몸집을 가진 호감을 주는 청년이었다.

숨을 약간 몰아쉬며 차미언이 말했다.

「오! 이렇게 뵙게 되어 정말 기뻐요.」
 말은 그렇게 했으나 그녀의 눈에는 여전히 의심하는 빛이 담겨 있었다. 그녀는 제인 헬리어에게 짐짓 따지는 듯한 시선을 던졌다.
 제인이 그 시선에 답하듯 말했다.
「마플 양은 틀림없는 분이에요. 그 분에게 모두 맡기세요. 약속한 대로 이렇게 모셔왔으니까요.」
 그런 다음 그녀는 마플 양을 돌아보며 덧붙였다.
「마플 양께서 틀림없이 이 사람들의 문제를 해결해 주시리라 믿어요. 그 정도야 당신에게는 누워서 떡 먹기잖아요.」
 마플 양은 청자처럼 푸른 눈으로 침착하게 로시터를 바라보며 말했다.
「무슨 일로 그러는지 말해 주겠어요?」
「우리는 제인의 친구들이랍니다.」
 차미언이 참을성없이 끼여들고 나섰다.
「에드워드와 저는 좀 곤란한 상태에 처하게 되었어요. 그러던 차에 제인이 자기 파티에 오면 어떤 분을 소개시켜 주겠다고 하더군요. 어려운 사건을 많이 해결해 내신 분이니까 우리 문제를 도와 주실 충분한 능력이 있다고 하면서.」
 에드워드가 그녀의 말을 거들었다.
「제인 말이, 마플 양 같은 탐정은 두 번 다시 만나기도 어렵다더군요!」
 노부인의 눈이 한 순간 반짝였으나, 겸손하게 그 말을 부인했다.
「오, 저런, 아니에요! 감히 그 정도야 되겠어요. 나처럼 한 마을에 오래 살다 보면 사람들의 본성에 대해 자연히 알게 되게 마련이죠. 그나저나 벌써 당신들의 문제에 호기심이 느껴지는군요. 문제가 무엇이죠?」

「너무 진부한 이야기라 어떨지——말하자면 보물이 묻혀 있다는 겁니다.」

에드워드가 말했다.

「그래요? 정말 흥미롭게 들리는데요!」

「그러시겠죠. '보물섬'을 상상하고 계실 테니까요. 하지만, 우리들의 문제에는 그런 로맨틱한 면은 없습니다. 도표 위의 해골과 열십자 모양의 뼈다귀가 어느 지점을 가리키고 있다거나, '왼쪽으로 네 발자국 가서 서북쪽으로'라는 지시 따위는 없으니까요. 따분하기 짝이 없는 노릇이지만——문제는 어느 곳을 파헤쳐야 할 것인가 하는 점입니다.」

「그래, 파 보았나요?」

「자그마치 2에이커는 팠을 거예요. 아마 그곳에다 야채를 심어 시장에 내다 팔아도 될 겁니다. 그렇잖아도 서양호박을 재배할까 감자를 재배할까 의논하던 중인걸.」

차미언이 불쑥 끼여들며 말했다.

「문제를 다 말씀드릴까요?」

「그랬으면 좋겠네요, 아가씨.」

「그럼, 어디 조용한 곳으로 옮기죠. 자, 가요, 에드워드.」

그녀는 담배 연기가 자욱한 그 북적거리는 방을 빠져 나와 3층에 있는 조그만 거실로 올라갔다.

모두 자리를 잡고 앉자, 차미언이 곧 이야기를 시작했다.

「그럼, 말씀드리겠어요. 매튜 백부님의 이야기부터 시작해야겠군요. 백부라기보다는 대백부(大伯父)라는 편이 나을 거예요. 우리 둘다 그 분의 조카지요. 고루하기 이를 데 없는 분이셨답니다. 그 분에게 친척이라고는 에드워드와 저밖에 없었어요. 우리를 얼마나 귀여워해 주셨던지 돌아가시게 되면 재산을 우리에게 남겨 주시겠다는 말씀을 입버릇처럼 하셨죠. 그러다가 지난 3월에 돌아가시고 말았죠. 에드워드와 저에게 재산을 똑같이 분배해 남기시고는요. 제 말이 좀 무정하게 들리실지도 모르겠군요. 백부님이 돌아가신 게 뭐 당연하다는 것은 아니에요. 우리 역시 그 분을 무척 좋아했으니까요. 백부님은 오랜 기간 동안 편찮으셨지요.

그런데 문제는 백부님이 남겨 주신 '전재산'이라는 것이 알고 보니 아무것도 없더라는 거예요. 솔직히 말씀드려서, 우리는 충격을 받지 않을 수 없었어요. 안 그래요, 에드워드?」

에드워드는 친절하게 동감을 표시하며 말했다.

「우리는 사실 그것에 좀 기대를 걸고 있었죠. 막대한 돈이 생긴다는데 ── 글쎄요 ── 아득바득 일에 매달리려 하겠습니까? 저는 군대에 있습니다만 월급을 제외하면 이렇다 할 수입원이 없는 형편이고, 차미언은 그나마 한푼도 나올 데가 없는 실정이지요. 그녀는 레퍼터리 극장에서 무대 감독으로 일하고 있는데 꽤 재미가 있어서 그 일을 즐기고는 있습니다만, 돈을 벌자고 하는 일은 못 됩니다. 우리는 장차 결혼을 약속한 사이지만 돈 걱정이라고는 해보지 않았어요. 때가 되면 남부럽지 않은 부자가 되리라는 것을 둘 다 알고 있었으니까요.」

차미언이 절망적으로 말했다.

「그런데, 보시다시피 우리는 지금 그렇지가 못해요! 설상가상으로, '앤스티스'라고 하는, 대대로 물려 내려오는 땅인데 에드워드와 제가 무척이나 아끼고 있는 그 땅마저 팔지 않으면 안 될 것 같아요. 에드워드와 저로서는 도저히 참을 수 없는 일이지요! 그렇지만, 매튜 백부님이 남겼다는 유산을 찾아내지 못하면 결국 팔아야만 할 거예요.」

에드워드가 말했다.

「차미언, 그러고 보니 우리가 아직 문제의 핵심은 꺼내지 못했어.」

그는 마플 양을 보면서 말했다.

「이야기를 하자면 이렇습니다. 매튜 백부님은 연세가 들수록 점점 의심이 많아지셨답니다. 아무도 믿으려 들지 않으셨죠.」

「아주 현명한 분이셨군요. 인간의 부패 행위는 도저히 믿을 수 없는 정도이니까.」

마플 양이 말했다.

「글쎄요, 그 말씀이 옳은지도 모르죠. 어쨌든 매튜 백부님은 그런 생각을 가지고 계셨죠. 백부님 친구 한 분은 은행에서 돈을 털리고, 또 어떤 분은 변호사가 달아나는 바람에 망해 버렸고, 백부님 자신만 해도 어떤 회사에 사기를 당해 얼마간의 돈을 잃으신 모양입니다. 그래서 가장 안전하고 현명한 방법은 돈을 금괴로 바꿔 땅에 묻는 일뿐이라고 일장 연설을 하시곤 했죠.」

「아──이제야 이해가 되기 시작하는군요.」

마플 양이 말했다.

「그렇습니다. 그런 식으로 하다가는 아무 이익도 못 볼 거라며 친구분들이 아무리 뜯어말려도 막무가내로, 그래도 상관치 않겠다고 하셨죠. 돈이 있으면 모조리, '상자에 넣어 침대 밑에 넣어 두거나 정원에 묻어야 해.'라고 말씀하셨어요. 그것을 좌우명으로 삼고 계셨다니까요.」

차미언이 그 말을 이어받았다.

「실제로 돌아가신 뒤에 보니까, 그렇게 재산이 많았는데도 주식은 거의 없다시피 했어요. 그래서, 우리는 백부님이 과연 말씀하시던 대로 하셨구나 하고 생각하게 된 거예요..」

에드워드가 덧붙여 설명했다.

「자세히 알아보았더니, 주식을 매각하고 때때로 거액의 돈을 은행에서 찾으셨다는데, 그 돈을 어떻게 하셨는지 아무도 아는 사람이 없더군요. 아마도 평소에 주장하시던 대로 금괴를 사서 땅에 묻었을 것으로 추측할 뿐이죠.」

「돌아가시기 전에 아무 말씀도 없었나요? 서류도 없었어요? 편지도?」

「그게 바로 미칠 노릇입니다. 그런 것은 전혀 없었어요. 며칠 동안 혼수 상태에 빠져 있다가 돌아가시기 전에 제정신으로 돌아오긴 했었죠. 우리 둘을 물끄러미 쳐다보시더니 낄낄 웃으시는 거예요, 희미하고 무기력하기는 했습니다만. 그러더니 이렇게 말씀하시더군요. '귀여운 내 비둘기들아, 모든 게 다 잘 될 게다.' 그런 다음 눈을, 그것도 오른쪽 눈만 손으로 두드리며 우리에게 윙크를 하지 뭡니까. 그리고는 숨을 거두셨죠. 가엾은 매튜 백부님.」

「눈을 두드렸다고요?」

이렇게 말하고는 잠시 마플 양은 생각에 잠겼다.

에드워드가 진지하게 입을 열었다.

「뭔가 생각나는 점이라도 있습니까? 저는 어떤 사람의 의안(義眼)에 뭔가 숨겨져 있었다는 아르센 뤼팽 소설이 생각나더군요. 하지만, 매튜 백부님의 눈은 의안이 아니었거든요.」

마플 양은 머리를 절레절레 흔들었다.

「글쎄요——지금으로서는 아무것도 생각나지 않는군요.」

차미언은 낙담하여 말했다.

「제인 말로는, 마플 양이라면 어느 곳을 파야 할지 단번에 알아내실 거라고 했는데요!」

마플 양은 미소를 지었다.

「알다시피 나는 마술사가 아니에요. 두 사람의 백부님을 만난 적도 없고, 또 어떤 사람이었는지도 모를 뿐 아니라 그 집과 땅도 본 적이 없잖아요.」

차미언이 말했다.
「그것들을 알고 계셨다면요?」
「그렇다면 아주 간단하지 않을까요?」
「간단하다고요! 그럼, 앤스티스로 오셔서 과연 간단한지 한번 보시죠!」
차마언이 말했다.
아마 그녀는 진심으로 초대할 작정으로 한 말이 아니었겠지만, 마플 양은 재빨리 응답을 했다.
「어쩜, 정말 아주 친절한 아가씨로군요. 나는 늘 묻혀 있는 보물을 찾아낼 기회가 없을까 하고 기다려 왔다우. 게다가——.」
그녀는 기쁨에 넘쳐 후기 빅토리아 시대 사람 같은 미소를 짓고서 그들을 쳐다보며 이렇게 덧붙였다.
「심심치 않게 흥미까지 곁들이다니!」
「이해할 만하시죠!」
차미언이 극적인 몸짓을 하며 말했다.

그들은 광활한 앤스티스를 막 한 바퀴 돌아보고 난 참이었다. 마구 들쑤셔 놓은 채마밭을 둘러보고, 거목 주위를 모조리 파헤쳐 놓은 숲 속의 구석구석까지 가서, 한때는 평탄했을 잔디밭의 표면이 곰보투성이로 변한 광경을 애석하게 바라보기도 했다. 더그매에 있는 낡은 트렁크와 궤에 들어 있던 내용물들을 샅샅이 다 뒤져 놓았는가 하면, 지하실의 판석들을 무리하게 다 들어내 놓기까지 했다. 벽이란 벽은 다 재고 두드려 보았으며, 비밀 서랍이 달려 있을 만한 고가구란 고가구도 빠짐없이 마플 양에게 보여 주었다.
거실은 또 어떨까——탁자 위에다 고(故) 매튜 스트라우드가 남겨 놓은 서류들을 하나라도 빠질세라 모조리 꺼내어 산더미처럼 쌓아

이상한 사건 119

놓았다. 차미언과 에드워드는 틈만 나면 그 탁자로 가서 아직까지 눈에 띄지 않은 단서를 혹시라도 찾을까 하여 계산서며 초대장, 사무상의 서신들을 열심히 검토해 보았던 것이다.

「혹시 우리가 미처 못 살펴본 데는 없을까요?」

차미언이 기대를 걸며 물었다.

마플 양은 머리를 저었다.

「볼 만한 곳은 철저하게 다 본 것 같은데요, 아가씨. 좀 지나치다 싶을 만큼 철저하게 조사했군요. 나는 말이죠, 사람은 계획을 세워 행동해야 한다고 늘 생각해요. 엘드리치 부인이라는 내 친구 이야기를 해 드리죠. 그녀는 집에 나이 어린 하녀가 하나 있는데, 얼마나 부지런한지 그 집에 가보면 마루가 반짝반짝 윤이 난답니다. 그것까지는 좋았는데, 욕실 바닥을 너무 열심히 닦아놓은 게 탈이었다우. 엘드리치 부인이 욕조에서 나오다가 바닥에 깔아 놓은 코르크 깔개가 밀리는 바람에 그만 미끄러지고 말았다니까요. 그래서, 운수 사납게도 다리가 부러졌지 뭐예요! 공교로운 일이지만, 욕실 문을 잠그고 목욕을 했을 테니 정원사가 사다리를 갖다 놓고 창문으로 들어갔을밖에요. 정숙하기가 이만저만하지 않은 엘드리치 부인이 엄청난 곤혹을 치른 셈이죠.」

에드워드가 초조하게 왔다갔다 했다.

그것을 눈치채고는 마플 양이 얼른 이렇게 말했다.

「내 정신 좀 봐. 갑자기 이야기가 옆길로 빗나갔군요. 용서해요. 그러나, 한 가지 일을 생각하다 보면 다른 것이 떠오르게 되죠. 그게 가끔 도움이 되기도 한답니다. 내가 말하고 싶은 것은 지혜를 한데 모아 보물이 숨겨져 있을 만한 장소를 꼽아 본다면……」

에드워드는 불쾌한 듯이 이렇게 내뱉었다.

「그건 마플 양께서 꼽아 보시죠. 차미언과 제 머리는 지금 텅 빈 백지 같단 말입니다!」
「저런, 가엾게도. 오죽하겠어요. 당신들은 몹시 지쳐 있을 거예요. 괜찮다면, 내가 이것들을 모두 살펴보죠.」
그녀는 탁자 위의 서류더미를 가리켰다.
「비밀로 해야 할 서류가 없다면 말이에요. 남의 비밀을 들추어 낸다는 말은 듣고 싶지 않거든요.」
「오, 비밀은 없으니 마음놓고 살펴보십시오. 그렇지만, 아무것도 찾아내지 못하실 겁니다.」
그녀는 탁자 앞에 앉아 서류들을 하나하나 살펴보았다.
그리고 조사한 서류는 분류하여 작은 더미 위에 착착 쌓아 정리해 나갔다. 작업을 다 끝낸 뒤 그녀는 잠시 동안 앞만 골똘히 쳐다보며 앉아 있었다.
에드워드가 약간 심통이 섞인 말투로 물었다.
「어떻습니까, 마플 양?」
마플 양은 움찔하며 제정신으로 돌아왔다.
「아이고, 잠시 딴 생각을 하느라고. 굉장히 도움이 됐어요.」
「이 문제와 관련된 것을 찾아냈다는 말입니까?」
「오, 아뇨, 그런 것은 아니지만 그 매튜 백부님이 어떤 분이었는지는 알겠어요. 우리 헨리 백부님과 좀 비슷한 분인 것 같군요. 악의 없는 농담을 좋아하는 점이라든가, 평생을 독신으로 지낸 것을 보면. 왜 독신으로 지내셨는지는 모르겠으나, 아마 젊었을 때 실연이라도 당했겠죠. 꼼꼼하기 이를 데 없는 성격이었지만, 어딘가에 속박당하는 것을 너무 싫어했답니다. 하기야 독신자 치고 그런 것을 좋아하는 사람이 몇이나 되겠어요!」
마플 양이 이야기에 열을 올리고 있는 동안 차미언은 에드워드에게 눈짓을 하고 있었다.

'노망들렸나 봐.'

마플 양은 그것도 모르고 죽은 헨리 백부 이야기를 신나게 하고 있었다.

「재담은 또 얼마나 좋아하셨다고요. 그러나, 재담을 굉장히 못마땅하게 여기는 사람들도 있더군요. 말을 가지고 장난한다는 게 아마도 무척 짜증나는 일인지도 모르죠. 그런데, 우리 백부님 역시 의심이 많은 사람이었어요. 하인들이 항상 자기 물건을 훔치고 있다고 확신하고 있었으니 말이죠. 물론 이따금 그런 하인들도 있었겠지만, 늘 그랬다고는 볼 수 없잖아요. 그런데도, 그 분의 의심은 날로 짙어만 갔어요. 종국에 가서는 하인들이 그 분이 먹을 음식에 독약을 넣을지도 모른다는 생각에까지 미쳤고, 결국 삶은 달걀밖에는 아무것도 안 드셨답니다! 아무도 삶은 달걀 안에는 독약을 넣을 수 없다는 거예요. 가엾은 헨리 백부님. 한때는 무척이나 유쾌한 분이었는데——식사 뒤에는 커피를 꼭 드시곤 했다우. 그 분은 이렇게 말을 하시곤 했어요. '이 커피는 굉장히 훌륭해. 아라비아 산(產)이로군.' 그건 좀더 마시고 싶다는 뜻이었죠.」

에드워드는 헨리 백부의 이야기를 한 마디라도 더 들으면 미쳐 버릴 것 같은 표정을 지었다.

그러나, 마플 양은 계속해서 말했다.

「젊은 사람들을 좋아하면서도, 툭하면 짓궂은 장난을 치셨지요. 그리고 과자 봉지를 어린애의 손이 닿지 않는 곳에 얹어두기 일쑤였다니까요.」

예의차릴 것 없이 차미언이 대놓고 말했다.

「정말 심술궂은 분이셨군요!」

「오, 그렇진 않아요. 다만 일생을 독신으로 지내시다 보니 어린애들을 다루는 법을 몰랐을 뿐이지요. 그러나, 결코 어리석은 분은 아니었어요. 집에다 거액의 돈을 보관하고 계셨는데, 그것 때문에 금고까지 마련하셨다니까요. 돈을 안전하게 보관하는 데는 그게 상책이라며 동네방네 떠들고 다녔었죠. 얼마나 법석을 떨었으면 도둑들이 그걸 알고 집에 들어와서 화학 약품으로 그 금고에 구멍을 뚫어 놓았겠어요.」

「당연한 일이죠.」

에드워드가 말했다.

「오, 그러나 그 금고에는 아무것도 없었어요.」

마플 양이 말을 이었다.

「정작 그 돈은 다른 곳에 숨기셨던 거예요. 알고 보니, 서재에 설교서가 몇 권 꽂혀 있었는데, 바로 그 뒤에 감춰 두셨더군요. 그 분 말씀이, 책장에서 그런 책을 꺼내어 보는 사람은 결코 없다는 거예요.」

에드워드가 갑자기 흥분한 목소리로 말했다.

「아하, 그럴 수도 있겠군요. 서재를 한 번 찾아보면 어떨까요?」

그러자 차미언이 한심하다는 듯이 고개를 젓는 것이었다.

「내가 그 생각을 안 해본 줄 알아요? 지난 주 화요일 당신이 포츠머스에 갔을 때 그 책들을 모조리 살펴보았다고요. 모두 꺼내어서 흔들어 보았지만, 아무것도 없었단 말이에요.」

에드워드의 입에서 한숨이 나왔다. 그리고는 벌떡 일어서서 자기들을 실망시킨 이 손님을 어떻게 하면 쫓아 버릴 수 있을까 곰곰이 생각했다.

「이렇게 오셔서 저희들을 도우려고 애를 써 주셨으니 정말 뭐라고 감사해야 할지 모르겠습니다. 유감스럽게도 모두 허사로 돌아가고 말았지만요. 어쨌든 시간을 너무 많이 빼앗은 것 같습니다. 제 차로 역까지 모셔다 드리지요. 지금 가면 3시 30분 기차를 타실 수 있을 겁니다.」

「어머나. 하지만 아직 돈을 찾아내지 못했잖아요, 안 그래요? 포기하지 말아요, 로시터 씨. 첫번째에 성공을 못했다 하더라도, 2차 3차 4차 계속 시도를 하는 거예요.」

「그럼 마플 양께서는 계속해서 찾아보시겠다는 말씀인가요?」

「엄격하게 말한다면, 나는 아직 시작도 안 한걸요.」

마플 양이 말을 이었다.

「'먼저 토끼부터 잡아라——' 이건 비턴 부인이 쓴 요리책에 나오는 말인데——훌륭한 책이기는 하지만 엄청나게 비싸지요. 조리법은 대개 이런 말로 시작된답니다. '크림 1쿼트와 달걀 12개를 준비할 것.' 가만 있자, 내가 어디까지 이야기했더라? 아, 맞아요. 그러니까 우리는 먼저 토끼부터 잡아야 한다는 거예요——그 토끼란 물론 당신들의 매튜 백부님이 될 것이며, 이제 그 분이 돈을 어디에다 감춰 두었을 것인가만 알아내면 돼요. 그건 아주 쉬운 일이죠.」

「쉽다고요?」

차미언이 되물었다.

「그렇다니까요. 그 분은 빤히 보이는 곳에 두신 게 분명해요. 나는 비밀 서랍이라고 결론을 내렸어요.」

에드워드가 비꼬듯이 말했다.

「비밀 서랍에 금방망이를 넣어 둘 사람은 없을걸.」

「예, 물론 그렇죠. 그러나 그 돈이 꼭 금붙이로만 되어 있다고 볼 수는 없잖아요?」

「그래도 백부님이 늘 하시던 말씀으로 봐서는——.」

「우리 백부님도 언제나 금고 타령을 하지 않으셨던가요? 내 생각으로는 그건 단지 감쪽같은 속임수에 불과해요. 금이 아니고 다이아몬드라고 한다면——비밀 서랍에 숨기기가 아주 쉽죠.」

「그렇다고 하더라도, 우리는 이미 비밀 서랍이란 서랍은 다 뒤져

보았어요. 비밀 서랍을 찾아내려고 가구 기술자까지 불렀다니까요.」
「그래요? 정말 예리하군요. 나는 당신들의 백부님이 쓰시던 책상이 가장 가능성이 크다고 봅니다. 저쪽 벽에 붙여 놓은 저 키 큰 책상인가요?」
「예, 제가 보여 드리죠.」
차미언이 그 쪽으로 갔다. 그녀는 경첩으로 접었다 폈다 할 수 있도록 되어 있는 날개판을 내렸다. 그 안에는 여러 개로 나누어진 작은 칸과 조그만 서랍들이 달려 있었다.
그녀는 중앙에 있는 조그만 문을 연 다음 왼쪽 서랍 안에 있는 용수철을 톡 건드렸다. 그러자, 중앙에 쑥 들어가 있던 서랍이 삐걱 소리를 내며 앞으로 밀려 나왔다. 차미언이 그것을 꺼내어 깊이가 얕은 칸을 보여 주었다. 텅 비어 있었다.
「이건 정말 놀라운 우연의 일치로군요!」
마플 양이 탄성을 질렀다. 그리고는 덧붙여 말했다.
「헨리 백부님도 이것과 똑같은 책상을 가지고 있었어요. 다만 그것은 호두나무로 만들어진 것이고, 이것은 마호가니다 뿐이지——.」
「어쨌든, 이 속에는 아무것도 없잖아요, 보시다시피.」
차미언이 말했다.
「그 가구 기술자는 젊은 사람이었나 보군요. 그러니 다 알고 있지는 못했을 거예요. 옛날 사람들이 비밀 장소를 만든 것을 보면 아주기가 막히죠. 비밀 안에 또 비밀이 숨겨져 있는 식이라고요.」
마플 양이 말했다.
그리고 그녀는 희끗희끗한 머리를 틀어 올려 단장하느라고 꽂은 머리 핀을 빼내어 그것을 곧게 편 다음, 핀 끝으로 그 비밀 서랍 한쪽의 조그만 벌레 구멍처럼 보이는 곳을 찔러댔다. 잠시 씨름을 하더니, 그녀는 조그만 서랍 하나를 빼냈다. 그 속에는 낡은 편지 한 묶음과 접어놓은 종이 한 장이 들어 있었다.
　에드워드와 차미언은 뜻밖에 발견된 그 백부의 유품에 와락 달려들었다. 에드워드가 손가락을 가늘게 떨며 종이를 펼쳤다. 그러더니 진저리치듯 탄성을 지르며 그것을 떨어뜨렸다.
「빌어먹을 요리법이 적혀 있잖아. 햄구이라고!」
　차미언은 편지를 한데 묶어 놓은 리본을 풀어 그 중 하나를 꺼내어 훑어보았다.
「연애편지예요!」
　마플 양의 반응은 다분히 빅토리아 시대풍의 취미를 드러낸 것이었다.
「정말 흥미진진하군요! 그 편지에 백부님이 끝내 결혼하지 않은 이유가 들어 있을지도 몰라요.」
　차미언이 편지를 크게 소리내어 읽기 시작했다.

「'사랑하는 나의 매튜, 당신의 지난 번 편지를 받은 게 까마득한 옛날 일처럼 느껴지는군요. 나는 내게 주어진 여러 가지 일에 몰두하려고 노력하고 있어요. 그리고, 세상을 이렇게 두루 구경할 수 있으니 나는 정말 행복한 사람이라고 되뇌어 보기도 한답니다. 그러나, 지난 번 미국에 갔을 때만 해도 이렇게 멀리 떨어져 있는 섬으로 오게 되리라고는 생각지도 못했답니다.'」
　차미언은 읽던 것을 멈췄다.
「어디에서 온 걸까? 오, 하와이군요!」
　그리고는 계속해서 읽었다.

「'슬프게도 이곳 원주민들은 아직도 문명과는 동떨어진 생활을 하고 있어요. 아무것도 걸치지 않은 미개한 상태로, 몸을 화환으로 치장을 하고서는 온종일 수영을 하거나 춤을 춘답니다. 그레이 씨가 몇몇 사람을 겨우 개종시키긴 했지만 어려운 일이에요. 성과가 없으니 그레이 씨 부부도 이만저만 낙심하고 있는 게 아니지요. 나도 그를 격려하여 용기를 내게 하려고 최선을 다하고는 있지만, 나 역시 서글픈 심정을 가눌 수 없을 때가 많아요. 이유는 짐작하시겠죠, 사랑하는 매튜. 사랑하는 사람이 곁에 없다는 것은 정말 가혹한 시련이에요. 당신이 다시금 사랑의 굳은 맹세를 써 보내 준 것이 내게는 이루 말할 수 없을 만큼 힘이 되었답니다. 언제나 변함없이 당신만을 깊이 사랑하고 있어요. 매튜──당신의 진실한 사랑, 베티 마틴.

추신──편지는 늘 하던 대로 우리 둘의 친구인 마틸다 그레이브스의 주소로 부칩니다. 하나님이 작은 속임수를 용서해 주시길 바라면서.'」

에드워드가 휘파람을 불며 말했다.
「여선교사였구먼! 그러니까 그게 매튜 백부님의 로맨스였군요. 그런데, 왜 결혼을 안 했을까?」
차미언이 편지들을 뒤적이며 말했다.
「세계 곳곳을 안 가본 데가 없는 것 같은데요. 모리시어스(아프리카 남동쪽 인도양에 있는 섬나라)에서 온 편지도 있고, 별의별 지역에 다 가봤나 봐요. 그러니, 아마 황열병 같은 병에 걸려 돌아가신 거겠죠.」
그 때 그들은 킬킬거리는 웃음 소리에 깜짝 놀랐다. 마플 양은 뭔가 굉장히 재미있는 것을 보고 있는 모양이었다.
「원, 세상에, 이럴 수가!」
그녀는 햄구이 요리법을 읽고 있었는데, 그들이 궁금해 하는 표정을 보고는 소리내어 읽었다.

「'시금치를 곁들인 햄구이. 훈제 햄을 좋은 것으로 준비하여 정향(丁香)을 듬뿍 치고 흑설탕을 뿌린다. 그것을 오븐에 넣어 서서히 구운 다음 가장자리에 시금치 퓌레를 담아 낸다.' 자, 어때요?」(퓌레는 야채, 고기를 삶아서 거른 진한 수프.)

「맛이 형편없을 것 같은데요.」에드워드가 말했다.

「아니, 그렇지 않아요. 의외로 맛있을 것 같은데요——그보다도 문제를 전반적으로 볼 때 무슨 생각이 안 들어요?」

에드워드의 얼굴에 갑자기 광채가 감돌았다.

「그러니까, 그게 암호 같은 거라는 말씀이죠?」

그리고는 그 종이를 휙 빼앗아갔다.

「이것 좀 봐, 차미언, 그럴지도 몰라! 그렇지 않다면 요리법 따위가 비밀 서랍에 들어 있을 이유가 없잖아.」

「맞아요. 그건 아주아주 중요한 의미를 가지고 있지요.」

마플 양이 말했다.

차미언이 흥분한 어조로 말했다.

「그게 뭔지 알 것 같아——눈에 안 보이는 잉크로 썼을 거예요! 불을 쬐어 봐요. 전기 난로를 켜 봐요.」

그러나, 그런 방법으로도 필적은 나타나지 않았다.

마플 양이 헛기침을 했다.

「정말 너무 어렵게들 생각하는군요. 그 요리법은 그저 암시에 지나지 않는 거예요. 내 생각으로는——중요한 것은 오히려 편지 쪽인 것 같은데.」

「편지?」

「특히 그 서명이.」

그러나 에드워드는 그 말을 듣는 둥 마는 둥, 몹시 흥분된 목소리로 외쳤다.

「차미언! 이리 와 봐! 마플 양 말이 맞았어. 이것 좀 봐──봉투들은 굉장히 오래 되었는데, 편지는 훨씬 뒤에 쓰여진 것들이야.」
「맞았어요.」마플 양이 말했다.
「편지는 일부러 오래 된 것처럼 위조한 거야. 틀림없이 매튜 백부님이 직접 쓰신 거라고.」
「뻔한 일이죠.」마플 양이 말했다.
「이건 모두 속임수야. 여선교사 같은 건 있지도 않았을걸. 그건 암호가 틀림없다고.」
「이봐요, 그렇게 어렵게 생각할 필요가 없대도요. 당신의 백부님은 정말 아주 단순한 사람이었어요. 그냥 가볍게 장난을 친 것뿐이라고요.」
그들은 처음으로 그녀의 말에 주의를 기울였다.
「구체적으로 무슨 말씀인가요, 마플 양?」
차미언이 물었다.
「사실대로 얘기하자면──지금 그 돈은 바로 당신들의 손에 들어 있다는 말이에요.」
차미언은 영문을 모르겠다는 듯 빤히 쳐다보았다.
「서명한 것을 봐요. 그걸 보면 진상이 다 드러나잖아요. 그 요리법은 암시에 불과한 것이고, 거기서 정향이니 흑설탕이니 하는 것들을 빼고 나면, 뭐가 남죠? 햄과 시금치(gammon and spinach)뿐이잖아요! 햄과 시금치라고요! 그건 '허튼소리'라는 뜻도 되죠!('gammon'에는 훈제 햄이라는 뜻 외에 특히 '엉터리, 허튼소리, 사기'라는 뜻이 있음. 후자의 의미에 빗대어 'gammon and spinach' 하면 '시금치를 곁들인 베이컨 요리'외에 '허튼소리'라는 뜻이 있음.) 자, 그럼 편지가 중요하다는게 분명해졌죠? 그리고, 당신들의 백부님이 돌아가시기 직전에 어떤 행동을 하셨는지 곰곰이 생각해 보세요. 눈을 두드렸

이상한 사건   129

다고 했죠. 자, 바로 그거예요──그게 이 문제를 푸는 실마리라고요. 알겠어요?」
「우리가 미친 거예요, 당신이 미친 거예요?」
차미언이 말했다.
「당신들도 뭔가 사실이 아닌 것을 의미하는 표현을 들어 본 적이 있을 텐데요. 요즘은 그런 말을 안 쓰나요? '내 눈과 베티 마틴'이라는 표현 말이에요.」
에드워드는 그의 손에 쥐고 있던 편지에 시선을 떨구며 헉 하고 숨을 몰아 쉬었다.
「베티 마틴이라면──.」
「맞아요, 로시터 씨. 당신이 좀 전에 말했다시피, 그런 사람은 현재에도 없고 과거에도 존재하지 않았어요. 편지는 백부님이 쓰신 거지요. 그걸 쓰면서 얼마나 재미가 있으셨겠어요! 당신 말대로 봉투가 훨씬 오래 되었어요──사실, 그 봉투에 그 편지가 들어 있었을 리가 없죠. 당신 손에 있는 봉투의 소인만 해도 1851년에 찍힌 것이거든요.」
그녀는 그 의미를 강조하기 위해 말을 끊었다.
「1851년──이만하면 다 알겠죠?」
「난 아직 모르겠는데요.」
에드워드가 말했다.
마플 양이 말했다.
「당연한 일인지도 모르죠. 나도 내 증조카 라이오넬이 아니었다면 몰랐을 테니까. 어린 녀석이 대단한 우표 수집광이죠. 우표에 대해서라면 모르는 게 없을 정도예요. 값비싸고 희귀한 우표들에 관한 이야기도 모두 그 애한테서 들었는데, 한번은 굉장히 오래 된 우표가 새로 발견되어 경매에 부쳐졌었다는 이야기를 해 주더군요. 그 애가 말한 우표 하나가 생생하게 기억나는데, 그게 바로 1851년에 찍어낸 '블루 투센트'란 말이에요. 그게 아마 2만 5천 달러 정도 될걸요? 엄청나죠? 다른 우표들도 역시 귀하고 값비싼 것들일 거예요. 당신 백부님은 업자들을 통해 우표를 사들인 다음, 그것을 감추려고 감쪽같은 속임수를 쓴 거예요. 추리소설에 나오는 것처럼 말이에요.」

갑자기 에드워드가 신음 소리를 내며 주저앉더니 두 손으로 얼굴을 감쌌다.

「왜 그래요?」

차미언이 물었다.

「아무것도 아니야. 생각해 보니 너무 끔찍해서 그래. 마플 양이 아니었다면, 우리는 예의를 지킨답시고 점잖게 이 편지들을 태워 버렸을 것 아니야!」

마플 양이 말했다.

「아! 장난을 좋아하는 이 노인 양반이 바로 그 점을 깨닫지 못했군요. 기억나는 일이 하나 있는데, 언젠가 우리 헨리 백부님이 평소 귀여워하던 조카딸 하나에게 크리스마스 선물로 5파운드짜리 지폐를 보낸 일이 있었죠. 그런데, 그것을 크리스마스 카드 사이에 끼워서 그 카드를 고무풀로 붙여 놓고는, 그 위에다가, '사랑하는 조카딸의 행복을 빈다. 유감스럽지만 올해는 이것밖에 줄 게 없구나.' 라고 쓰신 거예요.

그 아이는 그것도 모르고 백부님이 인색하다고만 생각하고 화가 나서 카드를 불에 휙 던져 넣어 버렸지요. 결국, 백부님은 그 애에게 다시 선물을 주어야 했답니다.」

헨리 백부에 대한 감정이 사그라진 에드워드가 이렇게 말했다.

「마플 양, 제가 샴페인 한 병을 준비하죠. 우리 모두 헨리 백부님의 명복을 빌며 잔을 드십시다.」

줄자 살인사건

폴릿 양은 문고리를 잡고 공손히 별장 문을 두드렸다. 잠시 기다린 뒤 다시 문을 두드리다가 왼쪽 팔에 끼고 있던 꾸러미가 조금 비어져 나오자 그것을 바로 잡았다. 꾸러미 안에는 스펜로우 부인이 새로 주문한 녹색 겨울 드레스가 있었는데, 가봉하려고 가져온 것이었다. 폴릿 양의 왼손에는 줄자와 바늘꽂이, 그리고 크고 잘 드는 가위가 든 검은 실크 가방이 들려 있었다.

폴릿 양은 키가 크고 깡마른 몸매에 뾰족한 코와 꼭 다문 입술, 거기다 숱이 적은 철회색 머리칼을 지니고 있었다. 망설인 끝에 세 번째로 문고리를 잡아 두드리고는 문득 거리를 내려다보니, 누군가가 재빨리 다가오고 있었다. 명랑한 성격에 햇볕에 탄 피부를 가진 55세의 하트넬 양이 그녀 특유의 낮은 목소리로 소리쳤다.

「안녕하세요, 폴릿 양!」

양재사가 대답했다.

「안녕하세요, 하트넬 양.」

귀부인의 몸종으로 세상살이를 시작한 그녀의 목소리는 지나칠 정도로 가늘었고, 뽐내는 듯한 말투가 섞여 있었다.

「실례하지만, 혹시 스펜로우 부인이 집에 계시는지 안 계시는지 알고 계세요?」

「모르겠는데요.」

하트넬 양이 말했다.

「이 일을 어쩌나. 실은 오늘 오후에 스펜로우 부인의 새 옷을 가봉하기로 되어 있었거든요. 부인이 3시 30분에 오라고 하셨는데.」

하트넬 양이 손목시계를 들여다보았다.

「30분이 좀 지났군요」

「예, 문을 세 번이나 두드렸는데 아무 대답이 없어서, 혹시 스펜로우 부인이 깜빡 잊고 외출하신 게 아닌가 하고 궁금해 하던 참이에요. 하지만, 약속을 잊으시는 일이 거의 없었는데. 게다가, 그 옷은 모레 입을 거라고 하셨거든요.」

하트넬 양은 대문으로 들어서더니 보도를 걸어 래버넘 저택의 문 밖에 서 있는 폴릿 양 곁으로 다가왔다.

「글래디스가 뭘 하느라고 문 밖을 내다보지도 않지? 오, 참, 오늘은 목요일이지——글래디스가 노는 날이야. 그럼 스펜로우 부인이 깜박 잠이 드셨나 봐요. 문을 세게 두드리지 않았을 테니 못 들으신 거예요.」

그녀는 문고리를 잡고서 귀청이 터질 만큼 세게 두드리더니, 그래도 안 되겠던지 주먹으로 문을 쾅쾅 쳤다. 그리고는 큰 목소리로 이렇게 외쳐 댔다.

「여보세요, 안에 아무도 없어요?」

여전히 아무 반응이 없었다.

폴릿 양이 중얼거리듯이 말했다.

「스펜로우 부인이 깜박 잊고 나가셨나 봐요. 조금 있다가 다시 와 보죠, 뭐.」

그녀는 보도 쪽으로 걸음을 떼놓기 시작했다.

하트넬 양이 단호하게 말했다.

「그럴 필요 없어요. 외출했을 리가 없어요. 그랬으면 내가 부인을 봤을 텐데. 창문으로 어디 살아 있는 흔적이라도 있는가 한번 살펴봅시다.」

그녀는 농담이라는 듯 여느 때처럼 기운차게 소리내어 가장 가까이 있는 유리창을 건성으로 힐끔 들여다보았다——스펜로우 부부는 집 뒤쪽의 조그만 거실을 더 좋아해서 그 앞쪽 방은 거의 사용하지 않는다는 것을 그녀가 잘 알고 있었던 까닭에, 그냥 형식적으로 한번 본 것뿐이었다.

건성으로 집 안을 들여다본 것뿐이지만, 그녀는 엄청난 사실을 발견했다. 하트넬 양은 사람이 살아 있는 흔적이라고는 보지 못했다. 그 반대로 그녀가 창문을 통해 본 것은 난로 앞 깔개에 죽은 채로 나동그라져 있는 스펜로우 부인의 모습이었다.

나중에 그 이야기를 들려주며 하트넬 양은 이렇게 말했다.

「물론, 나는 간신히 침착을 되찾았지요. 그 폴릿이라는 여자는 어쩔 줄 모르고 허둥거리기만 했어요. 나는 그녀에게 이렇게 말했죠. '침착해야 돼요. 당신은 여기 있어요. 내가 파크 경관을 불러올 테니까.' 하고요. 그녀는 남아 있고 싶지 않다며 뭐라고 말을 했지만, 나는 못 들은 체했어요. 그런 사람한테는 딱 부러지게 대해야 하거든요. 가만히 보면 그런 사람들이 항상 난리법석을 떨게 마련이라고요. 그래서 내가 나가려고 하는데, 마침 그 때 스펜로우 씨가 그 집 모퉁이를 돌아오는 거였어요.」

여기까지 말한 다음 하트넬 양은 의미심장하게 말을 끊었다.

그래서, 그녀의 이야기를 듣고 있던 사람으로 하여금 숨가쁘게, 「그런데 그의 '표정'이 어땠어요?」라는 질문을 하게끔 만들었다.

그러자 하트넬 양은 이렇게 계속하는 것이었다.

「솔직히 말해서, 나는 단번에 의심스러운 생각이 들었어요! 그 사람은 너무나 침착했거든요. 조금도 놀라는 것 같지가 않더라니까요. 여러분은 어떻게 생각하실지 모르겠지만, 자기 아내가 죽었다는 소리를 듣고도 무표정한 것이 자연스러운 일이랄 수는 없지 않겠어요?」

모두들 이 말에 동감했다.

경찰 역시 동감을 표시했다. 그들은 스펜로우 씨가 무표정했다는 게 너무 의심스럽다고 생각한 나머지 부인이 죽은 뒤 그 양반이 어떤 심경에 처해 있는지 알아보려고 하지도 않았다. 스펜로우 부인은 굉장한 부자였으며, 그들이 결혼한 뒤 바로 만든 유언장에 따라 그 재산이 전부 그녀의 남편에게 넘어간다는 사실을 안 뒤 그들의 의심은 한층 더 짙어졌다.

얼굴은 온화하게 생겼으나 어떤 이에 의하면 혀에 가시가 돋쳤다는 할머니 노처녀 마플 양은 목사관 바로 옆집에 살고 있었다. 그녀는 사건이 발견된 지 30분도 채 지나지 않아서 파크 순경과 얘기를 나누게 되었다.

그는 거드름을 피우는 태도로 수첩을 넘기며 말했다.

「괜찮으시다면, 몇 가지 물어 보겠습니다.」

「스펜로우 부인 살해사건에 관해서요?」

파크는 흠칫 놀라는 표정이었다.

「아니, 그걸 어떻게 아셨죠?」

「생선 덕택이죠.」

마플 양이 여유있게 웃으며 말했다.

파크 순경은 그 대답의 뜻을 충분히 알 만했다. 생선장수의 아들

녀석이 마플 양의 저녁 반찬거리를 배달하면서 주책없이 입을 놀린 게 분명했다.

마플 양은 부드럽게 계속 말했다.

「거실 바닥에 질식사한 채 쓰러져 있었다면서요? 아주 가는 끈으로 목을 조른 것 같다고요? 그러나, 그것이 무엇인지 현장에는 없었다죠?」

화가 난 파크의 얼굴이 일그러졌다.

「그 프레드라는 녀석, 제깐 놈이 뭘 안다고——.」

마플 양이 솜씨 있게 그의 말을 가로막으며 말했다.

「어머, 제복 윗도리에 핀이 꽂혀 있군요..」

파크 순경은 윗도리를 내려다보더니 깜짝 놀라며 이렇게 말했다.

「이런 말이 있죠. '핀을 보거든 망설이지 말고 집어라. 하루 종일 재수가 좋을 것이다.'」

「그 말이 맞기를 바라요. 그런데 나한테 물어 볼 말이 있다고 했잖아요?」

파크 순경은 소리를 내어 목청을 가다듬고 거드름을 피우며 수첩을 뒤적거렸다.

「사망자의 남편되는 아서 스펜로우 씨가 제게 진술한 게 있습니다. 스펜로우 씨에 의하면 오늘 오후 2시 30분에 마플 양이 그에게 전화를 걸어, 의논하고 싶은 일이 있으니 3시 15분까지 좀 와달라고 부탁했다는 겁니다. 자, 그게 사실입니까?」

「절대 그런 일은 없었어요.」

마플 양이 말했다.

「2시 30분에 스펜로우 씨에게 전화를 걸지 않았다는 말입니까?」

「2시 30분이고 몇 시고 간에 전화 건 적이 없어요.」

「아——.」

파크 순경은 대단히 만족스러운 듯이 콧수염을 쓰다듬었다.
「그 밖에 스펜로우 씨가 또 무슨 말을 했죠?」
「스펜로우 씨의 진술에 따르면 그는 3시 10분에 집에서 나와 부탁 받은 대로 여기에 왔답니다. 그런데, 도착해 보았더니 하녀가, '마플 양은 집에 계시지 않아요.'라고 말했다더군요.」
「그 말은 사실이에요. 그 사람이 여기 왔을 시간에 나는 여성협회에서 회의에 참석하고 있었죠.」
「아!」
파크 순경이 또 한 번 탄성을 질렀다.
마플 양이 갑자기 큰 소리로 외쳤다.
「아니, 이봐요, 스펜로우 씨를 의심하는 거예요?」
「현 단계에서는 누구라고 확실히 밝힐 수 없습니다만, 아주 교묘하게 일을 꾸민 것 같습니다.」
마플 양은 생각에 잠긴 채 중얼거렸다.
「스펜로우 씨가?」
그녀는 스펜로우 씨를 좋아했다. 작달막한 키에 마른 체구를 가진 그는 무뚝뚝하고 고리타분하기는 했으나 예의만큼은 깍듯이 지키는 사람이었다. 그가 줄곧 도시에서만 살았다는 점을 볼 때, 여생을 시골에서 보내고 있다는 것이 어딘지 모르게 이상하게 느껴지기는 했으나, 그는 마플 양에게 이유를 이렇게 털어놓았었다.
「나는 어렸을 때부터 언젠가는 시골에 내려가 내 정원을 가꾸며 살겠다는 생각을 항상 품어 왔답니다. 나는 꽃에 굉장한 애착심을 가지고 있지요. 내 아내도 전에는 꽃집을 했었답니다. 내가 그녀를 처음 본 곳도 바로 그곳이었지요.」
멋없는 말이었으나, 로맨스가 있었음은 가히 짐작할 수 있었다. 젊고, 그래서 더욱 예뻤을 스펜로우 부인이 꽃들을 배경으로 서 있는 모습이라…….

그러나, 스펜로우 씨는 꽃에 대해서 정말 아는 게 없었다. 씨앗이며, 꺾꽂이며, 화단에 심는 법이며, 1년생 화초, 혹은 다년생 화초에 대해 전혀 모르고 있었다. 그의 마음속에 있는 것은 단지 환상일 뿐이었다──향기로운 색색의 화려한 꽃들이 가득 심어져 있는 아담한 시골 정원에 대한 환상. 그는 거의 매달리다시피 가르쳐 달라고 부탁했으며 마플 양이 그 질문에 대답해 주면 착한 학생처럼 꼬박꼬박 수첩에다 적는 것이었다.

그는 아주 찬찬한 사람이었다. 그의 아내가 살해된 채로 발견되었을 때 경찰이 그를 주시하게 된 것도, 아마 그의 이런 성격 때문이었으리라. 끈기 있게 조사한 결과 그들은 죽은 스펜로우 부인에 대해 많은 사실들을 알게 되었다──그리고, 그것은 삽시간에 세인트 메어리 미드 마을에 퍼졌다.

스펜로우 부인은 어떤 저택에서 부엌일과 허드렛일을 하는 하녀로 세상살이를 시작했다고 한다. 그 뒤 그 일을 그만두고 그 집의 부정원사와 결혼하여 함께 런던에 꽃집을 차렸다는 것이다. 가게는 날로 번성했으나, 그 정원사는 얼마 가지 않아 병들어 죽었다고 한다.

과부가 된 그녀는 가게를 계속하기로 마음먹고 야심만만하게 가게를 확장했다. 가게는 날로 번창했다. 그러다가 그녀는 가게를 비싼 값에 팔고 스펜로우 씨와 두 번째 결혼생활을 시작했다──그 당시 스펜로우 씨는 조그만 가게를 물려받아 근근이 꾸려 나가고 있던 중년의 보석상이었다고 한다. 얼마 뒤 그들은 그 상점도 처분하고 세인트 메어리 미드 마을에 정착하게 되었다는 것이다.

스펜로우 부인은 부유한 여자였다. 그녀는 꽃집을 해서 모은 돈을 누구에게나 설명했다시피 '영적인 인도에 따라' 투자했다. 유령이 뜻밖의 날카로운 통찰력으로 그녀에게 조언해 준다는 것이었다.

그녀가 투자한 것은 하나같이 성공했으며, 그 중에는 세상을 깜짝 놀라게 하는 경우도 있었다. 그러나, 그녀는 강신술에 더 이상 깊이 빠지지는 않고, 영매(靈媒)니 강신술회(降神術會)니 하는 것들을 저속하다고 여겨 그 신앙을 버렸다. 그 뒤 여러 가지 심호흡 형식을 토대로 하는 인도 종교와 일맥상통하는 정체불명의 종교에 짧은 기간이나마 완전히 심취하기도 했었다. 그러나, 세인트 메어리 미드 마을에 도착하면서 그녀는 영국 국교회인 성공회 정통파로서의 시절로 접어들게 되었다. 목사관에도 자주 들렀으며, 교회 예배에도 착실하게 참석했다. 그녀는 마을 상점들의 단골 손님이 되는 한편, 그 지역 일대에서 벌어지는 일에 대해서도 관심을 보였으며, 마을 사람들과 브리지 게임을 즐기기도 했다.

그야말로 평범하게 하루하루를 보내고 있다가──어느 날 갑자기──살해된 것이다.

경찰서장인 멜쳇 대령이 슬랙 경감을 호출했다.

슬랙은 자신만만한 사람이었다. 한번 마음을 결정했으면 반드시 자신이 옳다고 믿었다.

그는 확신에 가득차 이렇게 말했다.

「그 남편이 한 짓입니다, 대령님.」

「자네는 그렇게 생각하나?」

「틀림없습니다. 대령님도 한번 만나 보시면 그가 흉악범이라는 것을 금세 알아보실 겁니다. 슬퍼하는 기색이나 감정은 추호도 없었어요. 집으로 돌아올 때 아내가 죽었다는 것을 이미 알고 있었던 거죠.」

「남편으로서 최소한 괴로운 시늉이라도 하지 않았다는 말인가?」

「그렇습니다, 대령님. 마음속으로 매우 기뻤던 거죠. 너무 무뚝뚝해서 연기조차 못 하는 사람들이 간혹 있잖습니까.」

「다른 여자를 사귄 적은 없던가?」

멜쳇 대령이 물었다.

「한 명도 추적해 낼 수가 없었습니다. 물론, 그는 교활한 인물이니까 증거를 없앴겠죠. 제가 보기로는 그는 아내에게 넌더리가 나 있었어요. 그 여자는 재산은 많았지만, 밤낮 무슨 교(教)니 뭐니에 매달려 있으니 데리고 살기에는 좀 신물이 났겠죠. 그래서, 그는 매정하게 그녀를 죽이고 혼자서 편안하게 살 작정을 한 걸 겁니다.」

「그럴 수도 있겠군.」

「틀림없습니다. 용의주도하게 계획을 세워서 전화가 걸려온 것처럼 꾸민 다음——.」

멜쳇이 그의 말에 끼여들었다.

「전화 걸려온 게 없었나?」

「없었습니다, 대령님. 그러니까 그가 거짓말을 했거나, 아니면 그 전화가 공중전화로 걸려온 게 되죠. 마을에는 공중전화가 역과 우편취급소 두 군데밖에는 없습니다. 우편취급소는 분명히 아닙니다. 블레이드 부인이 들어오는 사람들을 일일이 다 보거든요. 역이라면 가능해요. 기차가 2시 27분에 도착하니까, 그 때는 좀 혼잡하죠. 그런데 문제는, 그는 자기에게 전화한 사람이 마플 양이라고 주장하고 있습니다만, 그건 절대로 사실이 아니거든요. 마플 양의 집에서 건 전화도 아닐 뿐 아니라, 그녀는 그 때 여성협회에서 무슨 회의가 있어서 외출했다고 했습니다.」

「스펜로우 부인을 죽이려고 누군가가 남편을 일부러 불러냈을 가능성도 있지 않나?」

「대령님은 테드 제러드라는 젊은이를 생각하고 계신 거죠? 제가 이미 그에게 슬슬 운을 떼어 보았습니다만——동기가 없다는 사실에 부딪쳤을 뿐입니다. 그 사건으로 그는 아무런 이득을 볼 게 없단 말입니다.」

「그러나, 그 자도 달가운 녀석은 못 돼. 공금을 횡령한 적도 있지 않나.」

「제 말은 그가 잘못이 없다는 뜻은 아닙니다. 그래도 주인한테 횡령한 사실을 다 실토하지 않았습니까. 그것도 주인이 알아차리기 전에 말입니다.」

「옥스퍼드 그룹 (1921년경, 영국의 부커먼이 일으킨 종교운동 그룹. 참회와 신의 가르침을 중요시함. MRA의 전신)의 일원이었다지?」

멜쳇이 물었다.

「그렇습니다, 대령님. 하지만, 개종을 한 뒤 마음을 고쳐먹고 돈을 훔쳤다고 자백했답니다. 그에게 교활한 면이 없었다는 것은 절대 아닙니다. 의심을 받고 있다 싶으니까 정직하게 후회하는 척 선수를 친 거니까요.」

「자네도 꽤 의심이 많은 사람이군, 슬랙. 아, 참, 마플 양과 이야기 해 보았나?」

「그 여자도 이번 사건과 무슨 관련이 있습니까, 대령님?」

「아, 아닐세. 하지만 여기저기서 얻어듣는 게 많지 않겠나. 가서 그 여자하고 슬슬 잡담이라도 나눠 보지 그래. 보기보다 꽤 날카로운 여자라네.」

슬랙이 화제를 딴 데로 돌렸다.

「한 가지 여쭤 볼 게 있습니다, 대령님. 피살자가 하녀로 일한 적이 있었던 로버트 애버크롬비 경의 저택에서 말입니다, 보석을 도난당한 일이 있었거든요——에메랄드가 꽤 많이 없어졌죠. 그런데, 범인을 한 명도 잡지 못했었죠. 조사해 보았더니 도난 사건은 스펜로우라는 여인이 그 집에 있을 당시에 일어난 게 틀림없어요. 하지만, 그녀는 그 때 처녀애에 불과했으니까, 그 사건에 가담했다고는 생각하지 마십시오. 안 그렇습니까, 대령님? 하지만, 그 당시 스펜로우는 변변찮은 보석상을 하고 있었다니까, 훔친 물건들을 사들였을지도 모릅니다.」
 멜쳇은 머리를 저었다.
「그렇게까지 생각하지는 말게. 그 때라면 그녀가 스펜로우를 알지도 못했을 테니까. 그 사건이 기억나는군. 경찰에서는 그 집 아들이 사건에 관련되어 있다고 보았었지──짐 애버크롬비라고 낭비벽이 무척 심한 녀석이었다지. 그런데, 도난 사건이 있고 난 뒤 그 산더미 같던 빚이 바로 다 청산되었어──그들 말로는 어떤 돈많은 여자가 갚아 주었다지만, 알 수 없는 일이야──애버크롬비 씨도 그 사건에 대해 모호한 태도를 취하며 경찰의 주의를 딴 데로 돌리려고 했었지.」
「단지 한번 추측해 보았을 뿐입니다.」
슬랙이 풀이 죽어 말했다.

 마플 양은 슬랙 경감을 반갑게 맞이했다. 특히 멜쳇 대령이 그를 보냈다는 이야기를 듣고서 더욱 기뻐했다.
「어머나, 멜쳇 대령님은 친절도 하시지. 그 분이 여태 나를 기억하고 있는 줄은 몰랐군요.」
「기억하시는 정도가 아닙니다. 세인트 메어리 미드 마을에서 일어나고 있는 일에 대해서 마플 양이 모르고 있는 것이라면, 그건 알 만한 가치도 없는 것이라고 말씀하시더군요.」
「정말 고마운 말씀이긴 하지만, 사실 나는 전혀 아는 바가 없어요. 이번 살인사건에 대해서는요.」
「하지만, 마을에서 어떤 말들이 나돌고 있는지는 알고 계실 테죠.」

「아, 그거야 뭐——하지만, 그래 보았자 잡담을 되풀이하는 것밖에 더 되겠어요?」
슬랙은 슬슬 비위를 맞추며 말했다.
「이건 공식적인 대화가 아닙니다. 비밀을 지킬 테니 안심하십시오.」
「정말 사람들 입에 오르내리는 말들을 알고 싶으세요? 그게 사실이든 아니든 상관이 없다는 말인가요?」
「그럴 듯한 이야기가 있을지도 모르죠.」
「그럼, 좋아요. 사실 이러쿵저러쿵 의견이 분분하답니다. 그러나 크게 보면 두 갈래로 나눌 수 있어요. 우선 남편이 한 짓이라고 생각하는 사람들이 있죠. 남편, 혹은 아내가 이런 경우에서는 의심받기 딱 좋은 사람 아니겠어요? 그렇게 생각지 않나요?」
「그렇다고도 할 수 있겠죠.」
경감이 신중을 기하며 말했다.
「우선 가장 가까운 사이니까요. 게다가, 돈 문제가 얽혀 있죠. 듣자니까, 그 집 재산은 전부 스펜로우 부인의 소유라더군요. 그래서, 그녀가 죽으면 스펜로우 씨가 이익을 본다는 거예요. 세상이 험하다 보니 '별의별' 무자비한 억측이 다 옳게 보이나 봐요.」
「그는 상당한 재산을 물려받지 않습니까.」
「그건 그래요. 그러니 이야기가 아주 그럴 듯해지는 거예요. 그렇죠? 그가 아내를 목졸라 죽인 뒤, 집 후문으로 살짝 빠져 나와 들판을 가로질러 우리 집으로 들어와서는 마치 내게서 전화를 받았던 것처럼 위장해 놓는다——그리고는 다시 돌아가서 자기가 집을 비운 사이에 아내가 살해되었다고 한다는 식이죠——물론, 어떤 뜨내기 녀석이나 강도가 한 소행으로 돌려지기를 의도적으로 바랐다는 이야기예요.」

경감은 머리를 끄덕여 보였다.
「돈 문제도 돈 문제지만——최근 들어 그들 부부 사이가 나빠졌다면——.」
그러나 마플 양이 그의 말을 막고 나섰다.
「오, 그건 절대 아니에요.」
「어떻게 장담합니까?」
「그들이 싸웠다면 모두들 알았을 거예요! 글래디스 브렌트라는 하녀가 그 즉시 소문을 퍼뜨리고 다녔을 테니까요.」
「하녀가 몰랐을지도 모르죠——.」
경감이 자신없는 목소리로 말했다. 마플 양은 동정이 섞인 미소를 지어 보였다.
마플 양이 하던 말을 계속했다.
「그런데, 달리 생각하고 있는 사람들도 있어요. 그들은 테드 제러드를 점찍고 있답니다. 미남 청년이죠. 훌륭한 용모는 의외로 상당한 영향을 끼치게 되나 봐요. 전번에 부임하셨던 부목사님만 해도 얼마나 놀라운 현상을 불러일으켰다고요! 온 마을 처녀들이 다 교회에 나갔을 정도였죠——아침 예배뿐만 아니라 저녁 예배까지도 말이에요. 나이든 부인네들도 전에 없이 교구 일에 적극적이었지요——게다가, 슬리퍼니 스카프니 다 그 분을 위해 만들어 바쳤다니까요! 젊은 사람으로서는 얼마나 당황스러운 일이었겠어요——가만있자, 내가 무슨 이야기를 하고 있었지? 아, 참, 테드 제러드라는 청년 이야기였지. 물론 그에 관해서도 전부터 말이 많았지요. 그 청년이 그녀를 너무 자주 만나러 갔다는 거예요. 그러나, 스펜로우 부인은 그 청년이 ——그 뭐라더라——소위 옥스퍼드 그룹의 일원으로서 방문하는 것뿐이라고 말했다는군요. 그건 아주 성실하고 진지한 종교 운동인가 봐요. 그래서, 스펜로우 부인이 그 영향을 받은 거예요.」

마플 양은 한숨 돌리고 나서 말을 이었다.

「나는 그들의 모임에 그 이상의 의미가 있다고는 전혀 생각지 않아요. 그러나, 사람들이 그걸 어디 두고 보나요. 스펜로우 부인이 그 청년한테 혹하여 거액의 돈을 빌려 주었다고 확신하는 사람이 한둘이 아니랍니다. 그러나, 제러드는 그 날 기차역에 나가 있었거든요. 열차에서 본 사람이 있다는군요──2시 27분 하행열차에서요. 그러나, 일단 기차를 탄 다음 반대편 출입구로 빠져 나와 대피선을 건너 담을 넘고 울타리를 돌아가면, 기차역의 입구로 나오지 않고도 쉽게 마을로 들어갈 수가 있죠. 그렇게 해서 사람들 몰래 그 저택에 접근했다는 거예요. 게다가, 사람들 말로는 스펜로우 부인이 입고 있던 옷이 좀 이상했다는군요.」

「이상했다고요?」

「드레스가 아니라 화장복 차림이었대요.」

마플 양은 얼굴을 붉혔다.

「그것을 두고 아마 좀 수상쩍다고 억측을 하는 사람이 있는 모양이에요.」

「그게 수상쩍다고 생각하십니까?」

「오, 아뇨, 나는 그렇게 생각지 않아요. 지극히 자연스럽다고 봐요.」

「그게 자연스럽다는 말씀입니까?」

「그 때의 상황으로 보면 그렇죠.」

마플 양의 시선은 냉정하고도 차분했다.

슬랙 경감이 말했다.

「그럼, 남편에게 또 다른 동기가 있었다고 볼 수도 있겠군요. 질투심이라는──.」

「오, 아니에요. 스펜로우 씨는 절대 질투할 사람이 아니에요. 이상한 일이 있다고 해도 눈치조차 못 챘을 겁니다. 그의 아내가 달아나면서 바늘꽂이에 쪽지를 꽂아 둔다면, 그것을 보고서야 그랬었구나 하고 생각할 그런 사람이에요.」

슬랙 경감은 마플 양이 하도 자기를 뚫어지게 쳐다보는 바람에 당황했다. 그녀가 하는 말이 모두 무엇인가를 암시하고 있는 것 같았으나, 이해할 수가 없었다. 그녀는 약간 힘을 주며 이렇게 말했다.

「현장에서 무슨 단서라도 발견했나요, 경감님?」

「요즘 범인들은 지문이나 담배 따위를 남겨놓지 않습니다, 마플 양.」

「그렇지만, 이번 사건은 범죄 유형이 구식인 것 같은데 ──.」

그녀가 넌지시 이렇게 말했다.

슬랙이 날카롭게 물었다.

「아니, 그건 또 무슨 말씀이십니까?」

마플 양은 천천히 입을 뗐다.

「내 생각에는 파크 순경을 만나 보시면 도움이 될 것 같군요. 그는 소위 '범죄현장'을 처음으로 본 사람이니까요.」

스펜로우 씨는 접었다 폈다 할 수 있는 작은 의자에 앉아 있었다. 그는 당황하고 있는 것 같았다. 그는 가늘지만 분명한 목소리로 이렇게 말했다.

「물론, 사태가 어떻게 돌아가는지 나는 이제야 겨우 짐작할 수 있습니다. 청력이 예전만큼 좋지는 못해도 조그만 소년 하나가 내 등 뒤에서 소리치는 것을 분명히 들은 것 같습니다. '야, 크리픈(아내를 죽인 런던의 의사)이 왔다!'라고 외치더군요. 그──그 말은 내── 내가 사랑하는 아내를 죽였다는 소리처럼 들리더군요.」

마플 양은 시든 장미꽃을 조심스레 따며 말했다.

「그렇게 들으라고 한 소리가 분명해요.」

「하지만, 어린애가 어떻게 그런 생각을 갖게 되었을까요?」
마플 양은 헛기침을 하며 말했다.
「틀림없이 어른들이 하는 말을 듣고 그랬을 거예요.」
「그——그럼, 다른 사람들도 그렇게 생각하고 있다는 말입니까?」
「세인트 메어리 미드 마을 사람들의 절반은 아마 그럴 거예요.」
「그렇지만——아주머니——사람들이 왜 그런 생각을 하게 되었습니까? 내가 아내를 얼마나 사랑했는데. 물론 아내는 내가 바랐던 만큼 시골 생활을 좋아하지는 않았지만——부부라 하더라도 모든 문제에 완벽하게 뜻을 함께 하기란 불가능한 일이지 않습니까. 분명히 말하지만, 나는 아내를 잃어 얼마나 슬픈지 모릅니다.」
「물론 그러시겠죠. 그러나, 실례되는 말인지는 모르겠지만, 당신은 별로 그렇게 보이지 않는걸요.」
스펜로우 씨는 야윈 몸을 바짝 치켜세웠다.
「몇년 전에 어떤 중국 철학자에 관한 글을 읽은 적이 있습니다. 그는 끔찍이도 사랑하던 아내를 잃었지만, 그 뒤에도 평소와 다름없이 거리에서 징치기를——그건 중국의 전통 오락인가 봅니다——묵묵히 계속했다고 합니다. 그래서, 그곳 사람들이 그가 보여 준 꿋꿋한 정신에 커다란 감명을 받았다더군요.」
「그러나, 세인트 메어리 미드 마을에 사는 사람들은 좀 달리 생각하는 모양이에요. 중국 철학을 이해할 리가 없죠.」
「당신은 이해합니까?」
마플 양은 고개를 끄덕이며 말했다.
「우리 헨리 백부님도 남달리 자제심이 강한 분이셨죠. 그 분은 '결코 감정을 드러내지 마라'를 좌우명으로 삼고 계실 정도였어요. 그 분 역시 꽃을 무척 사랑하셨답니다.」
스펜로우 씨가 생각난 듯 열띤 표정으로 말했다.

「나는 별장 서쪽에다 퍼골라(덩굴을 지붕처럼 올린 정자)를 한번 꾸며 볼까 생각중입니다. 분홍색 장미와 등나무를 올리면 어떨까요? 그리고 흰색의 별 모양 꽃이 있는데, 이름이 뭐였더라 ──.」

마플 양은 세 살 난 친척 아이에게 하는 투로 상냥한 목소리로 이렇게 말했다.

「여기 사진이 나온 아주 좋은 카탈로그가 있군요. 이걸 보시면 아마 많은 도움이 될 거예요. 나는 마을에 볼일이 있어서 이만 가봐야겠군요.」

카탈로그를 보고 좋아하고 있는 스펜로우 씨를 정원에 남겨두고, 마플 양은 자기 방으로 올라와 갈색 종이에 드레스 한 벌을 서둘러 싼 다음, 집을 나와 우편취급소로 바삐 걸어갔다. 우편취급소 2층에는 양재사인 폴릿 양이 살고 있었다.

그러나, 마플 양은 우편취급소에 들어서서는 곧장 2층 계단으로 올라가지 않았다. 그 때가 2시 30분이었는데, 1분쯤 있으니까 머치 벤햄 마을에서 온 버스가 우편취급소 앞에 멈춰 섰다. 이것은 세인트 메어리 미드 마을에서는 매일 일어나는 일이었다. 우편취급소의 여자 책임자가 짐꾸러미들을 들고 서둘러 내렸다. 그 우편취급소에서는 과자며 싸구려 책, 아이들 장난감 가게까지 겸하고 있었으므로 그와 관련된 짐도 우편물과 함께 있었다.

약 4분 동안 마플 양은 우편취급소에 혼자 있었다.

마플 양은 그 여자 책임자가 제자리에 돌아온 뒤에야 비로소 2층으로 올라가서 폴릿 양에게 낡은 회색 비단 드레스를 가능하다면 좀더 멋있게 고쳐 입고 싶다고 설명했다. 폴릿 양은 그럴 수 있는지 살펴보겠다고 약속했다.

경찰서장은 마플 양이 뵙고자 한다는 전갈을 받고 좀 놀랐다. 그녀는 들어와서 수다스럽게 용서를 빌었다.

「정말 죄송합니다――방해가 돼서 정말 너무 죄송해요. 바쁘신 줄은 알지만, 지난번에도 그렇게 호의를 보여 주셔서 슬랙 경감보다는 멜쳇 대령님을 직접 찾아뵙는 게 도리겠다 싶었죠. 또, 파크 순경을 곤란에 빠뜨리고 싶지 않기도 하고요. 솔직히 말씀드려서, 그는 전혀 아무 것에도 손대지 않았을 거예요.」

멜쳇 대령은 영문을 모르겠다는 표정으로 말했다.

「파크라면 세인트 메어리 미드 마을의 순경 아닙니까? 그가 어떻게 했다고요?」

「그는 핀을 하나 주웠죠. 그의 제복에 꽂혀 있는 것을 보았어요. 나는 그 때, 아마도 그가 스펜로우 부인 댁에서 그것을 주웠을 거라는 생각이 퍼뜩 들더군요.」

「예, 좋습니다. 그렇지만, 핀이 뭐 대수롭습니까? 사실 그는 스펜로우 부인의 시체 바로 옆에서 그것을 주웠답니다. 어제 슬랙 경감한테 와서 말했다는군요――마플 양이 그것을 알려 주었나 보죠? 물론 아무데나 손을 대서도 안 됩니다만, 핀이 대체 어떻다는 겁니까? 그건 단지 흔히 보는 핀에 불과했습니다. 여자들이 보통 사용하는 거였죠.」

「오, 아니에요, 멜쳇 대령님. 그건 잘못 생각하고 계신 거예요. 남자들이 보기에는 그게 보통 핀처럼 보였을지 몰라도 실은 그렇지가 않아요. 그건 아주 특별한 핀이어서 상자로 사야 하며, 대개 양재사들이 사용하는 아주 가는 핀이죠.」

멜쳇은 갑자기 감이 잡힌 듯 그녀를 뚫어지게 쳐다보았다. 마플 양은 머리를 여러 번 힘차게 끄덕였다.

「예, 그렇습니다. 내가 보기에는 아주 뻔한 일이에요. 스펜로우 부인은 새 드레스를 가봉하기 위해 화장옷을 입고서 그 앞쪽 방으로 갔던 거예요. 그 때 폴릿 양은 치수를 재는 척하며 줄자를 그녀의 목에 감았겠죠——그런 다음, 그것을 엇갈리게 확 잡아당긴 거예요——아주 간단한 일이죠. 그리고 나서 밖으로 나와 문을 닫고는 방금 도착한 것처럼 태연한 얼굴로 문을 두드렸던 거예요. 그 핀이 그녀가 이미 그 집 안에 들어갔었다는 사실을 입증해 주잖아요.」

「그렇다면 스펜로우 씨에게 전화를 한 사람도 폴릿 양입니까?」

「그렇죠. 2시 30분에 우편취급소에서요——곧 버스가 도착할 시각이 되어 우편취급소가 비어 있었거든요.」

멜쳇 대령이 말했다.

「하지만, 마플 양, 이유는? 도대체 그 여자가 왜 그런 짓을 했을까요? 동기 없는 살인은 없는 법입니다.」

「아니에요. 내 생각으로는, 멜쳇 대령님, 내가 들은 말들을 종합해 볼 때 이 사건의 원인은 오래 전으로 거슬러 올라갑니다. 앤터니와 고든이라는 내 사촌들이 생각나는군요. 앤터니가 하는 일은 무엇이든 잘 되었는데, 고든이 하는 일은 항상 그 반대였어요. 승마를 하다가 절름발이가 되고, 주식값이 폭락하여 재산을 탕진해 버렸죠. 그 두 여자도 똑같은 형태로, 그 사건에 함께 가담했던 것 같아요.」

「무슨 사건 말이오?」

「도난사건 말이에요. 오래 전 일인데, 아주 값비싼 에메랄드를 도난당한 일이 있다고 들었어요. 그 범죄에 그 집 부인의 몸종과 허드렛일을 하는 하녀가 관련되었다고 봐요. 이유는, 한 가지 의문나는 점이 있어서죠——그러니까, 그 허드렛일하는 하녀가 정원사와 결혼했을 때, 그들에게 과연 꽃집을 차릴 만한 큰 돈이 있었을까요?

대답을 하자면, 그것은 그녀의 몫이었어요——훔친 물건에서 나누어 받은 몫이었다는 말이에요. 이것이 가장 맞는 표현이 아닐까요? 그녀가 하는 일은 모두 잘 풀려 나갔어요. 돈이 돈을 만들었죠. 그런데, 한편 그 몸종은 운이 지독히도 없었던 것 같아요. 한낱 마을의 재봉사밖에 되지 못했으니까요. 그들은 다시 만났죠. 처음에는, 적어도 테드 제러드가 등장하기 전까지만 해도 두 사람은 사이가 괜찮은 편이었지요.

 스펜로우 부인은 벌써부터 양심의 가책을 느끼고 있다가 차츰 마음이 종교적으로 기울어졌어요. 그러니 틀림없이 그 젊은이가 '용기를 내어 죄를 고백하라'고 설득했겠죠. 내 장담하지만, 그녀는 그렇게 하기로 마음먹고 있었을 거예요. 그러나, 그에 당황한 폴릿 양이 그것을 가만두고 보지 않았죠. 그녀는 오래 전에 저지른 도둑질로 결국 감옥에 가게 될 거라는 생각에 사로잡혔던 거예요. 그래서 그 일을 중지시키려고 마음먹었던 거예요. 그 여자는 늘 사악한 데가 있었어요. 만일, 그 착하다 못해 어리석기까지 한 스펜로우 씨가 죄를 뒤집어쓴 채 교수형에 처해졌다고 하더라도 눈 하나 깜짝하지 않았을 여자라고요.」

 멜쳇 대령은 천천히 입을 열었다.

「우리는 당신의 추리를――어느 정도까지는――어――증명할 수 있습니다. 애버크롬비 집에서 하녀 노릇을 했다는 폴릿이라는 여자의 신원 파악 정도는 말이오. 그러나――.」

 마플 양은 그를 안심시키듯이 이렇게 말했다.

「아주 간단할 거예요. 폴릿 양은 사실을 가지고 따져 물으면 금방 실토할 여자예요. 그리고, 여기 그녀의 줄자를 가지고 왔어요. 어제 옷을 가봉하면서 그것을――저――몰래 빼내 왔죠. 그녀는 그게 없어진 것을 알고서 찾다가 경찰이 가지고 있다는 사실을 알게 된다면――글쎄요, 그녀는 무지한 여자니까 그것만으로도 자기가 불리하다고 생각할 거예요.」

 그녀는 멜쳇 대령을 격려하듯이 미소 지었다.

「아무 어려움이 없을 거예요. 걱정마세요.」

그것은 언젠가 대령이 육군사관학교 시험을 칠 때 좋아하던 아주머니가 꼭 붙을 거라며 안심시켜 주던 바로 그 말투였다. 그래서 그는 합격했었다.

모범 하녀

「저어, 마님, 괜찮으시다면 잠깐 말씀 좀 드려도 될까요?」
 이러한 요청은 그 상황에서는 좀 어울리지 않는 것이었다. 왜냐 하면, 그 순간 마플 양의 어린 하녀인 에드나는 사실상 자기 마님과 이야기를 하고 있는 중이었기 때문이다.
 그러나, 그 말투의 의미를 알아차리고서 마플 양은 재빨리 말했다.
「되고말고, 에드나, 들어와서 문을 닫으렴. 무슨 이야기지?」
 에드나는 순순히 문을 닫고 방으로 들어오더니, 앞치마 끝자락을 손가락 사이에 끼워 주름을 잡으며 한두 번 침을 꿀꺽 삼켰다.
「뭐지, 에드나?」
 마플 양은 격려하듯이 말했다.
「저어, 마님, 제 사촌 글래디 때문인데요.」
「저런!」
 마플 양은 최악의 경우로 비약시켜 상상하며 말했다. 그러나, 그것은 가장 흔히 볼 수 있는 결말이기도 했다.

「경솔한 짓을 한 건 아니겠지?」
에드나는 얼른 그녀를 안심시켰다.
「오, 아니에요, 마님. 그런 일이 아니에요. 글래디는 그런 애가 아니에요. 그 애가 고민하고 있는 것도 당연한 일이죠. 실은 쫓겨나게 됐거든요.」
「쯧쯧, 안됐구나. 그 아이는 올드 홀 저택의 스키너 양——아니, 스키너 자매 댁에 있지?」
「예, 마님, 맞아요. 그런데, 글래디는 그 일로 걱정을 태산같이 하고 있어요——정말 이만저만 고민하는 게 아니에요.」
「글래디는 전에도 자주 자리를 옮겨 다니지 않았니?」
「예, 마님. 글래디는 항상 이곳저곳 전전하고 다녔죠. 그 애는 한군데 가만히 정착하지를 못하겠나 봐요. 그렇지만, 언제나 그 애 쪽에서 그만두겠다고 하고서 나온 거였어요.」
「이번에는 그게 아니란 말이냐?」 마플 양은 냉정하게 물었다.
「예, 마님, 그래서 글래디가 굉장히 당황하고 있어요.」
마플 양은 약간 의외라는 표정을 지었다. '노는 날'이면 이따금 집에 놀러와서 부엌에서 차를 마시곤 했던 글래디는 마플 양의 머릿속에 억세고, 킥킥 웃기를 잘하며, 웬만한 일에는 끄덕도 않는 처녀라는 인상이 남아 있었다.
에드나는 계속해서 말했다
「마님, 이유는 그런 일이 생겼기 때문이에요——스키너 양이 그런 식으로 보았기 때문이에요.」
마플 양은 참을성 있게 물었다.
「스키너 양이 어떻게 보았는데?」
에드나는 이번에는 하려는 이야기를 조리 있게 술술 말해 나갔다.
「저어, 마님, 그건 글래디에게는 너무나 충격적인 일이었어요. 다름이 아니라 에밀리 양의 브로치가 없어졌다는군요. 그것 때문에 온통 난리법석이 났었나 봐요. 물론, 그런 일이 일어나는 것을 좋아하는 사람이 어디 있겠어요. 하여튼, 난리도 그런 난리가 없었대요, 마님. 그래서 글래디도 돕는답시고 있을 만한 곳은 다 찾았다나 봐요. 그러다가 래비니아 양이 경찰에 알려야겠다는 말을 하고 있는데 브로치가 나왔다는군요. 바로 화장대 서랍 뒤쪽에 떨어져 있었대요. 그래서 글래디는 아주 다행스럽게 여겼다는군요.」

에드나는 숨이 찬 듯 한숨을 쉬고는 다시 계속했다.

「그런데, 바로 그 다음 날에 그 애가 접시 하나를 깨뜨렸대요. 그러자, 래비니아 양이 당장 뛰어나오더니 글래디에게 한 달 내로 그만두라고 그랬대요. 그런데, 글래디는 접시 때문에 그럴 리가 없다고 생각하고 있어요. 래비니아 양이 다만 구실을 만든 것일 뿐, 정말 이유는 그 브로치 때문이 분명하대요. 그 분들은 그 애가 그것을 훔쳤다고 생각하고 있는 거예요. 그런데, 경찰을 부르겠다니까 얼른 되돌려 놓았다는 거죠. 하지만, 글래디는 그런 짓을 하지 않았을 거예요. 그럴 애가 아니에요. 글래디 생각은, 그런 말이 새어나가 자기에 대한 험담이 나돌게 되면, 아시다시피 처녀에게는 아주 심각한 일이라는 거예요, 마님.」

마플 양은 고개를 끄덕였다. 비록 글래디가 허풍떠는 것은 별로 좋아하지 않았지만, 그녀가 자부심이 있고 천성적으로 정직한 처녀라는 것을 굳게 믿고 있었으므로, 그 사건에 그녀가 당황했으리란 것을 능히 짐작할 수 있었다.

에드나는 무엇인가 바라는 표정으로 말했다.

「마님이시라면 어떻게 해 보실 수 있지 않을까요? 글래디는 너무 흥분해 있어요.」

「그 애한테 어리석게 굴지 말라고 말하렴.」

모범 하녀 155

마플 양은 또렷또렷하게 말했다.
「정말로 그 애가 브로치를 훔치지 않았다면——물론 나는 그 애를 믿는다만——그렇다면, 당황할 이유가 하나도 없는 게야.」
「하지만 소문이 날 거예요.」
에드나가 우울하게 말했다.
「내가 오늘 오후에 그리로 가서 스키너 자매에게 이야기해 보도록 하마.」
「오, 감사합니다, 마님.」

올드 홀은 사방이 숲과 공원으로 둘러싸인 빅토리아 풍의 큰 저택이었다. 사실 그 상태로는 그 집을 세놓기도 팔기도 쉽지 않았기 때문에, 어떤 모험심이 강한 투기업자가 중앙난방장치를 설치하여 네 채의 공동주택으로 분리시켰다. '정원'은 거주자들이 공동으로 사용하게 했다. 이 시도는 성공적이었다. 부유하고 좀 괴상한 노부인이 하녀를 데리고 한 집에 입주했다. 그 노부인은 새들을 너무 좋아해서 매일 날아드는 새떼에게 먹이를 주는 것이 큰 즐거움이었다. 은퇴한 인도인 판사 부부가 두 번째 집에 입주했다. 갓 결혼한 아주 젊은 부부가 세 번째 집에 들었으며, 네 번째 집은 스키너라는 성을 가진 두 명의 독신 여성이 두 달 전에 이사 왔다. 이렇게 입주한 네 가구는 아무런 공통점도 없었기 때문에, 서로 왕래없이 서먹서먹하게 지냈다. 그러나, 집주인은 그 이야기를 듣고 참 다행이라고 생각했다. 친하게 지내다가 혹시 사이가 틀어지는 날이면 자연히 그에게 불평불만이 날아들 것이기 때문이다.

마플 양은 그 거주자들 중 아무도 깊이 알지는 못했지만, 그들 모두와 친분이 있었다. 스키너 자매 중 언니인 래비니아 양은 모 상점에 일자리를 가지고 있었다. 반면, 동생인 에밀리 양은 갖가지 병으로 대부분의 시간을 침대에서 보내고 있었는데, 그 병이라는 것들이 대개 엄살이라는 게 세인트 메어리 미드 마을 사람들의 의견이었다. 오직 래비니아 양만이 동생을 헌신적으로 돌봐 주며, 심부름도 기꺼이 해 주었고, '내 동생이 갑자기 먹고 싶어진 것'을 사러 종종걸음으로 마을을 들락날락하는 것이었다.

세인트 메어리 미드 마을 사람들은 에밀리 양이 자기가 말하는 반만큼만 아팠어도 벌써 옛날에 헤이독 의사를 부르러 보냈을 거라고 생각했다. 그러나, 넌지시 그런 이야기를 하려 하면 에밀리 양은 거만한 태도로 눈을 딱 감고, 자기 병은 그렇게 단순한 것이 아니라고 중얼거렸다——런던에서 내노라 하는 전문의들도 못 고쳤다는 것이다——그래서, 아주 훌륭하다는 새 의사가 자기에게 혁신적인 치료법을 쓰고 있으니, 이젠 제발 건강이 나아졌으면 좋겠다는 것이다. 웬만한 일반 의사들은 그녀의 병을 이해하지도 못한다는 뜻이었다.

「내 생각에는 말이에요——그녀가 헤이독 의사 선생님을 부르지 않는 건 아주 현명한 처사예요. 헤이독 선생님은 성격이 시원시원해서 그녀에게 아무 문제도 없으니 공연히 엄살떨지 말고 일어나라고 노골적으로 말할걸요! 그게 건강에 훨씬 이로울 거라고요!」

무엇이든 탁 털어놓고 말하는 성격인 노처녀 할머니 하트넬 양의 말이었다.

그러나, 그렇게 자존심 강한 치료법도 실패로 끝나고, 에밀리 양은 계속 소파 위에 누워서, 머리맡에는 이름 모를 알약 상자들을 잔뜩 늘어놓은 채 자기를 위해 만든 음식도 거절하고는 다른 음식만을 요구했다——그것도 아주 요리하기 어렵거나 재료를 쉽게 구할 수 없는 것만 골라서 말이다!

마플 양에게 문을 열어 준 사람은 '글래디'였는데, 그녀는 마플 양이 짐작한 것보다 더 낙담하고 있는 표정이었다. 거실에서(수리하기 전에 있었던 응접실의 4분의 1 크기만했는데, 그 응접실은 지금 식당, 거실, 욕실 그리고 가정부 방으로 나뉘어 있었다.) 래비니아 양이 마플 양을 맞았다.

래비니아 스키너는 키가 크고 몹시 여위어서 뼈만 앙상한 쉰 살 가량의 여성으로, 무뚝뚝한 태도를 지니고 있었다. 그녀는 굵고 탁한 목소리로 말했다.

「어서 오세요. 에밀리는 누워 있어요── 오늘은 가엾게도 기분이 별로 안 좋은가 봐요. 그 애가 당신을 만나 보면 기운이 좀 날 텐데. 하지만, 가끔 아무도 만나고 싶어하지 않을 때가 있답니다. 불쌍한 것, 병도 이만저만해야지요.」

마플 양은 예의바르게 대꾸해 주었다. 그리고 세인트 메어리 미드 마을에서는 하녀 문제가 주요한 화제로 등장하고 있었기 때문에, 어렵지 않게 그 쪽으로 대화를 이끌어갔다. 마플 양은 그렇게 착실하던 글래디 홈스가 곧 떠날 거라는 소식을 들었다고 말했다.

래비니아 양이 고개를 끄덕이며 말했다.

「수요일에 나갈 거예요. 글쎄 접시를 깼답니다. 그건 구할 수도 없는 건데.」

마플 양은 한숨을 쉬며 요즈음은 그냥 참고 살아야 할 일이 많다고 말했다── 처녀애들을 시골로 데려오기란 너무 어려운 일임을 상기시키면서.

'스키너 양은 글래디를 내보내는 게 정말 잘하는 것이라고 생각하는 걸까?'

마플 양은 혼자 생각했다.

「하녀 구하기가 어렵다는 건 알아요.」

래비니아 양은 사실을 인정했다.

「드브루 씨 집에도 아직 아무도 구하지 못했다잖아요——그러나, 그건 이상할 게 없죠——항상 싸우고 밤새도록 재즈 댄스를 추질 않나, 식사도 아무때나 한다니까요——그 여자는 집안 일에 대해서는 아무것도 몰라요. 정말 그 남편이 불쌍하다고요! 그리고 라킨 씨네도 하녀가 바로 며칠 전에 나갔다더군요. 물론 그 인도인 판사 기질에다가, 아침 6시에——그가 부르는 대로 말하자면——'초타 하르지'를 가져오라고 하죠. 라킨 부인은 부인대로 밤낮 야단만 치니 그 집도 이상할 게 없다고요. 카마이클 부인 댁의 자넷은 오래 붙어 있는 모양이지만——내가 보기에는 그 여자도 아주 못쓰겠어요. 그 노부인을 못살게구나 봐요.」

「그렇다면 글래디에 대한 결정을 재고해 볼 생각이 없으세요? 그 애는 정말 착한 애예요. 내가 그 애의 가족들을 모두 알고 있는데, 아주 정직하고 좋은 사람들이죠.」

래비니아 양은 머리를 가로 흔들며 거만하게 말했다.

「그런 결정을 내린 데는 다 이유가 있어요.」

마플 양이 목소리를 낮추며 말했다.

「브로치가 없어졌었다죠——?」

「아니, 누가 그런 말을? 그 애가 그랬군요. 솔직히 말씀드려서, 그 애가 훔친 거라고 난 확신해요. 그랬다가 겁이 나서 되돌려 놓은 거예요——그러나, 물론 확실한 증거가 없으니 그 애한테 뭐라고 말을 할 수는 없죠.」

그녀는 화제를 바꿨다.

「이리 오셔서 에밀리를 좀 만나 보세요, 마플 양. 틀림없이 그 애가 좋아할 거예요.」

마플 양은 순순히 따라갔다. 래비니아 양은 문을 두드린 다음, 들어오라는 말을 듣고 손님을 안내했다. 그곳은 그 집에서 가장 좋은 방으

모범 하녀 159

로, 반쯤 잡아당긴 블라인드로 인해 햇빛이 거의 차단되어 있었다. 에밀리 양은 침대에 누워서 어슴푸레한 분위기에 싸여 자신의 막연한 병을 즐기고 있는 게 분명했다.

희미한 빛을 받은 그녀의 모습은 야위고 나약하게 보였다. 둥글게 감아올린 회색이 도는 노랑 머리는 흐트러진 채 들쭉날쭉 비어져 나와 있어, 흡사 새둥주리 같아 보였다. 그러나, 자존심이 있는 새라면 그런 둥우리를 자랑하지 않을 것이다. 방은 오 드 콜로뉴 향수와 곰팡내 나는 비스킷, 그리고 방충제 냄새로 가득했다.

에밀리 스키너는 눈을 반쯤 감은 채 가늘고 무기력한 목소리로, 오늘은 자기가 기분이 좋지 않은 날이라고 설명했다.

에밀리 양은 음울한 목소리로 말했다.

「병에 가장 나쁜 것은——병자가, 주위 사람들에게 자신이 얼마나 부담이 되고 있는가를 아는 일이에요. 래비니아는 내게 무척 잘해 준답니다. 래비니아 언니, 나는 남한테 폐를 끼치는 건 딱 질색이지만, 물병에 뜨거운 물을 알맞게 좀 채워 줄 수 없을까——가득 채우면 너무 무거워——그렇다고 충분히 채우지 않으면, 또 너무 빨리 식어 버리거든.」

「미안하다, 애야. 그걸 이리 주렴. 내가 조금만 따라내 줄게.」

「자칫 잘못하다가는 다시 채워넣어야 될 거야. 집에 살짝 구운 비스킷 하나도 없지——아냐, 괜찮아. 안 먹으면 되지 뭐. 그럼, 부드러운 차 한 잔에 레몬 한 조각 띄워 줘——레몬이 없다고? 오, 저런, 나는 레몬을 넣지 않은 차는 마실 수가 없어. 오늘 아침에 준 우유는 맛이 약간 변한 것 같았어. 그러니 차에다 우유를 타서 먹을 수도 없고. 상관하지 마. 차 같은 건 안 마셔도 살 수 있으니까. 그냥 기운이 하나도 없어.´참, 굴이 영양가가 많다던데. 조금만 먹어 보았으면. 아냐, 됐어, 날도 이렇게 저물었는데 귀찮게시리 사러 가지 마. 내일까지 내가 굶으면 되는걸.」

래비니아는 자전거로 마을에 가 보겠다며 뭐라고 조리도 없이 중얼거리면서 방을 나갔다.

에밀리 양은 방문객에게 희미하게 웃어 보이며, 자기는 누구한테건 폐를 끼치고 싶지 않다는 말을 했다.

마플 양은 그 날 저녁 에드나에게 자기의 임무를 성공적으로 수행하지 못한 것 같다고 말했다.

그녀는 글래디의 소행에 관한 소문이 마을에 벌써 쫙 퍼졌다는 것을 알고는 곤혹스러움을 느꼈다.

우편취급소에 갔더니 웨더비 양이 그녀를 붙들고 얘기를 꺼냈다.

「제인, 그들이 그 아이의 신용증명서에다 자발적이고 착실하며 공손하다는 말만 쓰고 정직하다는 말을 한 마디도 안 써주었대요. 그건 아주 의미심장한 일 같아요! 듣기로는 브로치 때문에 말썽이 좀 있었나 봐요. 분명히 거기에 문제가 있는 거예요. 웬만큼 심각한 일이 아니고서는 요즘 세상에 하녀를 내보내는 사람은 없거든요. 다른 사람을 구하려면 꽤나 애먹어야 할 거예요. 처녀애들이 올드 홀 저택에는 쉽게 가지 않으려 들거든요. 그 사람들은 노는 날에 집에 가는 일에까지 신경을 곤두세운다잖아요. 두고 보세요. 스키너 자매는 아무도 구하지 못할 테니. 그렇게 되면 아마 그 우울증에 빠진 동생도 일어나서 일을 해야 할걸요!」

그러던 어느 날 스키너 자매가 어떤 직업 소개소로부터 어느 모로 보나 나무랄 데가 없는 하녀를 새로 고용했다는 소식이 전해졌을 때 마을 사람들이 온통 분통을 터뜨렸음은 말할 나위도 없다.

「다른 곳에서 3년 동안 일했다는데, 일을 아주 잘한다는 추천서를 가지고 있다는군요. 그 여자는 시골에서 일하기를 원했답니다. 게다가, 요구하는 액수도 글래디의 월급보다 적어요. 우리는 정말 운이 좋앉어요.」
 생선가게에서 래비니아 양이 시시콜콜 늘어놓는 말에 마플 양이 대꾸했다.
「글쎄요. 정말이지, 조건이 너무 좋으니까 사실인 것 같지가 않군요.」
 그럴 즈음 세인트 메어리 미드 마을에는 그 모범적인 하녀가 마지막 순간에 약속을 깨고 오지 않을 거라는 추측들이 무성했다. 그러나, 예측은 하나도 들어맞지 않았다. 마을 사람들은 메어리 히긴스라는 다시없는 하녀가 리드의 택시를 타고 마을을 지나 올드 홀 저택 쪽으로 가는 것을 똑똑히 보았다. 옷을 단정하게 차려입은, 아주 예의바르게 보이는 여자였다. 그녀의 외양이 뛰어남은 모두들 인정하지 않을 수 없었다.
 그 뒤, 마플 양이 목사관 축제 때 노점을 벌일 사람을 모집하는 일 때문에 올드 홀 저택을 방문했는데, 바로 메어리 히긴스가 문을 열어 주었다. 그녀는 확실히, 아주 훌륭한 용모를 가진 하녀였다. 나이는 대략 마흔쯤 되어 보였는데, 단정하게 빗은 검은 머리에 뺨은 발그레했으며, 살찐 몸매에 어울리게 검은색 옷을 걸쳐 입고, 하얀 앞치마와 머리 수건까지 두르고 있었다——마플 양이 나중에 설명한 대로 '아주 훌륭한 전형적인 하녀'였다. 게다가, 목소리는 품위 있고 들릴 듯 말듯 공손하여 글래디의 크고 편도선 중식비대중에 걸린 듯한 걸걸한 목소리와는 전혀 달랐다.
 래비니아 양은 예전보다 훨씬 덜 귀찮아하는 표정을 하고 있었다. 그녀는 동생을 돌봐야 하기 때문에 노점을 낼 수 없어 유감이지만, 상당한 금액을 희사했으며, 펜 닦개와 아기 양말을 제공하겠다는 약속을 했다.
「나는 정말 메어리에게 큰 신세를 지고 있어요. 글래디를 내보내기로 작정한 것은 정말 잘했다 싶답니다. 메어리는 이루 말할 수 없을 만큼 훌륭해요. 요리 잘하죠, 시중 잘 들죠, 또 집을 아주 말끔하게 청소하죠——침대 시트도 매일같이 일광 소독한다니까요. 게다가, 에밀리에게는 또 얼마나 충실하게 시중을 든다고요!」

마플 양은 얼른 에밀리의 안부를 물었다.

「오, 가엾게도 요즈음 기분이 무척 언짢아요. 물론 그 애는 그럴 수밖에 없지만, 가끔 우리들이 난처할 때가 있어요. 어떤 음식이 먹고 싶다고 해서 해 주면 금방 먹을 수 없다고 하거든요——그랬다가 30분쯤 뒤에 다시 달라고 하는데, 그 때는 음식이 엉망이 되어 있어 다시 요리해야만 하지요. 그렇게 되면 일이 얼마나 많아지는지 몰라요——하지만, 천만다행히 메어리는 조금도 싫어하는 기색이 없어요. 전에 환자 시중을 들어 본 적이 있어 그 기분을 이해한다고 하더군요. 정말 한시름 놓겠어요.」

「정말 다행이군요.」

마플 양이 말했다.

「예, 그래요. 하나님이 기도에 대한 응답으로 메어리를 보내주신 것 같아요.」

마플 양이 말했다.

「그런데, 그녀가 너무 훌륭하게 일을 척척 해내니까 어쩐지 믿어지지가 않아요. 나라면——내가 당신의 입장이라면, 그래도 조심을 하겠어요.」

래비니아 스키너는 마플 양이 한 말의 의미를 깨닫지 못하고 이렇게 말했다.

「아! 나는 그녀를 조금이라도 편하게 해 주기 위해 할 수 있는 데까지는 도와주려고 애쓴답니다. 이제 그녀가 떠나 버린다면 어찌해야 될지 막막하거든요.」

「그녀는 아마 떠날 준비가 될 때까지는 떠나지 않을 거예요.」

마플 양은 집주인을 뚫어지게 쳐다보았다.

「하녀 걱정만 안 해도 무거운 짐을 하나 더는 것 아니겠어요? 댁의 에드나는 어때요?」

래비니아 양이 물었다.

「그 아이도 곧잘해요. 남보다 뛰어날 정도는 아니지만. 어디 메어리만 하겠어요? 그러나, 에드나는 이 마을 태생이어서 그 아이에 관한 것은 모두 알고 있지요.」

그녀는 현관으로 나오다가 에밀리가 짜증스럽게 목청을 돋구는 소리를 들었다.

「이 습포는 너무 바싹 말라 버렸어——앨리턴 의사가 항상 습기를 보충해 주도록 하라고 그렇게 강조했건만. 저리 치워요. 그리고 차 한잔과 달걀 하나를 삶아 줘요——달걀은 꼭 3분 30초 동안만 삶도록 해요, 잊지 말고. 그리고, 래비니아 언니 좀 들여보내 줘요.」

메어리는 환자를 능숙하게 안심시킨 뒤, 그 침실에서 나와 래비니아에게 말했다.

「에밀리 양이 마님을 찾고 있어요.」

그런 다음, 손님에게 문을 열어 주기 위해 재빠르게 나와서는 아주 능숙한 태도로 마플 양이 코트 입는 것을 거들어 주고는 우산을 손에 건네주었다. 그런데, 마플 양은 우산을 잡다가 떨어뜨리고, 그것을 주우려고 하다가 그만 가방까지 떨어뜨리고 말았다. 가방이 열리고 온갖 잡동사니가 다 쏟아져 나왔다. 메어리는 손수건, 수첩, 구식 가죽 지갑, 1실링짜리 동전 두 개, 1페니짜리 동전 세 개, 그리고 막대 모양의 줄무늬 박하사탕을 예의바르게 하나씩 주워 주었다.

마플 양은 맨 마지막 것을 좀 난처한 기색으로 받았다.

「오, 저런, 이건 클리멘트 부인 댁 아들 것이 틀림없어. 맞아, 아까

이걸 빨고 있었는데. 내 가방을 가지고 놀더니만, 그 녀석이 이걸 안에다 집어 넣었구나. 아이, 이거 끈적거려서 어쩌나.」

「제가 떼어 드릴까요, 부인?」

「어머, 그래 주겠어요? 정말 고마워요.」

메어리는 허리를 굽히고 마지막 물건인 조그만 손거울을 주웠다. 마플 양이 그것을 받아들고 호들갑스럽게 외쳤다.

「정말 다행이야, 깨지지 않았으니.」

그 뒤 그녀는 떠나고, 메어리는 줄무늬 막대 사탕을 손에 쥔 채, 표정이라곤 하나도 없는 얼굴로 공손하게 문 옆에 서 있었다.

그 뒤 열흘 동안 세인트 메어리 미드 마을 사람들은 래비니아 양과 에밀리 양의 보물 같은 하녀가 보여 준 탁월함에 대해 듣기 싫어도 참고 들어야 했다.

그런데, 열한 번째 되는 날 마을은 발칵 뒤집히고야 말았다.

다른 모든 하녀들의 귀감이던 메어리가 사라진 것이다! 그녀의 침대에는 잠을 잔 흔적이 없었으며, 현관 문은 열려 있었다. 그녀가 한밤중에 살며시 빠져 나간 것이다.

그런데 메어리만 없어진 것이 아니었다! 래비니아 양의 브로치 두 개와 반지 다섯 개, 그리고 에밀리 양의 반지 세 개와 목걸이 하나, 팔찌 하나, 브로치 네 개도 사라져 버린 것이다.

그것은 대이변의 시작이었다.

젊은 드브루 부인은 잠그지 않은 서랍에 넣어 두었던 다이아몬드와, 결혼 선물로 받은 값비싼 모피를 잃어버렸다. 판사 부부도 보석과 상당한 액수의 돈을 도둑 맞았다. 가장 피해가 심한 집은 카마이클 부인 댁이었다. 값이 엄청난 보석뿐만 아니라, 집에 보관하고 있던 거액의 돈까지 몽땅 없어진 것이다. 마침 자넷은 그 날 저녁 외출을 한 데다, 여주인은 늘 하던 습관대로 해질녘에 정원을 걸어다니며 새들을 불러모아 빵부스러기를 뿌려 주고 있었다. 나무랄 데가 없던 모범적인 하녀인 메어리는 그들 집에 맞는 열쇠를 죄다 가지고 있었던 게 분명하다!

솔직히 세인트 메어리 미드 마을 사람들은 상당히 고소해 하고 있었다. 사실 래비니아 양이 충실한 하녀 메어리에 대해서 너무 허풍을 떨며 자랑하고 다녔던 것이다.

「그러니까 처음부터 도둑이었군요!」

잇따라 흥미로운 사실이 폭로되었다.

메어리가 아득히 사라지자, 그녀를 소개하면서 신원을 보증해 주었던 소개소 측도, 그들에게 일자리를 의뢰하고 신용증명서를 보낸 메어리 히긴스라는 사람이 실제로는 존재하지 않는 가공의 인물이라는 사실을 발견하고 깜짝 놀랐던 것이다. 그것은 실존하는 한 목사의 여동생과 함께 살고 있는 하녀의 이름이기는 했으나, 진짜 메어리 히긴스는 영국 남서부에 위치한 콘월 지방의 한 저택에서 조용히 살고 있었다.

「영악하게 처음부터 끝까지 감쪽같이 속였군.」

슬랙 경감도 혀를 내둘렀다.

「그 여자는 폭력단과 손을 잡고 있을 거요. 1년 전에 영국 북동부의 노섬벌랜드 주에서 아주 비슷한 사건이 있었는데, 증거가 없어서 아직 범인을 잡지 못하고 있죠. 그러나, 머치 벤햄에서는 우리 경찰이 꼭 잡고 말 거요!」

슬랙 경감은 언제나 자신만만한 사람이었다.

그러나, 몇 주가 흘렀음에도 불구하고 메어리 히긴스의 행방은 전혀 알 길이 없었다. 슬랙 경감은 그 사건을 위해 노력을 배로 들였으나 결국 그의 명성에 오점만 남기고 말았다.

래비니아 양은 밤낮 울고불고했다. 에밀리 양은 너무 충격을 받아

건강이 악화되어 마침내 헤이독 의사를 부르는 지경에 이르렀다.

온 마을 사람들은 자칭 환자라고 하는 에밀리 양의 주장에 대해서 그가 어떻게 진단했는지 알고 싶어 난리였다. 그렇다고 해서 의사에게 직접 물어 볼 수도 없는 노릇이었다. 그런데, 그 문제에 관한 만족스러운 정보가 약국의 조수인 미크 씨를 통해 입수되었다. 그가 프라이스 리들리 부인의 하녀인 클라라와 함께 산책하며 들려준 것이었다. 미크 씨의 말에 따르면, 헤이독 의사는 군대에서 꾀병부리는 병사에게 처방해 주는 애서페티다(아위라는 식물로 만든 경련 진통제)와 벌리리언(쥐오줌풀에서 채취한 진정제)이라는 약품을 혼합하여 조제해 주었다고 한다.

그 뒤 알려진 바에 의하면, 에밀리 양은 자기가 받은 처방이 마땅치 않다며, 건강이 계속 악화되기만 하니 자기의 병을 이해하는 런던의 전문의에게로 가야 한다고 주장했다고 한다. 그리고, 에밀리 양도 래비니아의 건강을 위해서라면 런던으로 가는 것이 좋을 거라고 말했다고 한다.

그 집은 임대를 위해 다시 내놓았다.

마플 양이 당황해 하며 다소 상기된 얼굴로 머치 벤햄의 경찰서를 방문하여 슬랙 경감을 찾은 것은 2~3일이 지난 뒤였다.

슬랙 경감은 마플 양을 탐탁하게 여기지 않았다. 그러나 경찰서장인 멜쳇 대령은 그와 달리 그녀에게 호감을 갖고 있다는 것을 알고 있었으므로 마지못해 그녀를 맞이했다.

「안녕하십니까, 마플 양, 무슨 일로 나를 찾으시는지요?」

「이를 어쩌나. 경감님은 무척 바쁜가 보군요.」

마플 양이 말했다.

「일이 많습니다. 하지만, 잠시 시간을 내드리죠.」

슬랙 경감이 말했다.
「그러시다면, 내가 하고 싶은 말을 다 해야겠군요. 그런데, 남한테 설명하기란 정말이지 너무 어려운 일이잖아요? 참, 경감님은 그렇지 않을지도 모르겠군요. 그러나 아시다시피, 나는 신식 교육을 받지 못해서요——여자 가정교사는 고작해야 영국 왕들의 즉위 연대와 일반적인 지식이나 가르쳐 주었죠——그렇지 않으면 브루워 박사가 발견했다는——밀의 전염병 세 가지를 외게 하거나——고조병, 노균병——그리고 또 하나가 뭐였더라——흑수병이었던가?」
「흑수병 이야기를 하려고 오셨습니까?」
슬랙 경감이 되묻고는 얼굴을 붉혔다.
「어머, 아니에요.」
마플 양은 흑수병 이야기를 하러 온 게 아니라는 것을 서둘러 변명했다.
「예를 들면 그렇다는 거죠. 그리고, 바늘이 어떻게 만들어지는가 따위였지요. 광범위하기만 했지, 도무지 요점을 가르쳐 주지 않았다니까요. 나도 요점을 벗어나고 싶지 않아요. 이렇게 찾아온 것은 스키너 양의 하녀였던 글래디 때문이에요.」
「메어리 히긴스였죠.」
슬랙 경감이 말했다.
「아, 예, 그건 두 번째 하녀였죠. 내가 말하려는 건 글래디 홈스예요——버릇이 좀 없고 너무 자기 멋대로이긴 하지만 정직한 것 하나만큼은 이를 데가 없는 처녀랍니다. 바로 그 점을 사람들에게 인식시켜 주어야 해요.」
「내가 알기로는 그녀에 대한 혐의는 없는데요.」
경위가 말했다.
「예, 고발이 없었다는 것은 나도 알고 있어요——그래서 일이 더

고약하게 되었다고요. 아시다시피, 사람들은 멋대로 상상해 버릴 수 있으니까요. 오, 이런——설명을 너무 못하는군요. 내가 정말로 경감님한테 말하려는 것은 메어리 히긴스를 찾는 문제가 중요하다는 점이에요.」

「물론입니다. 그 문제에 관해 뭔가 알고 있는 것이라도 있습니까?」
슬랙 경감이 물었다.

「엄밀히 말하자면 그래요. 한 가지 물어 볼 게 있는데, 지문은 아무 도움이 안 되나요?」

「아, 그 점에 대해서라면, 메어리는 빈틈없이 교활했죠. 일을 할 때 그녀는 항상 고무 장갑이나 하녀들이 쓰는 장갑을 끼고 했던 것 같습니다. 게다가, 얼마나 용의주도했는지——자기가 쓰던 침실이며 개수대에 있던 것까지도 모조리 다 닦아 놓았어요. 그 집에는 단 한 점의 지문도 남겨놓지 않았더군요!」

「그녀의 지문이 있다면 도움이 되겠습니까?」

「물론 그럴 겁니다. 그녀는 런던 경시청에도 알려진 인물일 테니까. 아무래도 초범은 아닐 겁니다!」

마플 양은 밝은 표정으로 고개를 끄덕이며 핸드백을 열고 조그만 마분지 상자를 꺼냈다. 그 안에 탈지면으로 싼 작은 손거울이 들어 있었다.

마플 양이 거울을 건네주며 말했다.

「내 핸드백에 들어 있던 건데, 그 하녀의 지문이 찍혀 있어요. 아주 선명할 거예요——그것을 만지기 바로 전에 그녀는 아주 끈적끈적한 것을 만졌거든요.」

슬랙 경감이 깜짝 놀라며 말했다.

「아니, 그럼 일부러 그녀의 지문을 채취했단 말입니까?」

「물론이에요.」

「그 때부터 이미 그녀를 의심했었나요?」
「나는 그녀가 너무 빈틈없이 훌륭하니까 믿을 수 없을 것 같다는 생각이 퍼뜩 들더군요. 실제로 래비니아 양에게도 그런 말을 했었죠. 그러나, 그녀는 그런 암시를 받아들이려 하지 않았어요. 경감님, 나는 완벽한 사람이 있다고는 믿지 않아요. 사람에게는 저마다 결점이 있지요――더구나, 하녀들이 하는 일은 그 결점이 어디에서보다 빨리 나타나는 법이거든요!」
슬랙 경감은 침착함을 되찾으며 말했다.
「하, 정말 감사드립니다. 이 지문을 런던 경시청으로 보내서 결과를 알아보도록 하죠.」
그는 말을 멈추고 말았다. 마플 양이 머리를 한쪽으로 약간 갸우뚱한 채, 의미심장한 눈빛으로 그를 주시하고 있었기 때문이다.
「경감님, 좀더 가까이에서 찾아보는 게 어떻겠어요?」
「무슨 뜻입니까, 부인?」
「설명하기가 아주 어렵지만, 한 가지 이상한 일을 알게 되면 진상을 깨닫게 될 거예요. 그러나, 이상한 일들은 아주 사소한 것일 경우도 있죠. 나는 오래 전부터 그것을 느꼈어요. 바로 글래디의 브로치에 대해서 말이에요. 그 애는 정직한 처녀거든요. 절대 그 브로치를 훔치지 않았어요. 그런데, 스키너 양은 왜 굳이 그 애의 짓이라고 우겼을까요? 스키너 양은 바보가 아닌데 말이에요, 절대로! 하녀 구하기가 얼마나 어려운데 일 잘하는 하녀를 왜 그렇게 내보내려고 했을까요? 그건 이상한 일이잖아요. 그래서, 나는 의심스러운 생각을 품게 되었답니다. 무척이나 의심스러웠어요. 그리고, 또 다른 이상한 점을 알아차렸어요! 에밀리 양은 우울증 환자이면서도 도무지 의사를 부르지 않았단 말이에요. 우울증 환자들은 의사를 얼마나 즐겨 찾는다고요. 그런데, 에밀리 양은 진찰을 받지 않으려 들었어요!」

「지금 무슨 말씀을 하고 계신지 통 모르겠습니다, 마플 양.」

「그러니까, 나는 래비니아 양과 에밀리 양이 이상한 사람들이라는 말을 하고 있는 거예요. 에밀리 양은 거의 온종일 어두컴컴한 방에 틀어박혀 있었어요. 그녀의 머리가 가발이 아니라면 내――내 손에 장을 지지겠어요! 말하자면 이런 거예요――야위고 안색이 창백하고 애처롭게 보이는 반백의 머리를 가진 여자가 검은 머리에 뺨이 붉고 몸매가 통통한 여자와 충분히 같은 사람일 수 있다는 거죠. 그리고, 에밀리 양과 메어리 히긴스 두 사람을 동시에 보았다는 사람은 아직 없거든요.

열쇠 본을 뜨고 다른 거주자들의 동태를 샅샅이 파악하기에 충분한 시간을 가진 다음――그 시골 처녀를 쫓아낸 거예요. 그런 다음, 에밀리 양이 어느 날 밤에 몰래 이곳을 빠져 나가서 다음날 메어리 히긴스로 둔갑하여 역에 도착한 거죠. 그리고 나서 일을 다 치른 뒤 적당한 시간에 메어리 히긴스는 사라지고――바로 이어서 그녀를 찾아 내라고 고함을 지르며 법석을 떤 거라고요. 범인을 어디에서 찾을 수 있는지 말해 드리죠. 에밀리 스키너 양의 소파 위에 있어요! 내 말을 믿지 못하겠다면 그녀의 지문을 채취해 보세요. 그럼 내 이야기가 맞다는 것을 알게 될 거예요! 영악한 2인조 도둑, 그게 바로 스키너 자매의 실체예요――아마 틀림없이 겉으로 드러나지 않은 더 교활한 도둑이나 장물아비 같은 치들과 결탁되어 있을 거예요. 그러나, 이번에는 도망치지 못할걸요! 나는 우리 마을에 사는 정직한 처녀가 그런 식으로 오명을 뒤집어쓰도록 두고 보지 않겠어요! 글래디 홈스는 햇빛만큼이나 정직한 아이예요. 그러니, 모든 사람들이 그것을 알아야 해요! 그럼, 이만 가 보겠습니다.」

「휴우! 과연 그녀 말이 사실일까?」

경감은 중얼거리듯이 말했다.

모범 하녀   171

그는 곧 마플 양의 말이 옳았다는 것을 알게 되었다.
멜쳇 대령이 슬랙에게 유능하다는 칭찬을 하고 있을 무렵, 마플 양은 에드나와 차를 마시러 온 글래디에게 이제 일자리를 잡으면 제발 한곳에 진득하게 머물러 있으라고 따끔하게 타이르고 있었다.

관리인 노파

「자, 오늘은 좀 어떻습니까?」
헤이독 의사는 환자에게 물었다.
마플 양은 베개를 베고 누운 채 그를 보고 힘없이 웃었다.
「몸은 좀 나은 것 같아요. 하지만, 마음이 너무 울적하답니다. 차라리 죽는 게 훨씬 더 낫지 않았을까 라는 생각까지 들어요. 나는 살 만큼은 살았잖아요. 아무도 나 같은 늙은이를 원하거나 걱정해 주지 않아요.」
헤이독 의사는 평소와 다름없는 그 무뚝뚝한 태도로 그녀의 말에 끼여들었다.
「예, 이해합니다. 이런 유형의 독감에는 으레 뒤따르는 후유증이죠. 지금 부인은 기분을 전환시킬 필요가 있어요. 신경안정제를 드리겠습니다.」
마플 양은 한숨을 푹 쉬며 고개를 내저었다.
헤이독 의사는 계속해서 말했다.

「자, 여기 특효약을 가져왔습니다!」
그는 긴 봉투 하나를 침대 위에 던져 놓았다.
「바로 당신만을 위해 처방한 겁니다. 당신 취향에 딱 들어맞는 수수께끼죠.」
「수수께끼라고요?」
마플 양은 벌써 흥미가 솟는 모양이었다.
의사는 얼굴을 약간 붉히며 말했다.
「내가 공들여 쓴 작품입니다. 정식으로 소설처럼 꾸며 본 겁니다. '그가 말했다.' '그녀가 말했다.' '그 아가씨는 생각했다.' 등등으로 말이죠. 그렇지만, 그 이야기에 적힌 내용은 실화입니다.」
「그런데 왜 수수께끼라는 거죠?」
마플 양이 물었다.
헤이독 의사는 씩 웃었다.
「해석은 당신에게 달려 있기 때문이죠. 당신이 늘 보여 주는 만큼 명석하신지 어디 한번 봅시다.」
그런 말을 마치 벼르듯이 내뱉고서 그는 떠났다.
마플 양은 원고를 집어 들고 읽기 시작했다.

「그런데 신부는 어디 있죠?」
하먼 양이 쾌활한 목소리로 물었다.
해리 랙스턴이 외국에서 데려왔다는 돈 많고 아리따운 신부를 보려고 온 마을 사람들이 야단법석이었다. 사람들의 감정은 대체로 관대하여, 행실이 좋지 못했던 망나니 해리는 꽤나 운이 좋다고들 생각했다. 해리에게는 모두들 항상 너그럽게 대하기는 했다. 그가 새총을 무턱대고 쏘는 바람에 피해를 입은 창문 주인들도 해리 청년이 손이 발이 되도록 빌면, 자신들도 모르게 어느새 마음이 누그러지곤 했었다. 그는 창문을 깨뜨렸을 뿐만 아니라, 과수원의 과일을 훔치고 토끼를 밀렵하기도 했었다. 나중에는 빚까지 지게 되었고, 마을의 담뱃가게 딸을 건드렸으며——결국 그 일로 인해 아프리카로 쫓겨났었다——그런데도 마을을 대표하는 다양한 연령층의 노처녀들은 관대하게 이렇게 중얼거렸다.

「오, 저런! 젊은 혈기 때문이겠지! 그 청년도 이제 마음을 잡을 거야! 암, 그렇고말고.」

그런데 지금, 정말로 그 탕아가 돌아온 것이다——그것도 비참한 모습이 아니라, 의기양양한 모습으로 말이다. 해리 랙스턴은 속담에도 있듯이 '금의환향'했다. 그는 마음을 잡고 열심히 일했으며, 막대한 재산을 소유하고 있는 영국계 프랑스 인 아가씨를 만나 결혼에 성공했다고 한다.

해리는 런던에서 살 수도 있었고, 상류 인사들이 사냥을 위해 모이는 지방에 근사한 별장을 구입할 수도 있었지만, 고향으로 돌아와 살기를 더 원한 것이다. 그리고 대단히 낭만적인 이야기지만, 그는 그가 소년 시절을 보냈던 집이 딸려 있는 다 낡아빠진 저택을 사들였다.

킹스딘 하우스 저택은 거의 70년 간이나 비어 있었다. 그리하여 점차 황폐해 갔고, 재산 가치를 잃고 방치되어 있었다. 집을 지키는 나이 많은 노부부가 겨우 사람이 살 수 있을 만한 한쪽 모퉁이에 살고 있었다. 그 저택은 멋없이 크고 웅장하기만 한 기분 나쁜 건물로, 정원에 무성하게 자란 식물과 나무가 뒤덮여 집을 에워싸고 있어, 흡사 마법사가 사는 암울한 소굴을 연상케 했다.

그가 자란 집은 어느 미망인의 소유물로 아담하고 밝은 집이었는데, 해리의 아버지인 랙스턴 소령이 오랫동안 세들어 살았던 곳이다. 소년 시절, 해리는 킹스딘 하우스 저택을 온통 돌아다니며 놀았기 때문에 나무가 우거진 숲속 구석구석까지 환히 알고 있었다. 그래서,

그 낡은 저택은 늘 해리의 마음을 사로잡고 있었던 것이다.
 그러나, 랙스턴 소령은 몇 년 전에 타계했으므로, 사실 해리가 굳이 그곳으로 돌아올 이유가 없었는지도 모른다——그럼에도 불구하고, 해리는 신부를 자기가 어린 시절을 보낸 고향으로 데리고 왔다. 낡고 황폐한 킹스딘 하우스 저택은 마침내 무너뜨려졌다. 건축업자와 청부업자들이 몰려와서 한바탕 그곳을 휩쓸고 지나가더니, 눈깜짝할 사이에——과연 어느 정도로 부자인지를 실감케 했다——새하얀 집이 나무들 사이에 눈부시게 그 모습을 드러낸 것이다.
 그런 다음, 정원사들이 떼를 지어 왔다 가고 뒤따라 가구를 실은 트럭들이 줄지어 들어갔다.
 집의 시설이 갖추어지자 하인들이 도착했고, 마지막으로 해리와 해리 부인을 태운 대형 고급 승용차가 현관에 닿았다.
 온 마을 사람들이 그들을 보고 싶어 안달을 하는 가운데, 마을에서 가장 큰 저택을 가지고 있었던 사람으로서 그 지방의 사교계를 주도하고 있다고 자부해 온 프라이스 부인이 '신부 맞이' 파티를 위한 초청장을 발송했다.
 그것은 일대 사건이었다. 많은 여자들이 그 파티에 입고 갈 드레스를 새로 마련하기도 했다. 이 전설적인 존재를 보고 싶어서 모두들 열광적인 호기심에 가득차 있었다. 이것은 마치 동화 같은 이야기라며 모두 흥분해 있었다.
 햇볕에 탄 얼굴에 성격이 괄괄한 하면 양은 사람들이 북적거리는 응접실 문을 비집고 들어가서 질문을 퍼부어댔다. 작고 깡마른 체구에 성격이 까다롭기로 유명한 브렌트 양도 뒤질세라 조잘거리며 수다를 떨었다.
 「어머, 아직 못 보셨어요? 정말 매력적인 신부예요. 깍듯이 예의를 지킬 줄도 알고, 게다가 얼마나 젊다고요. 그렇게 모든 것을 다 갖춘 사람을 보면 정말 샘이 난다니까. 아름다운 외모에다 재산에다 교양까지——평범함이라곤 눈곱만큼도 찾아볼 수 없을 만큼 출중하더군요——그러니, 해리가 저렇게 빠져 있지!」
「아, 아직 속단하기는 일러요! 결혼한 지 얼마 안 되잖아요.」
하먼 양이 말했다.
브렌트 양은 알 만하다는 듯이 가느다란 코를 벌름거렸다.
「에그머니나, 그럼 정말 그런 생각을——.」
「해리가 어떤 사람인지는 우리 모두 알고 있잖아요.」
하먼 양이 또다시 거만하게 말했다.
「과거지사야 다 알고 있죠! 하지만, 이제는——.」
「남자들이란 다 똑같아요. 한번 사기꾼이었으면 늙어서까지 사기꾼이라니까요. 뻔하죠.」
「쯧쯧. 젊은 새댁이 불쌍하지.」
이렇게 말하는 브렌트 양의 표정이 한결 행복해 보였다.
「맞아요. 그 여자가 해리 때문에 골치깨나 썩을 거예요. 누군가 그녀에게 정말 경고를 해 줘야만 하겠어요. 그런데, 그녀는 옛날 일을 조금이라도 알고 있을까요?」
브렌트 양은 계속해서 말했다.
「아무것도 모르고 있다면 정말 너무 억울한 일이죠. 정말 곤란하잖아요. 특히 마을에 약국이라고는 그 집밖에 없는데.」
그 동안 담뱃집 딸은 약국 주인인 에지 씨와 결혼했던 것이다.
브렌트 양이 말했다.
「랙스턴 부인은 머치 벤햄에 있는 상점에 가서 물건을 사는 게 훨씬 낫겠어요..」
「아마 해리 랙스턴이 먼저 그러자고 할걸요.」
하먼 양이 말했다.

그들의 얼굴에 다시 한 번 의미심장한 표정이 스쳐 지나갔다.
「그렇지만 역시 나는 그녀가 알아두는 게 좋을 거라고 생각해요.」
하면 양이 말했다.

「짐승들이에요!」
클래리스 베인은 백부인 헤이독 의사에게 분통을 터뜨리며 소리질렀다.
「정말 비열하기 짝이 없는 사람들이라고요.」
그는 호기심 어린 눈초리로 조카의 얼굴을 쳐다보았다.
그녀는 키가 크고 가무잡잡한 아가씨로, 호감이 가는 외모에 인정이 많고 충동적이었다. 그녀는 커다란 갈색 눈을 이글거리며 말했다.
「심술궂게시리 ──이러쿵저러쿵── 수군거리고들 있어요.」
「해리 랙스턴에 대해서 말이냐?」
「예, 담뱃집 딸하고 있었던 추문을 가지고 말이에요.」
「아, 그거!」 의사는 어깨를 움츠렸다. 「젊었을 때 그런 일이 없었던 사람이 얼마나 된다고.」
「그렇죠. 게다가, 이젠 다 끝난 일이잖아요. 도대체 왜 긁어 부스럼 만들려는 거죠? 몇 년 전의 일을 이제 와서 왜 떠들어 대느냐는 말이에요? 마치 피에 굶주린 귀신들이 시체를 보고 침을 흘리는 것 같아요.」
「네가 그렇게 생각하는 것도 무리는 아니지. 그러나, 여기 사람들은 화제거리가 너무 없다 보니 아마 다 지나간 추문을 가지고 수군거리는 모양이다. 그런데, 그 일로 네가 왜 그렇게 흥분하느냐?」
클래리스 베인은 입술을 지그시 깨물며 얼굴을 붉히더니, 갑자기 목소리를 낮추며 말했다.
「그──그들은 너무나 행복해 보이더군요. 랙스턴 부부 말이에요. 그들은 젊고 서로 사랑하고 있어요. 정말 아름다운 한 쌍이에요. 사람들이 잔인하게 쑥덕거리며 비꼬는 험담으로 인해 그 모습이 망쳐진다는 것은 생각만 해도 끔찍해요.」

「흐음, 무슨 말인지 알겠다.」

클래리스가 계속해서 말했다.

「방금 해리를 만나 얘기를 좀 나누었는데, 그는 오랫동안 소망해 온 대로 킹스딘 하우스 저택을 재건하게 되어 정말 행복하고 흥분되고——예, 감격스럽기까지 하다고 했어요. 그 말을 하는 그의 모습이 꼭 어린애 같더군요. 그리고 그 여자를 보니——글쎄요, 여태껏 고생이라고는 모르고 자란 것 같아요. 원하는 것은 무엇이든지 다 소유할 수 있었을 거예요. 백부님도 그 여자 보셨죠? 그녀를 어떻게 보셨어요?」

의사는 바로 대답을 하지 않았다. 다른 사람들에게는 루이즈 랙스턴이 부러움의 대상이었을 것이다. 막대한 재산을 소유한 응석받이 아가씨였을 테니까. 그렇지만, 그에게는 몇 년 전에 유행가 가사의 한 구절이 맴돌 뿐이었다.

'가엾은 부잣집 딸——.'

작고 가냘픈 체구에다 다소 단단하게 말아올린 연한 황갈색 머리와, 생각에 잠긴 듯한 크고 푸른 눈이 잘 어울리는 여자.

루이즈는 좀 기운이 없어 보였다. 하염없이 쏟아지는 축하 인사에 지쳐 버린 것이다. 그녀는 어서 돌아갈 시간이 되었으면 하고 바랐다. 당장이라도 해리가 가자는 말을 해 주기를 바라며 그를 슬쩍 곁눈질해 쳐다보았다. 그는 큰 키에 어깨를 당당히 젖히고 이 혐오스럽고 지긋지긋한 파티를 만끽하고 있었다.

'가엾은 부잣집 딸——.'

「휴우!」
 그것은 안도의 한숨이었다.
 해리는 싱글벙글하며 아내를 돌아보았다. 그들은 자동차를 타고 파티장으로부터 떠나고 있었다.
「여보, 정말 소름 끼치는 파티였어요!」
 해리가 껄껄 웃었다.
「그래, 정말 끔찍했지. 너무 신경쓰지 말아요, 여보. 어차피 한 번은 겪어야 할 일이었으니까. 나이 많은 부인네들은 소년 시절, 내가 여기 살았을 때부터 나를 알고 있었거든. 그들은 아마 당신을 좀더 가까이에다 두고 찬찬히 뜯어보지 못한 것에 굉장히 실망하고 있을걸.」
 루이즈가 얼굴을 찡그리며 이렇게 말했다.
「앞으로도 많은 사람들을 만나야 하나요?」
「뭐라고? 아, 아니야. 한번쯤은 명함을 들고 인사를 하러 오겠지만, 당신은 그냥 그 방문에 답례만 해 주면 돼. 그리고 나면 그 다음에는 더 이상 성가신 일이 없을 거야. 친구를 사귀어도 좋고, 하고 싶은 일이 있으면 무엇이든지 해요.」
 루이즈가 잠시 뒤에 입을 뗐다.
「친구로 사귈 만한 재미있는 사람들이 여기에도 있겠죠?」
「그야 물론이지. 이 마을의 사교계에 모이는 사람들이 있잖아. 어쩌면 그들 역시 따분하다고 여길지는 모르지만 말이야. 그들은 대개 원예라든가 개에 관심이 있고, 승마도 즐기지. 당신도 말을 타 보면 재미있을 거야. 에그린턴에 가면 당신에게 보여 주고 싶은 말이 한 필 있어. 아주 아름다운 말인데, 훈련도 잘 되어 있고 기운이 넘치면서도 사람을 해롭게 하지 않아.」
 차가 킹스딘 하우스 저택의 정문으로 천천히 돌아 들어가는 순간, 해리는 갑자기 핸들을 꺾었다. 그리고는 불쑥 튀어나와 길 한가운데에 우뚝 서 있는 기괴한 물체를 보고 욕설을 퍼부었다. 그는 가까스로 그것을 피한 것이다. 그 물체도 거기에 서서 주먹을 휘두르며 그들을 보고 고래고래 소리치고 있었다.

루이즈는 남편의 팔을 꽉 잡으며 말했다.

「저——저 무시무시한 노파는 누구죠?」

해리는 험악한 표정을 짓고 있었다.

「머거트로이드야. 저 노파는 남편과 함께 그 낡은 저택을 지키는 관리인이었지. 거의 30년 동안 거기서 살았을 거야.」

「그런데, 저 노파가 왜 당신을 보고 주먹을 휘두르죠?」

해리의 얼굴은 붉으락푸르락해졌다.

「저 여자는——글쎄, 집을 철거해 버렸다고 몹시 분개하고 있는 모양이야. 해고를 시켰는데도 말썽이군. 남편이 2년 전에 죽었다는데, 그 뒤부터 머리가 약간 돈 것 같대.」

「그럼——혹시——배가 고픈 게 아닐까요?」

루이즈의 생각은 막연하고 다분히 감상적이었다.

「맙소사, 루이즈, 무슨 그런 터무니없는 생각을 해! 나는 저 노파에게 퇴직금도 다 주고 해고시켰다고——그것도 아주 후하게 말이야! 새 집도 한 칸 마련해 주었고, 필요한 것은 다 대 주었단 말이야.」

루이즈는 당황한 얼굴을 하고 물었다.

「그렇다면 왜 저러죠?」

해리는 이맛살을 잔뜩 찌푸렸다.

「아, 내가 그걸 어떻게 알겠어? 미쳤겠지! 노파는 그 낡은 집을 좋아했으니까.」

「다 쓰러져 가는 집이었다면서요?」

「물론 그랬지——붕괴 직전이었어——지붕도 다 새고——마음놓고 살 수 없을 정도로 말이야. 그런데도 그 노파한테는 무슨 소중

한 게 있는 모양이지. 오랫동안 살았으니까. 오, 나도 모르겠어! 아무래도 그 노파가 미친 것 같군.」

루이즈는 불안에 떨며 말했다.

「그녀는――그 노파는 우리에게 저주를 퍼붓는 것 같았어요. 오, 해리, 제발 그러지 말았으면.」

루이즈에게는 자기의 새 집이 한 미친 노파의 심술궂은 행동으로 얼룩지고 분위기가 망쳐져 버린 듯한 느낌이 들었다. 차를 타고 외출할 때나 승마를 할 때, 개를 데리고 산책을 할 때에도 항상 같은 장소에서 그 노파가 기다리고 있었다. 허리가 구부정해 가지고 수세미처럼 헝클어진 철회색 머리에는 다 찌그러진 모자를 눌러쓰고는 중얼중얼 저주를 내뱉는 것이었다.

루이즈는 차츰 해리의 말을 믿게 되었다――그 노파는 미친 게 분명했다. 그러나, 그렇게 생각한다고 해서 마음이 더 편해진 것은 아니었다. 머거트로이드는 실제로 집에는 한 번도 들어오지 않았으며, 뚜렷한 위협을 가하는 것도 아니었고, 폭력을 휘두르지도 않았다. 웅크린 모습으로 항상 문 밖에서만 맴돌았다. 경찰에 신고해도 소용이 없을 테지만 해리 랙스턴은 어떤 경우에도 그런 방법은 취하려 들지 않았다. 그의 말은 그렇게 할 경우 결국 사람들은 그 미친 노파를 동정하게 될 뿐이라는 것이다. 그는 루이즈보다는 더 편하게 생각하고 있었다.

「걱정 말아요, 여보. 저러다 보면 언젠가는 지치게 되겠지. 아마 겁주려고 한번 그래 보는 걸 거야.」

「그게 아니에요, 해리. 그――그 여자는 우리를 증오하고 있다고요! 나는 그것을 느낄 수 있어요. 그 노파는 우리가――그 노파는 우리가 불행해지기를 바라고 있어요.」

「몰골이 좀 사납기는 해도 그 노파는 마녀가 아니야! 그렇게 흉칙한 소리 하지 말아요.」

루이즈는 점점 말수가 적어졌다. 처음에 이사 와서 느꼈던 흥분도 이제 차차 가라앉으면서, 그녀는 점차 외로워지며 마음이 심란해졌다. 그 전에는 런던이나 남프랑스 니스의 리비에라 해안 등에서만 살았기 때문에 영국의 전원생활에 대해서는 아는 바도 없었고 흥미도 없었다. 그녀는 '꽃꽂이'를 제외하고는 원예에 관해서도 무지했다. 그렇다고 개를 좋아하는 것도 아니었고, 그녀가 만난 이웃들은 하나같이 따분하기만 했다. 그래도 그 중 그녀는 승마를 가장 좋아했는데, 가끔 해리와 함께 타기도 하고 그가 장원(莊園) 일로 바쁠 때는 혼자서 말을 달릴 때도 있었다.

그녀는 해리가 사 준 아름다운 말의 율동적인 말발굽 소리를 즐기며 숲과 오솔길을 한가롭게 돌아다녔다. 그러나, 문 앞에서 석상(石像)처럼 잔뜩 웅크리고 있는 노파를 지나쳐 갈 때면, 밤색 털을 가진 프리스 핼까지도 뭔가 심상치 않음을 느끼는지 뒷걸음질치며 히힝거렸다.

어느 날 루이즈는 마침내 용기를 냈다. 산책을 하고 있던 그녀는 머거트로이드 노파 옆을 못 본 체하면서 지나려다가, 갑자기 마음을 다지고는 홱 돌아서서 그녀에게 다가갔다. 그녀는 다소 겁을 먹고는 숨을 몰아쉬며 말했다.

「왜 그러세요? 무슨 일이에요? 원하는 게 도대체 뭐죠?」

그 노파는 순간 놀란 표정으로 그녀를 쳐다보았다. 약삭빠르고 가무잡잡한 집시 같은 얼굴에 철회색 머리는 짚수세미처럼 헝클어져 있었으며, 침침하고 의심많은 눈빛을 지니고 있었다. 루이즈는 노파가 술을 마신 것 같다는 생각을 했다.

노파는 기어 들어가는 목소리이기는 하나 협박하는 투로 또렷하게 말했다.
「원하는 게 뭐냐고? 정말 몰라서 묻는 거야! 나한테서 빼앗아간 집을 내놔. 도대체 누가 나를 킹스딘 하우스 저택에서 쫓아냈어? 나는 처녀 시절부터 거의 40년 동안 거기에서 살았어. 비열하게 나를 쫓아내다니. 결국 그래 봐야 색시나 그 놈한테는 불행밖에 닥쳐올 게 없을걸!」
루이즈가 말했다.
「할머니한테는 아주 좋은 집을 사 주었잖아요. 그리고——.」
갑자기 노파가 팔을 치켜드는 바람에 그녀는 멈칫했다. 노파가 고래고래 소리를 질렀다.
「그 집이 나한테 무슨 소용이야? 내가 원하는 것은 수십 년 동안 살아온 내 집과 불을 쬐던 벽난로란 말이야. 그리고, 색시와 색시의 신랑에게 분명히 말해 두지만, 그 훌륭한 새 집에서는 행복하게 살 수 없을걸. 불행이 닥쳐오고 말 테니 두고 보라고! 내 저주로 불행에다 죽음까지 겹치게 될 거야. 그 아름다운 얼굴까지 썩어 버려라.」
루이즈는 섬뜩한 생각이 들어 갑자기 비틀거리며 뛰기 시작했다. 뛰면서 이렇게 생각했다.
「이곳에서 달아나야 해! 이 집을 팔아야겠어! 우리는 하루빨리 달아나야 해.」
그 순간에는 그 결심만으로 문제를 간단하게 해결할 수 있을 것 같았다. 그러나, 해리는 도무지 그녀를 이해하려 들지 않았다.
「여기를 떠나자고? 이 집을 팔고서? 당신 미쳤군.」
「천만에요. 나는 말짱해요. 하지만, 나는 그 노파가 두려워요. 무슨 일이 일어나고야 말 거예요.」
해리 랙스턴은 완강하게 말했다.
「머거트로이드 할멈은 내게 맡겨. 꼼짝달싹 못 하게 해 주지!」

시간이 흘러 클래리스 베인과 랙스턴 부인 사이에 우정이 싹텄다. 나이는 거의 비슷했으나, 성격이나 취향은 달랐다. 클래리스와 사귀다 보니, 루이즈도 기운이 나고 마음도 차분히 가라앉았다.

클래리스는 자립심이 강한 여성이며, 자신감으로 가득차 있었다. 루이즈가 머거트로이드 노파에게서 위협당하고 있다는 이야기를 하자, 클래리스는 성가신 일이기는 하나 무서워할 문제는 아니라고 보는 것 같았다.

그녀는 이렇게 말했다.

「너무 어리석은 짓을 저지르는군요, 그 노파가. 정말 귀찮으시겠어요.」

「클래리스, 나는 그 생각만 하면 정말 두려워요. 어떤 때는 더럭 겁이 난답니다.」

「말도 안 돼요. 그 따위 바보 같은 짓 때문에 겁을 먹어서는 안 되죠. 그 노파도 곧 지쳐 버릴 거예요.」

루이즈는 잠시 동안 말없이 생각에 잠겨 있었다.

「왜 그러세요?」

클래리스가 물었다.

루이즈가 입을 다물고 한동안 망설이는 듯하더니 갑자기 이렇게 내뱉었다.

「나는 이곳이 지긋지긋해요! 이곳에서 살고 싶지 않아요. 숲이며, 집이며, 밤에 찾아드는 무서운 정적이며, 올빼미들의 기분나쁜 울음소리, 그리고 사람들이고 뭐고 다 싫어요.」

「사람들이라뇨? 어떤 사람들 말인가요?」

「마을 사람들 말이에요. 남의 일에 꼬치꼬치 파고들어 수군거리는 노처녀들 말이에요.」

클래리스가 날카롭게 말했다.
「그들이 무슨 말을 하던가요?」
「잘 모르겠어요. 특별한 말은 아니었는데. 하지만, 심보가 아주 고약한 사람들이에요. 그들과 이야기를 하다 보면 아무도 믿을 수 없을 것 같은 생각이 드는 거예요——결코 아무도.」
클래리스는 거친 목소리로 말했다.
「그런 사람들은 잊어버려요. 잡담밖에는 할 일이 없는 사람들이니까. 그리고, 그들이 퍼뜨리고 다니는 소문은 대개 꾸며낸 이야기에 불과해요.」
「이곳에 차라리 오지 말았으면 좋았을 텐데. 하지만, 해리는 이곳에 너무도 큰 애착을 가지고 있어요.」
그 말을 하는 루이즈의 목소리는 한결 부드러웠다.
클래리스는, '이 여자는 진심으로 해리를 사랑하고 있구나.' 하고 생각했다. 그녀는 갑자기 일어섰다.
「이제 그만 가봐야겠어요.」
「차로 데려다 줄게요. 또 놀러와요.」
클래리스는 머리를 끄덕였다. 루이즈에게는 새 친구가 집에 오는 것이 큰 위안이 되었다. 해리도 그녀가 전보다 명랑해진 모습을 보고 기뻐하며 클래리스를 종종 집으로 초대하라고 일렀다.
그러던 어느 날 그가 말했다.
「당신에게 기쁜 소식을 가져왔소, 여보.」
「어머, 뭔데요?」
「그 머거트로이드 할멈을 드디어 꼼짝못하게 해 놓았어. 그 노파의 아들이 미국에 있다고 했잖소. 그래서 내가 그녀를 그리로 보내어 아들과 함께 살도록 해 주었다고. 뱃삯도 대 주기로 했소.」
「오, 해리 정말 근사해요. 그렇다면, 나도 킹스딘 하우스에 정이 들게 될 거예요.」
「정이 들게 될 거라고? 두말하면 잔소리지. 이곳은 세상에서 가장 살기 좋은 곳이라고!」
하지만 루이즈는 잠시 소름이 끼쳤다. 그녀는 자신의 미신적인 두려움을 그리 쉽게 떨쳐 버릴 수가 없었던 것이다.

세인트 메어리 미드 마을에 사는 부인네들은 그 아리따운 신부에게 남편의 과거를 폭로하고 싶은 심술궂은 마음으로 안달이 나 있었지만, 해리 랙스턴은 즉각적으로 적절한 행동을 취해 그들의 입을 막아 버려 장난을 못하게 만들어 버렸다.
어느 날, 하먼 양과 클래리스 베인이 에지 씨의 가게에서 한 사람은 방충제를, 다른 한 사람은 붕소 한 봉지를 사고 있을 때 해리 랙스턴이 아내와 함께 들어왔다.
두 여자에게 인사를 한 뒤, 해리는 판매대로 가서 칫솔을 달라는 말을 하다 말고 기운차게 소리쳤다.
「야, 이게 누구야! 벨라 아냐?」
가게가 붐비자 일손을 거들어 주려고 내실에서 뛰어나온 에지 부인은 그를 보더니 크고 하얀 이를 드러내며 밝은 미소를 지었다. 예전에도 거무스름한 피부를 가진 미인이었지만, 지금도 여전히 아름다운 모습이었다. 체중이 불고 얼굴의 윤곽이 다소 부인티가 났지만, 그녀의 커다란 갈색 눈에는 정감이 가득 어려 있었다.
「맞아요, 벨라예요. 해리 씨, 이게 도대체 몇 년 만이죠. 정말 반갑군요.」
해리가 아내를 돌아보며 말했다.
「벨라는 내 옛 애인이야, 루이즈. 한때 내가 이 사람한테 푹 빠져 있었지. 안 그렇소, 벨라?」

「정말 그랬었죠.」
에지 부인이 말했다.
루이즈는 웃으며 말했다.
「내 남편은 옛친구들만 보면 기뻐서 어쩔 줄 모른다니까요.」
에지 부인이 말했다.
「그러세요? 우리도 당신을 잊은 적이 없었어요, 해리 씨. 당신이 결혼을 하고 다 쓰러져 가던 킹스딘 하우스 저택 대신 근사한 집을 새로 지은 것을 생각하면 마치 동화 속 이야기 같아요.」
「당신도 아주 건강해 보이는데, 재미가 좋은가 보오.」
해리가 말하자, 에지 부인은 웃으며 아무런 부족함없이 살고 있다고 대답했다. 그리고, 아무 일도 없었다는 듯 칫솔 이야기를 꺼냈다.
하면 양의 얼떨떨한 표정을 지켜 보고 있던 클래리스는 기쁨에 들떠서 속으로 소리쳤다.
'오, 잘했어요, 해리. 당신이 그들의 의표를 찔렀군요.'

헤이독 박사가 불쑥 조카에게 말했다.
「머거트로이드 할멈이 킹스딘 하우스 주변을 어슬렁거리며 주먹을 휘두르고 새 주인들한테 저주를 퍼붓는다는 낭설이 돌아다니고 있던데, 대체 무슨 소리냐?」
「낭설이 아니라 사실이에요. 그것 때문에 루이즈는 심한 충격을 받았다고요.」
「그녀한테 걱정할 필요 없다고 말해 주려무나――그 머거트로이드 부부는 관리인으로 있었을 때부터 그 낡은 저택에 대한 불평을 한시도 그만두지 않았으니까――머거트로이드가 술만 퍼마시고 다른 일자리를 구하지 못하니까 어쩔 수 없이 거기서 살았던 게야.」
클래리스는 자신없는 목소리로 말했다.

「말은 해 보겠어요. 하지만, 루이즈는 그 말을 믿지 않을 거예요. 그 노파는 정말 화를 내며 저주를 퍼붓는대요.」

「해리가 어렸을 때는 늘 귀여워해 주곤 했는데, 왜 그러는지 모르겠구나.」

「어쨌든——그들은 곧 노파를 쫓아낼 건가 봐요. 해리가 미국으로 가는 여비를 마련해 준대요.」

그런데 사흘 뒤, 루이즈가 말 등에서 떨어져 죽었다.

빵집 배달차를 타고 있던 두 사람이 마침 그 사건을 목격했다. 그들이 본 바에 의하면, 루이즈가 말을 타고 대문 밖으로 나오는데 갑자기 그 노파가 불쑥 나타나 길을 가로막고 서서 팔을 휘두르며 소리를 질렀다 한다. 그러는 바람에 말이 놀라서 미친 듯이 날뛰다가 루이즈 랙스턴을 땅에 내동댕이치고 말았다는 것이다.

목격자 중의 한 명이 의식을 잃은 여자를 어쩔 줄 모르고 쳐다보고 있는 동안, 다른 한 명은 쏜살같이 저택으로 달려가서 도움을 요청했다고 한다.

해리 랙스턴이 질겁하여 뛰쳐 나왔다. 그들은 배달차의 문을 열고 그녀를 실어 집으로 데리고 들어갔다. 그러나, 그녀는 의식을 회복하지 못한 채 의사가 도착하기 전에 숨을 거두고 말았다.

(헤이독 의사가 쓴 원고는 여기서 끝이 나 있었다.)

다음 날 헤이독 의사가 왕진을 가니, 마플 양은 뺨이 상기된 채 눈에 띄게 활기가 넘쳐 보였다.

그는 흐뭇한 목소리로 말했다.

「자, 판결을 어떻게 내리셨습니까?」

「무슨 문제가 있다고 그러세요, 헤이독 박사님?」

마플 양이 받아 넘겼다.

「오, 그걸 꼭 내 입으로 말해야 합니까?」

마플 양이 말했다.

「내가 보기로는, 그 관리인이었다는 노파의 행동이 이상해요. 노파가 왜 그렇게 괴상한 행동을 했을까요? 물론 살던 집에서 쫓겨나면 기분 좋을 사람은 없겠죠. 하지만, 그건 그 노파의 집도 아니었어요. 더구나, 그녀는 거기에서 살면서 툭하면 불평하고 투덜거렸잖아요. 그래요, 확실히 수상한 데가 있어요. 그런데, 그 노파는 그 뒤 어떻게 되었죠?」

「리버풀로 줄행랑을 쳤습니다. 그 사건에 겁을 먹은 거죠. 아마 그 항구에서 미국행 배를 기다리고 있었을 겁니다.」

「어떤 사람을 위해서는 아주 잘 된 일이군요.」

마플 양이 계속해서 말했다.

「예, 나는 '그 노파의 행동'은 아주 쉽게 설명할 수 있을 것 같아요. 매수당한 것 아니겠어요?」

「그런 식으로 문제가 풀립니까?」

「글쎄요, 그녀가 그런 식으로 행동하는 게 이치상으로 보아 부자연스러운 일이라면, 결국 그녀는 '연극'을 하고 있었다는 말이 되죠. 그것은 누군가가 그 노파에게 돈을 주어 그렇게 하도록 시켰다는 뜻이에요.」

「그럼, 그게 누구인지도 알고 계십니까?」

「예, 그렇다고 생각해요. 또 돈 때문에 일어난 사건이죠. 전부터 알고 있었지만, 남자들은 자기들이 좋아하는 유형엔 항상 변함이 없더군요.」

「점점 무슨 말인지 모르겠군요.」

「아니, 아니에요. 다 앞뒤가 맞는 말이에요. 해리 랙스턴은 벨라 에지라는 살갗이 거무스름하고 검은 머리와 눈동자를 지닌 발랄한 여자를 좋아했죠. 선생님의 조카 클래리스도 그와 같은 형이잖아요. 그런데, 그 불쌍한 아내는 전혀 다른 유형의 여자였어요──금발에다 남자에게 의지하는 조용한 여자였죠──전혀 그가 좋아하는 형이 아니었어요. 그러니까, 그는 그녀가 가진 돈을 노리고 결혼했음이 틀림없어요. 그런 다음, 돈 때문에 살해한 거라고요!」

「'살해'라고 하셨습니까?」

「예, 그 해리라는 남자는 바로 여자들에게는 매력적이었지만 매우 비도덕적인 철면피였죠. 아마 그는 아내의 돈을 수중에 넣은 뒤 당신의 조카 클래리스와 결혼할 작정이었을 거예요. 에지 부인에게 다정하게 말하는 모습을 사람들이 봤다지만, 그가 아직까지 그녀에게 미련이 남아 끌리고 있다고는 생각지 않아요. 물론 그 여자한테는 아직도 사랑하고 있다는 생각을 하도록 만들었겠죠. 자신의 목적을 위해서요. 그래서, 곧 자기 멋대로 그녀를 조정할 수 있었을 거예요.」

「그럼, 그가 정확하게 어떤 방법으로 자기 아내를 살해했다고 보십니까?」

마플 양은 앞쪽에 시선을 못박은 채 잠시 파란 눈을 깜박이며 꿈꾸는 듯이 침묵을 지켰다.

「시간이 썩 잘 맞아떨어진 거예요──마침 빵집 배달차가 근처에 있었으니까. 그들은 갑자기 튀어나온 노파를 목격했으니, 말이 놀라 날뛰는 것도 당연히 그 노파 때문이라고 생각한 거죠. 그러나, 나는 말이 공기총이나 어쩌면 새총에 맞았을 거라고 봐요──해리는 새총을 곧잘 쏘았댔잖아요. 그러니까, 말이 정문을 막 통과했을 때 쏜 거죠. 그랬으니 말이 날뛰면서 랙스턴 부인을 내동댕이쳐 버린 거예요..」

그녀는 이맛살을 찌푸리며 잠시 말을 중단했다.

「말에서 떨어짐으로써 그녀가 죽을 수도 있었겠지만, 그는 거기에 확신을 가질 수가 없었을 거예요. 그는 꽤나 용의주도해서 절대 운에 맡기고 지켜 볼 위인은 아닐 것 같군요. 결국, 에지 부인이 남편 몰래 그에게 적절한 약품을 주었을지 모르죠. 그렇지 않다면, 해리가 뭣하러 이미 미련조차 없어진 그녀한테 신경을 썼겠어요? 그래요, 그는 어떤 효능이 있는 약품을 손쉽게 구했을 거예요. 그 약을 당신이 도착하기 전에 먹였겠죠. 여자가 말에서 떨어져 심한 상처를 입고 의식도 회복하지 못한 채 죽었다면, 글쎄요——의사는 별다른 의혹을 품지 않을 거예요, 안 그렇겠어요? 충격을 받아 죽은 것쯤으로 생각하기 십상이죠.」

헤이독 의사는 머리를 끄덕였다.
「어떻게 의심을 품게 되었죠?」
마플 양이 물었다.
「내가 특별히 똑똑해서 의심하게 된 것은 아닙니다. 살인자는 자기가 감쪽같이 해치운 데 너무 만족한 나머지 적절한 예방책을 강구하지 않는다는, 너무 진부하고도 잘 알려진 사실 덕분이었죠. 내가 혼자 남은 그 남편에게 몇 마디 위로의 말을 건네고 있을 때였어요——정말 그 친구가 측은하게 여겨지더군요——그는 슬픔에 못 이겨 고통스러운 체하느라 소파에 몸을 내던졌는데, 그 바람에 호주머니에서 주사기가 떨어졌지 뭡니까. 그는 당황해서 얼른 그것을 집었는데, 그 표정이 너무나 겁에 질려 있어서 비로소 의혹을 품게 된 겁니다. 해리 랙스턴은 마약 상용자도 아닐 뿐만 아니라, 더할 나위 없이 건강했지요. 그런데, 그가 주사기로 무엇을 했겠습니까? 모종의 가능성을 점치며 시체부검을 한 결과 스트로팬틴(강장제의 일종)이 발견되었어요. 그 다음은 간단했죠. 랙스턴에게서도 스트로팬틴이 나왔고, 벨라 에지도 경찰이 추궁하자, 그에게 그 약품을 주었다는 사실을 실토했답니다. 그리고, 머거트로이드 노파도 결국 해리 랙스턴이 자기에게 그런 연극을 하도록 시켰다고 자백했고요.」
 「그래, 클래리스는 어땠나요? 충격을 극복했나요?」
 「예, 그 애도 그 친구에게 한때 호감을 가지고는 있었지만, 이젠 그런 감정도 다 사라져 버렸나 봅니다.」
 의사는 원고를 집어 들었다.
 「만점을 드리죠, 마플 양——그리고 내 처방도 만점입니다. 이제 거의 다 나으셨습니다.」

4층 아파트

「아이, 짜증나!」

패트가 말했다.

그녀는 이맛살을 잔뜩 찌푸리고 야회용 가방이라고 부르는 조그만 실크 백을 마구 뒤적거렸다.

젊은 남자 둘과 또 한 명의 아가씨가 그녀를 초조한 눈초리로 지켜보고 있었다. 그들은 패트리셔 가넷의 아파트 밖에 서 있는데, 문이 잠겨져 있는 것이었다.

「소용없어. 가방 안에는 없어. 이제 어떻게 하지?」

패트가 말했다.

「열쇠를 잃었으니 어찌할고.」

지미 포크너가 흥얼거리듯이 말했다.

그는 키는 작았으나 어깨가 딱 벌어졌으며, 푸른 눈이 착해 보이는 청년이었다.

패트는 그에게 대고 화풀이를 했다.

「농담하지 마, 지미. 이건 심각한 문제라고요.」
「다시 한 번 찾아봐, 패트. 틀림없이 그 안에 들어 있을 거야.」
도너번 베일리가 말했다.
그는 가무잡잡한 살갗의 늘씬한 체구에 걸맞는, 느리면서도 쾌활한 목소리를 지니고 있었다.
「네가 분명히 가지고 나왔다면 있을 텐데.」
다른 한 아가씨, 밀드레드 호프의 말이었다.
「가지고 나왔다니까. 분명히 당신 둘 중의 한 사람에게 준 것 같은데.」
패트는 남자에게 따지듯이 말했다.
「도너번, 당신한테 그것을 맡아 달라고 부탁했잖아요.」
그러나 그리 쉽게 남에게 책임을 전가시킬 수는 없는 일이었다. 도너번이 완강하게 부인을 한데다 지미가 그를 거들어 주었던 것이다.
「네가 열쇠를 가방 속에 넣는 것을 내 눈으로 똑똑히 봤다고.」
「좋아요. 그렇다면 당신들 중 한 명이 내 가방을 주우면서 열쇠를 떨어뜨린 거야. 한두 번인가 가방을 떨어뜨렸을 때 말이에요.」
「한두 번! 무슨 소리, 열두 번도 더 떨어뜨렸을걸. 걸핏하면 빠뜨리고 그냥 나오지를 않나.」
도너번이 말했다.
「그렇게 떨어뜨리고도 그 안에 들어 있는 것이 다 없어지지 않았다는 게 이상할 정도지.」
지미도 나무라는 투로 얘기했다.
「문제는——우리가 어떻게 안으로 들어가느냐 하는 거예요.」
밀드레드가 그들의 푸념을 막듯이 말했다.
그녀는 좀처럼 요점을 벗어나지 않는 이성적이고 현명한 여자였지만, 충동적이고 까다로운 패트만큼 매력적이랄 수는 없었다.

그들 네 명은 모두 닫힌 문만 멍하니 쳐다보고 있었다.
「관리인한테 도와 달라고 해 볼까? 그 사람이라면 여벌열쇠 같은 것을 가지고 있지 않을까?」
지미가 말했다.
패트는 힘없이 고개를 저었다. 그 아파트에 맞는 열쇠는 딱 두 개밖에 없는데, 하나는 아파트 안의 부엌에 걸려 있고, 나머지 하나는 자기 가방에 들어 있었다——아니 들어 있어야 했다는 것이다.
패트는 한탄조로 말했다.
「아파트가 1층이기만 했어도 창문을 깨든가 무슨 수를 써 볼 텐데. 도너번, 좀도둑 한번 되어 보고 싶지 않아요?」
도너번은 단호하면서도 정중하게 좀도둑 흉내내는 것은 싫다고 말했다.
「아파트가 4층에 있으니 문제지.」
지미가 말했다.
「비상구는 어때?」
이번에는 도너번이 말했다.
「그런 건 하나도 없는걸.」
「있어야 되는 건데. 5층이나 되는 건물이면 비상구 하나쯤은 있어야지.」
지미가 말했다.
「하지만—— 없는 것을 있어야 된다고 해보았자 아무 도움도 안 돼요. 이제 나는 집에 어떻게 들어가지?」
패트가 말했다.
「그런 거 없어, 거 뭐라더라? 상인들이 고기나 양배추 같은 것을 담아 올려 보내는 것 말이야.」
도너번이 말했다.

「옥내 승강기 말이군요. 아, 있어요. 하지만, 그건 일종의 철사 바구니에 불과한데. 아! 잠깐만 기다려 봐요——생각났어. 석탄 운반기 어때요?」

패트가 환하게 웃으며 말했다.

「그럴 듯한 생각이군.」

도너번이 말했다

밀드레드가 차갑게 그 의견을 꺾었다.

「잠겨 있을 거야. 패트네 부엌 안쪽에서 말이에요.」

「그렇다고 단정할 수는 없어. 패트는 무엇이든 빗장을 걸거나 잠그는 법이 없거든.」

지미가 말했다.

「내 생각에도 안 잠겼을 것 같아요. 오늘 아침에 쓰레기통을 비웠는데, 그리고는 잠근 기억이 없거든요. 그 뒤로는 부엌 근처엔 얼씬도 안 했을 거야.」

「좋아. 그렇다면, 오늘 밤에는 덜렁거리는 행동으로 덕을 보겠지만 말이야. 그렇더라도, 패트, 할 말은 해야겠어. 그렇게 부주의한 습관은 너를 매일 밤 도둑들의 손에——어쩌면 강도일지도 모르지——떠맡기는 거나 마찬가지야.」

도너번이 말했다.

패트는 이 충고를 듣는 둥 마는 둥 했다.

「따라와요.」

그녀는 4층이나 되는 계단을 뛰어 내려가기 시작했다. 다른 사람들도 그녀의 뒤를 쫓아 뛰었다. 패트는 손수레가 가득차 있는 어둡고 후미진 곳을 지나, 승강기가 오르내리는 통로로 들어가는 문을 열고 들어가서 오른쪽 승강기가 있는 곳으로 안내했다. 그 안에 쓰레기통 하나가 놓여 있었다.

도너번은 그것을 들어내고 조심조심 그 위에 올라탔다. 그러더니 콧잔등을 찌푸렸다.
「악취가 좀 나는데. 자, 어떻게 할까? 나 혼자서 모험을 해 볼까, 아니면 누가 나와 함께 가겠어?」
「나도 가겠어.」
지미가 말했다.
그는 도너번 옆에 올라섰다.
「승강기가 내 무게를 지탱해 낼지 모르겠군.」
그는 미덥지 못한 듯 덧붙였다.
「둘을 합쳐도 석탄 1톤에는 훨씬 못 미칠걸.」
도량형 수치에 특히나 둔한 패트가 말했다.
「어쨌든, 곧 알게 되겠지.」
도너번이 밧줄을 잡아당기며 쾌활하게 말했다.
삐걱거리는 소리를 내며 그들은 시야에서 사라졌다.
「굉장히 시끄러운데. 이 아파트에 사는 사람들이 도대체 뭐라고 생각할까?」
어둠 속을 올라가며 지미가 말했다.
「귀신이나 도둑쯤으로 생각하겠지 뭐. 밧줄을 끌어당기는 일도 꽤 힘든데. 프라이어스 맨션의 관리인도 생각한 것보다 더 힘든 일을 하는군. 이봐, 지미, 몇 층인지는 세고 있는 거야?」
도너번이 말했다.
「오, 고마워! 안 셌어. 깜빡 잊었지 뭐야.」
「괜찮아, 내가 세고 있으니까. 지금 3층을 지나고 있어. 요 다음 번에 멈춰야 돼.」
「그런데, 패트가 오늘따라 그 문을 잠가 버린 거 아냐?」
지미가 푸념조로 말했다.

그러나, 그것은 기우였다. 목재로 된 부엌 문은 힘들이지 않고 단번에 열려, 도너번과 지미는 칠흑같이 어두운 패트의 부엌으로 발을 들여놓았다.

도너번이 말했다.

「손전등이 있으면 좋겠는데. 이렇게 깜깜해서야 원. 패트는 바닥에다 별의별 물건을 다 늘어놓았을 거야. 전등 스위치를 찾을 때까지 도자기가 다 박살나는 거 아닌지 모르겠네. 움직이지 마, 지미, 내가 불을 켤게.」

그는 조심스럽게 바닥을 더듬어갔으나, 부엌에 있는 탁자 모서리에 옆구리를 부딪쳤는지, 「아이쿠!」 하고 소리쳤다. 겨우 스위치를 찾았지만 바로 그 다음 순간, 「제기랄!」 하는 소리가 어둠 속에서 울렸다.

「왜 그래?」

지미가 물었다.

「불이 안 들어와. 전구가 나갔나 본데. 잠깐 거실의 불을 켜 볼게.」

거실의 문은 복도 바로 건너편에 있었다. 도너번이 문을 열고 나간 다음, 이어서 욕지거리를 중얼거리는 소리가 어둠의 정적을 뚫고 분명하게 지미의 귀에 들려 왔다. 그도 더듬거리며 부엌을 가로질러 가 보았다.

「왜 그래?」

「모르겠어. 방들이 오늘 밤에는 온통 마법에 걸렸나 봐. 모든 게 위치가 달라진 것 같아. 의자고 탁자고 하나같이 엉뚱한 곳에 놓여 있단 말이야. 어이쿠! 또 그래!」

그러나, 마침 지미가 우연히 전등 스위치를 찾아서 눌렀다. 다음 순간, 두 젊은이는 하얗게 질린 채 서로의 얼굴만 멍하니 쳐다보고 있었다.

그 방은 패트의 거실이 아니었다. 두 사람은 엉뚱한 집에 들어온 것이다.

 우선 그 방에는 패트의 방보다 10배 정도는 더 많은 가구가 들어차 있었다. 그래서 도너번이 연방 의자며 탁자에 부딪치고는 비명을 질러댄 것이었다. 방 한가운데에 모직천으로 보를 씌운 커다란 원탁이 놓여 있었으며, 창가에는 엽란(葉蘭) 화분이 하나 있었다. 사실 그 젊은이들에게는, 방의 꾸밈새로 보아 방 주인이 어떤 인물인지 전혀 짐작하기가 어려웠다. 그들은 질겁한 얼굴로 작은 편지 뭉치가 놓여 있는 탁자를 내려다보았다.

 도너번은 그것들을 집어 들고 작은 목소리로 이름을 읽었다.

「어니스틴 그랜트 부인이군. 야단났어! 이 여자가 우리 소리를 들었으면 어쩌지?」

「네 소리를 못 들었다면 그게 오히려 기적이지. 가구에 우당탕 부딪친 데다 비명까지 질러댔으니. 자, 어서 가자. 얼른 이곳을 빠져 나가자고.」

 그들은 불을 끄고 허둥지둥 발 뒤꿈치를 들고 부엌을 거쳐 승강기까지 갔다. 더 이상 아무 탈 없이 승강기에 다시 올라타자 지미는 저도 모르게 안도의 한숨을 내쉬었다.

 그는 다행스러운 듯이 말했다.

「나는 잠을 깊이 자는 여자가 좋더라. 어니스틴 그랜트 부인도 썩 잘 자는군.」

「이제야 알겠어. 우리가 왜 층수를 잘못 셌는지 말이야. 우리는 지하층에서부터 세면서 올라온 거야.」

 그가 밧줄을 끌어당기자 승강기가 올라가기 시작했다.

「이번에는 제대로 될 거야.」

 지미가 또 칠흑 같은 공간에 발을 내디디며 말했다.

「제발 그랬으면 좋겠군. 이런 긴장이 계속되다가는 신경이 얼마 견

디지 못할 거야.」

그러나, 더 이상 신경을 곤두세울 일은 없었다. 어둠 속을 더듬어 전등 스위치를 올리자 패트의 부엌이 나타났다. 그들은 얼른 현관 문을 열어 밖에서 기다리고 있던 두 아가씨를 들어오게 했다.

패트가 투덜거렸다.

「왜 이렇게 오래 걸렸어요. 밀드레드와 나는 몇 년도 더 기다린 것 같은데.」

「우리는 일대 모험을 했다고. 하마터면 죄인으로 몰려 경찰서에 연행되어 갔을지도 몰라.」

도너번이 한숨을 쉬며 말했다.

패트는 거실로 들어가서 전등 스위치를 올리고 외투를 소파에 벗어 던졌다. 그리고는 도너번이 들려주는 모험 이야기에 귀를 바짝 세우고 들었다.

다 듣고 나더니 그녀는 말했다.

「그 여자한테 잡히지 않아 천만다행이군요. 보통 까다로운 여자가 아닐걸요. 오늘 아침에 그 여자한테서 쪽지 한 장을 받았는데——언제 나를 한번 만났으면 좋겠다나요——불평거리가 있나 봐요——피아노 때문일 거야, 뻔해. 머리 위에서 피아노 치는 소리를 듣기 싫으면 아파트에 살지 말 것이지. 어머, 도너번, 손을 다쳤잖아. 온통 피투성이야. 어서 가서 씻어요.」

도너번이 깜짝 놀라서 손을 내려다보더니 순순히 방을 나갔다. 이윽고 그가 지미를 부르는 소리가 들렸다.

「이봐, 어떻게 된 거야? 심하게 다친 건 아니겠지?」

지미가 걱정스러운 듯이 말했다.

「다친 데가 전혀 없어.」

도너번의 목소리가 어딘지 너무 이상해서 지미는 깜짝 놀란 표정으로 그를 쳐다보았다. 도너번이 그의 씻은 손을 내밀었는데 손에는 전혀 베이거나 부딪쳐 상처를 입은 흔적이 없었다.

지미는 얼굴을 찌푸리며 말했다.

「이상한 일이야. 온통 피투성이였는데, 대체 어디서 묻은 거지?」

그러더니 갑자기 깨달은 듯 심상치 않은 표정을 일순간 지었다. 눈치 빠른 도너번은 이미 알고 있음이 분명했다.

「맙소사, 아까 그 아파트에서 묻은 거로군.」

그는 이 말에 담긴 무서운 가능성에 생각이 미치자, 말을 일단 멈췄다.

「틀림없이 ──피였어? 페인트가 아니고?」

도너번은 머리를 저었다.

「분명히 피였어.」

그는 이렇게 말하면서 몸을 부르르 떨었다.

그들은 서로 얼굴을 쳐다보았다. 그들은 마음속으로 분명히 같은 생각을 하고 있었던 것이다. 먼저 입을 연 사람은 지미였다.

그는 침착하지 못한 목소리로 말했다.

「저 말이야, 우리가 ──저어── 다시 내려가서 ──살펴봐야 하지 않을까? 무슨 일이 일어났는지 말이야.」

「여자들한테는 뭐라고 하지?」

「여자들한테는 말하지 말고. 패트는 지금 우리한테 오믈렛을 만들어 준다고 앞치마를 두르고 있거든. 여자들이 우리를 찾을 때쯤이면 다시 돌아와 있을 거야.」

「좋아. 그럼, 가자. 이왕 이렇게 되었으니 끝까지 확인해 둘 필요가 있겠지. 별일이야 없으리라고 생각하지만 ──.」

그러나, 그의 말투에는 자신감이 없었다. 그들은 다시 석탄 운반용 승강기를 타고 아래층으로 내려갔다. 이번에는 별 어려움없이 부엌을 지나 거실의 전등을 켰다.

도너번이 말했다.

「바로 이 거실에서——피가 묻은 게 틀림없어. 부엌에 있는 물건은 하나도 안 건드렸으니까.」

그는 주위를 둘러보았다. 지미도 함께 찬찬히 살펴보았지만, 그들은 둘 다 얼굴을 찌푸렸다. 모든 것이 말끔하고 평범해서 도무지 폭력이나 피를 연상할 수 없을 성싶었다.

갑자기 지미가 기급을 하며 도너번의 팔을 잡았다.

「저것 봐!」

도너번은 그가 가리키는 손가락에 시선을 주더니, 역시 외마디 소리를 질렀다. 육중한 렙(골지게 짜여진 직물) 커튼 아래에 발 하나가 나와 있었다——낡은 에나멜 구두를 신은 여자 발이었다.

지미가 그 쪽으로 가서 커튼을 홱 젖혀 열었다. 창가의 움푹 들어간 바닥에 여자의 시체가 아무렇게나 처박혀 있었으며, 그 옆에는 끈적끈적한 검붉은 피가 흘러나와 있었다. 더 이상 의심할 필요도 없이 그녀는 죽어 있었다. 지미가 그 여자를 일으키려 하자 도너번이 그를 말렸다.

「쓸데없는 짓 마. 경찰이 올 때까지 시체를 건드려서는 안 돼.」

「경찰이라고. 오! 그렇지. 제기랄, 이 무슨 무시무시한 일이람. 이 여자 대체 누굴까? 어니스틴 그랜트 부인?」

「그런 것 같아. 그런데, 지금 이 아파트에 누가 숨어 있는지 어떤지 아무 소리도 안 나는데.」

「이제는 어떻게 해야 되지? 달려가서 경찰을 데리고 오나, 아니면 패트의 집에서 전화를 거나?」

지미가 말했다.

「전화를 거는 쪽이 좋겠어. 이리 와. 현관으로 나가자. 밤새도록 악취가 나는 승강기를 타고 오르내릴 수는 없잖아.」

지미도 동의했다. 문을 열고 나가다가 그가 주춤하며 말했다.

「이봐. 우리 둘 중 하나가 남아서——경찰이 올 때까지——지키고 있어야 하지 않을까?」

「그래, 옳은 생각이야. 네가 남겠다면 내가 얼른 뛰어 올라가서 전화를 걸지.」

도너번은 후닥닥 계단을 뛰어 올라가서 초인종을 울렸다. 상기된 얼굴에 앞치마를 두른 어여쁜 패트가 문을 열어 주었다. 그녀의 눈이 깜짝 놀란 듯 휘둥그래졌다.

「당신이군요. 아니? 그런데 어떻게——도너번, 어떻게 된 거예요? 무슨 일이 있어요?」

그는 그녀의 두 손을 잡았다.

「아무 일도 아냐, 패트——다만 아래층에서 불길한 일이 있어서 그래. 여자 하나가——죽어 있어.」

그녀는 숨을 약간 몰아쉬었다.

「오! 어머, 끔찍해라. 발작 같은 것을 일으켰던가요?」

「아니, 마치——저어——살해된 것 같았어.」

「어머, 저런! 도너번!」

「그래. 지독히도 끔찍한 일이야.」

그녀의 손은 여전히 그의 손 안에 잡혀 있었다. 패트는 손을 그에게 맡긴 채——오히려 더 매달렸다. 사랑스러운 패트——도너번은 그녀를 얼마나 사랑하는가. 그런데, 그녀는 그를 좋아하고 있는가? 이따금 그는 그렇다고 생각했다. 그러나, 때때로 지미 포크너가 그들 사이에 자리잡고 있다는 걸 느꼈다——지미가 아래층에서 초조하게 기다리고 있다는 생각이 번쩍 들자, 그는 죄라도 지은 듯 깜짝 놀랐다.

「패트, 경찰에 알려야 해.」

「당신 말이 옳아요.」
 낯선 목소리가 그의 등뒤에서 들렸다.
 그들은 현관에 서 있다가 층계 쪽을 올려다보았다. 그들 위쪽으로 조금 떨어진 계단 위에 어떤 사람이 서 있었다. 그 사람은 아래로 내려와 그들 눈앞에 섰다.
「그리고 그들이 도착할 때까지 아마 내가 조금이나마 도움이 되어 줄 수 있을 거요.」
 그들은 뻣뻣한 수염에 달걀 모양의 머리를 가진 작달막한 남자를 쳐다보았다. 그는 번쩍거리는 실내복 차림에 수놓은 슬리퍼를 신고 있었다. 그는 패트리셔에게 정중하게 인사했다.
「마드므아젤! 나는, 아마 아시겠지만, 위층에 살고 있는 사람이오. 워낙 높은 곳을 좋아하다 보니——하늘 높이 살면서——런던을 굽어보고 싶어서 말이오. 나는 오코너라는 이름으로 이 아파트에 세들어 살고 있습니다만, 본디 아일랜드 사람은 아닙니다. 본명은 따로 있죠. 그래서 감히 도와드리겠다고 자청한 것인데, 자 이걸 받으십시오.」
 그는 과장된 몸짓으로 명함을 꺼내어 패트에게 건네주었다. 그녀는 그것을 읽어 보더니 소리쳤다.
「에르퀼 포와로 씨. 어머!」
 그녀는 흥분하여 숨을 멈칫했다.
「정말 포와로 씨인가요? 그 유명한 탐정이시란 말이죠? 그리고, 정말 도와주시겠어요?」
「그럴 작정입니다, 마드므아젤. 실은 아까부터 도와드리려고 했습니다.」
 패트는 어리둥절한 표정을 지었다.
「아까 여러분이 아파트 안에 어떻게 들어갈 것인지 의논하는 소리를 들었습니다. 나는 자물쇠 여는 데는 비상한 재주를 가졌거든요. 틀림없이 당신의 현관 문도 열어 줄 수 있었을 테지만, 선뜻 나서서 제안하기가 어렵더군요. 그랬다면 아가씨가 나를 의심했을 테니까 말이오.」

패트가 소리내어 웃었다.

포와로가 도너번에게 말했다.

「자, 선생——어서 안으로 들어가서 경찰에 전화를 거시오. 나는 아래층에 내려가 보겠소.」

패트도 그와 함께 계단을 내려갔다. 혼자 남아 현장을 지키고 있던 지미에게 다가가서 패트는 포와로를 소개하고, 함께 내려오게 된 경위를 설명했다. 그 다음에는 지미가 포와로에게 자신과 도너번이 모험한 이야기를 자세히 들려주었다. 탐정은 주의깊게 듣고 난 다음 이렇게 말했다.

「부엌에 난 승강기 문이 안 잠겨 있었단 말이죠? 그리고 부엌에 들어갔는데 전등이 켜지지 않았다고요?」

그는 이렇게 말하면서 곧장 부엌으로 발걸음을 옮겼다. 그러더니 손가락으로 스위치를 올렸다.

「어라! 이거 기묘한 일인데!」

그는 전등에 불이 켜지자 이렇게 말했다.

「지금은 불이 제대로 들어오잖아. 이상한데——.」

그는 갑자기 조용히 하라는 뜻으로 손가락을 입에 대더니 귀를 기울였다. 희미한 소리가 정적을 깨고 있었다——영락없이 코고는 소리였다.

「아! 하녀의 침실에서 나는 소리군.」

포와로가 말했다.

그는 뒤꿈치를 들고 살금살금 부엌을 지나 조그만 식료품실로 들어갔다. 그런 다음 한쪽 편에 있는 문을 열고 전등을 켰다. 그 방은 개집이라고 불러도 좋을 만큼 작았으며, 겨우 한 사람 정도 기거할 수 있게끔 만들어져 있었다. 바닥은 침대만으로도 거의 꽉 찰 지경이었다. 침대 위에 뺨이 발그레한 처녀가 번듯이 누워 입을 헤 벌리고 늘어지게 코를 골며 자고 있었다.

포와로는 전등을 끄고 돌아와서 말했다.

「잠이 들었어요. 경찰이 올 때까지 자게 내버려둡시다.」

그가 거실로 다시 들어가려 할 때 도너번이 왔다.

「경찰이 곧장 오겠답니다. 우리에게 아무것도 손대지 말랬어요.」

그는 숨을 헐떡거리며 말했다.

포와로는 고개를 끄덕였다.

「손대지 않을 겁니다. 그냥 보기만 하는 거죠.」

그는 거실로 들어갔다. 밀드레드까지 도너번을 따라 내려와서 모두 네 명이 된 젊은 사람들이 출입구에 서서 숨을 죽이고 그를 지켜 보고 있었다.

도너번이 말했다.

「이건 정말 이해할 수 없는 일입니다. 나는 창문 근처에는 얼씬도 안 했는데——그 피가 어떻게 내 손에 묻었을까요?」

「대답은 명백합니다. 그 테이블 보의 색깔이 무슨 색이죠? 빨간색이죠? 당신은 그 테이블에 손을 짚은 게 틀림없어요.」

「예, 맞습니다. 그럼——.」

그는 말을 멈췄다.

포와로는 머리를 끄덕인 다음, 몸을 굽히고 테이블을 들여다보더니 빨간색 테이블 보 위에 얼룩져 있는 거무스름한 점을 가리켰다.

「범행은 바로 여기에서 저질러진 겁니다. 그런 다음 나중에 시체를 옮겨간 거지요.」

그는 근엄한 어조로 말했다.
그리고는 일어서서 방을 천천히 둘러보았다. 그는 움직이지도 않고 아무것도 만지지 않았지만, 그 젊은이들의 눈에는 좀 퀴퀴한 냄새가 나는 그 방의 모든 것이 그의 예리한 눈앞에서 비밀을 드러내 보이고 있는 것처럼 느껴졌다.
에르큘 포와로는 만족한 듯이 머리를 끄덕였다. 그의 입에서 가느다란 한숨이 새어나왔다.
「알 만하군.」
「무엇을 말입니까?」
도너번이 호기심을 누르지 못하고 말했다.
「여러분도 다 느꼈을 겁니다──방에 가구가 너무 가득 들어차 있다는 거지요.」
도너번이 기가 막히다는 표정으로 쓴웃음을 지었다.
「아까 부딪치고 난리났었죠. 물론 모든 물건이 패트의 방과는 다른 위치에 놓여 있었으니까요. 그래서 더 헤맸던 겁니다.」
「다 다르지는 않죠.」
포와로가 의미심장하게 말했다.
도너번은 영문을 모르겠다는 듯이 그를 쳐다보았다.
「내 말은 몇몇 물건들은 항상 고정되어 있다는 뜻입니다. 아파트 건물 내부의 문이며 창문이며 벽난로는 같은 위치에 놓여 있지요.」
포와로가 서둘러 설명했다.
「그렇게 지나치게 세세한 구별까지 해야 할까요?」
밀드레드가 물었다. 그녀는 은근히 불만스러운 표정으로 포와로를 쳐다보았다.
「말은 누가 뭐래도 정확하게 해야지요. 그게 말하자면──뭐라고 할까──내 취미입니다.」

층계에서 쿵쾅거리는 발자국 소리가 들리더니 세 사람이 들어왔다. 순경을 대동한 경감, 그리고 구역 의사였다. 경감이 포와로를 알아보고 존경을 표시하는 태도로 그에게 인사했다. 그런 다음 그는 다른 사람들 쪽으로 가서 말했다.

「한 사람 한 사람 이야기를 다 듣겠습니다만, 우선은———.」

포와로가 끼여들며 말했다.

「이렇게 하면 어떨까요. 우리는 위층으로 올라가 있겠소. 여기 있는 마드므아젤이 준비하고 있던 오믈렛을 마저 만들 수 있도록 말이오. 어, 나는 오믈렛을 무척 좋아하거든요. 그럼, 경감님, 여기서 조사가 끝나는 대로 올라와서 질문을 하시지요.」

그렇게 하기로 합의를 본 다음, 포와로는 젊은이들과 함께 위층으로 올라갔다.

「포와로 씨———선생님은 정말 멋진 분이세요. 선생님에게 아주 맛있는 오믈렛을 대접해 드리겠어요. 제 오믈렛 만드는 솜씨는 수준급이거든요.」

패트가 말했다.

「좋습니다. 마드므아젤, 언젠가 나는 당신을 쏙 빼닮은 아름다운 영국 아가씨를 사랑한 적이 있었는데———애석하게도 그녀는 요리를 통 할 줄 몰랐답니다. 아마 모든 것이 잘 되려고 그랬던 게지요.」

슬픔이 깃든 그의 목소리에 지미 포크너가 호기심 어린 눈초리로 그를 쳐다보았다.

그러나, 그는 그 자리에서만큼은 밝은 표정으로 사람들을 즐겁게 해 주려고 노력했다. 아래층에서 벌어진 소름 끼치는 비극은 어느새 까마득히 잊혀졌다.

오믈렛을 다 먹어치우고 제각기 한 마디씩 칭찬을 하고 있을 무렵, 라이스 경감의 발자국 소리가 들렸다. 그는 아래층에 순경을 남겨 두고 의사와 함께 들어왔다.
「포와로 씨――아주 명백하고 단순한 사건 같습니다――물론 범인을 잡는 게 좀 어렵겠지만, 굳이 당신의 도움을 받을 만큼 복잡하지는 않을 것 같군요. 그건 그렇고, 어떻게 사건을 발견하게 되었는지 말씀해 주시죠.」
도너번과 지미가 번갈아가며 자세히 설명했다. 이야기를 다 듣고 난 경감은 우선 패트를 나무랐다.
「승강기 문을 안 잠그고 다니시면 큰일납니다, 아가씨. 정말 그러면 안 됩니다.」
패트는 몸서리를 치며 말했다.
「다시는 안 그러겠어요. 누군가가 들어와서 아래층 여자처럼 나를 죽인다면――.」
「조심해야지요! 이번 사건의 범인들은 그리로 침입하지는 않았지만.」
경감이 말했다.
「어떤 사실들을 밝혀냈는지 우리에게 설명해 주겠소?」
포와로가 물었다.
「이야기를 해도 괜찮을지――하지만 포와로 씨니까――.」
「괜찮고말고요. 그리고, 이 젊은이들도――비밀을 지킬 겁니다. 마음놓으십시오..」
「어쨌든, 신문에도 곧 보도가 되겠지요. 이 사건에는 그다지 비밀스러운 건 없습니다. 우선 그 죽은 여인은 그랜트 부인이 분명합니다. 관리인을 불러다 확인시켰지요. 나이는 서른다섯 살 가량 되었을 겁니다. 그 여인은 탁자 앞에 앉아 있다가 마주보고 앉아 있었던 걸로 추정되는 범인이 쏜 소구경 자동 권총에 맞은 거예요. 그래서 그녀가 앞으로 고꾸라지는 바람에 핏자국이 탁자 위에 묻은 거죠.」
「그렇다면 누군가가 그 총소리를 들었겠군요?」

밀드레드가 물었다.

「총에다 소음장치를 해놓은 거죠. 그러니까 아무 소리도 안 난 겁니다. 그런데, 아까 우리가 그 집 하녀에게 여주인이 죽었다는 것을 알리자 그녀가 비명을 질렀는데 들렸습니까? 안 들렸죠? 그러니까 마찬가지로 다른 소리도 들리지 않았을 겁니다.」

「하녀는 아무 말 않던가요?」

포와로가 물었다.

「마침 오늘 저녁은 그녀가 외출하는 날이었다는군요. 그녀는 아파트 열쇠도 따로 가지고 있었습니다. 10시쯤에 돌아왔는데, 조용하기에 여주인이 잠자리에 든 걸로 생각했답니다.」

「그럼 그녀는 거실도 들여다보지 않았다는 말이오?」

「아뇨. 저녁에 배달된 편지를 그 안에 들여다 놓긴 했는데, 아무것도 이상한 것은 발견하지 못했답니다── 포크너 씨와 베일리 씨처럼 말이죠. 아시다시피, 범인은 시체를 커튼 밑에 교묘하게 감춰 놓았으니까요.」

「그게 좀 이상하다고 생각되지 않습니까?」

포와로의 목소리는 지극히 평온했음에도 경감은 무엇인가에 놀란 듯 재빨리 그를 쳐다보았다.

「사건이 발견되기 전에 도망갈 시간을 벌 심산이었겠죠.」

「어쩌면── 혹시── 하여튼 하던 말씀을 계속해 보시오.」

「하녀는 5시에 집을 나갔습니다. 여기 계신 의사가 추정하기로는 사망 시간이 대강 네 시간 내지 다섯 시간 전쯤인 것 같답니다, 그렇죠?」

말수가 적은 그 의사는 머리를 힘차게 끄덕여 보였다.

「지금이 15분 전 12시니까, 실제적인 범행시간은 상당히 정확하게 좁혀질 수 있을 것으로 보입니다.」

경감은 구겨진 종이 한 장을 꺼냈다.

「죽은 여인이 입고 있던 드레스 호주머니에서 이게 나왔습니다. 겁내지 말고 만지셔도 됩니다. 지문은 전혀 묻어 있지 않으니까요.」
 포와로가 그 종이를 폈다. 그 위에는 작고 꼼꼼한 대문자로 이름의 머리글자와 함께 짤막한 글이 인쇄되어 있었다.

'오늘 저녁 7시 반에 당신을 만나러 가겠소──J. F.'

「위험한 쪽지를 남겨 두고 갔군.」
 포와로는 그것을 되돌려주며 토를 달았다.
「글쎄 말입니다. 그는 그녀의 호주머니에 이 쪽지가 있는 것을 몰랐던 거겠지요. 그는 아마 그녀가 그것을 없애 버린 줄 알았을 겁니다. 그러나, 그 자가 상당히 조심스러운 사람이라는 증거가 있어요. 시체 밑에서 그녀를 쏜 권총을 발견했는데──역시 지문은 묻어 있지 않았습니다. 비단 손수건으로 아주 꼼꼼하게 닦아 놓았더군요.」
「비단 손수건이었다는 것을 어떻게 압니까?」
 포와로가 물었다.
「찾아냈거든요. 그 자가 커튼을 닫는 순간에 실수로 그것을 떨어뜨린 게 틀림없습니다.」
 경감은 의기양양하게 말했다.
 그는 크고 하얀 비단 손수건을 건네주었다──품질이 좋은 손수건이었다. 경감이 손가락으로 가리키지 않더라도 손수건 중앙에 새겨진 글자는 포와로의 주의를 끌기에 충분했다. 글자 모양이 선명해서 쉽게 읽을 수 있었다. 포와로는 그 이름을 소리내어 읽었다.
「존 프레이저.」
「그렇습니다. 존 프레이저──아까 그 쪽지에 적힌 J. F.와 동일인물이지요. 우리는 범인의 이름도 알고 있어요. 죽은 여인의 신원을 조사해 보면 관련된 사람들을 밝혀낼 수 있을 것이고, 그렇게 되면 곧 그 자를 체포하게 될 겁니다.」

「글쎄요, 나로서는 어쩐지 그 존 프레이저라는 자를 찾기가 쉽지만은 않을 것 같은데요. 그 자는 묘한 데가 있어요——수건에 이름을 새기고 다니는 것이나, 범행에 사용한 권총을 닦아 놓은 점으로 보면 매우 세심한 사람 같은데——반면에, 손수건을 빠뜨린 거나 자신의 정체를 드러내는 편지를 찾지 않은 점으로 볼 때는 조심성이 없다고 할 수 있거든요.」

「몹시 당황한 상태였을 겁니다.」

경감이 말했다.

「그 말도 일리가 있군요. 있을 수 있는 일입니다. 그런데, 그 자가 건물에 침입하는 것을 본 사람은 없었나요?」

「그 시간에는 각양각색의 사람들이 출입하지요. 더구나, 이 건물은 워낙 커서 아마 당신들도——.」

그는 네 사람을 돌아보며 말했다.

「3층에서 사람이 나오는 것을 못 봤겠죠?」

패트가 머리를 저으며 말했다.

「우리는 일찌감치 외출했었거든요——7시쯤에요..」

「잘 알겠습니다.」

경감이 일어섰다. 포와로가 그를 문까지 배웅했다.

「부탁이 한 가지 있는데, 내가 아래층 사건 현장을 좀 조사해 봐도 되겠습니까?」

「예, 물론이죠, 포와로 씨. 상부에서 당신을 어느 정도로 신임하고 있는지 다 아니까요. 여기 열쇠를 드리겠습니다. 내게 또 하나 있거든요. 참, 집에는 아무도 없을 겁니다. 하녀는 무서워서 혼자 못 있겠다며 친척 집에 가 버렸어요..」

「고맙소.」

포와로는 골똘히 생각에 잠긴 표정으로 방에 돌아왔다.

「경찰의 설명에 만족하시지 않는 것 같군요, 포와로 씨?」

지미가 말했다.

「그렇소. 석연치 않은 점들이 있어요.」

도너번이 궁금한 듯 그를 쳐다보았다.

「무엇이죠——선생님이 걱정하고 계시는 게?」

포와로는 대답하지 않았다. 그는 잠시 동안 얼굴을 찌푸린 채 마치 생각에 잠긴 것처럼 침묵을 지키다가 갑자기 조바심이 난 듯 어깨를 움직였다.

「이제 그만 밤인사를 해야겠군요, 마드므아젤. 무척 피곤할 텐데. 요리하느라고 애썼어요.」

패트가 소리내어 웃으며 말했다.

「오믈렛밖에 없었는걸요, 뭐. 만찬을 준비한 것도 아니고. 도너번과 지미가 우리를 부르러 왔기에 소호 가(街)에 있는 레스토랑에 갔다 왔죠.」

「그리고 나서 틀림없이 극장에도 갔을 테죠?」

「맞았어요. '갈색 눈의 캐롤라인'을 보았죠.」

「저런! 푸른 눈이었어야 하는데——마드므아젤의 푸른 눈동자처럼 말입니다.」

그는 다정스러운 몸짓을 하며 다시 한 번 더 밀드레드에게 밤인사를 했다. 밀드레드는, 패트가 이런 밤엔 혼자 있기가 두려울 것 같다고 솔직하게 털어놓으며 특별히 부탁하여, 자고 가기로 되어 있었다.

젊은이 둘은 포와로를 따라나섰다.

문을 닫고 층계에서 포와로에게 작별인사를 하려 할 때 포와로가 그들보다 앞질러 말했다.

「젊은 친구들, 조금 아까 내가 만족스럽지 못하다고 한 말 들었소? 그건 사실이오——만족스럽지 않아요. 나는 지금 내려가서 내 임의대로 잠시 조사를 해 볼 생각이오. 함께 가 보지 않으려오?」

이 제안은 흔쾌히 받아들여졌다. 포와로는 앞장서서 아래층으로 내려가 경감이 준 열쇠로 현관 문을 열었다. 집에 들어가자, 그들이 기대했던 것과는 달리 포와로는 거실로 들어가지 않았다. 그는 부엌으로 곧장 걸어갔다. 설거지하는 곳으로 마련된 움푹 들어간 곳에 커다란 쇠통이 하나 있었다. 포와로는 그 뚜껑을 열더니 몸을 구부리고 끈질긴 사냥개처럼 마구 그 안을 뒤지기 시작했다.

　지미와 도너번은 놀라서 그를 쳐다보고만 있었다.

　갑자기 기쁨에 겨운 소리를 지르며 그가 머리를 들었다. 그는 마개가 달린 작은 병을 손에 들고 높이 쳐들었다.

　「이거야! 바로 내가 찾고 있던 것이오.」

　그는 조심스럽게 그것의 냄새를 맡았다.

　「아니! 내가 감기가 들었나——머리가 좀 아프긴 하지만.」

　도너번이 그 병을 받아들고 냄새를 맡아 보았으나, 아무 냄새도 안 났다. 그러자, 그는 마개를 뽑더니 미처 포와로가 소리쳐 경고하기도 전에 성급하게 병을 코에다 댔다.

　그 즉시, 그는 통나무처럼 쓰러졌다. 포와로가 뛸 듯이 나서서 그를 부축했다.

　「바보 같으니라고! 어떻게 그런 짓을——덮어놓고 마개를 뽑다니! 내가 얼마나 조심스럽게 다루는지 보지도 못했단 말인가? 이봐요——포크너——안 그렇소? 브랜디 좀 가져다 주겠소? 아까 보니 거실에 유리병이 하나 있던데.」

　지미는 서둘러 나갔다. 그런데, 그가 돌아와 보니, 도너번은 일어나 앉아서 이젠 아무렇지도 않다고 하는 것이었다. 그는 포와로에게 유독성 물질의 냄새를 맡을 때는 극히 조심할 필요가 있다는 설교를 들어야 했다.

　「저는 이제 그만 집에 돌아가는 것이 좋겠습니다.」

　도너번은 비틀거리며 일어났다.

「여기 있어도 아무 소용이 없을 테니 말입니다. 아직도 좀 어지럽거든요.」

「정말 그러는 게 좋겠소. 포크너 씨는 잠깐만 여기 있어 줘요. 내가 곧 돌아올 테니.」

그는 도너번과 함께 문을 열고 나갔다. 그들은 층계에 서서 잠시 이야기를 나눴다. 포와로가 다시 그 아파트에 돌아와 보니, 지미는 거실에 서서 멀뚱멀뚱 주위를 둘러보고 있었다.

「자, 포와로 씨 ──이제 무슨 일이 남았죠?」

「남은 일은 없습니다. 사건은 해결되었어요.」

「뭐라고요?」

「나는 모든 것을 알았습니다 ──지금.」

지미는 그를 빤히 쳐다보았다.

「지금 찾아낸 작은 병에서요?」

「그렇소. 그 작은 병에서.」

지미는 머리를 흔들었다.

「무슨 뜻인지 전혀 모르겠군요. 이러저러한 이유들로 해서 선생님이 ──누군지는 몰라도 하여튼── 그 존 프레이저라는 작자가 범인이라는 증거에 만족스러워하지 않는다는 것밖에는 아무것도 모르겠습니다.」

「누군지는 몰라도 ──.」

포와로는 나지막한 목소리로 되뇌었다.

「그 자가 누구든지 간에 ──글쎄요, 놀라게 될 겁니다.」

「도무지 무슨 말씀인지 모르겠군요.」

「그건 그냥 이름일 뿐이오 ──그게 전부요──손수건에 용의주도하게 새긴 글씨일 뿐이라고!」

「그럼, 그 편지는요?」

「그게 인쇄된 편지라는 것을 알고 있소? 자, 왜 그랬을까요? 말해 드리지. 손으로 쓴 글씨는 물론 쉽게 식별이 되거니와, 타자기로 찍은 글씨도 생각보다는 더 쉽게 추적할 수가 있다오──그러나, 진짜 존 프레이저가 그 편지를 썼다면 그 두 가지 방법 모두 택하지 않았을 게요. 그런데 범인은 일부러 편지를 인쇄해서 우리가 찾을 수 있도록 죽은 여인의 호주머니에 넣어둔 겁니다. 즉, 존 프레이저는 가공의 인물이지요.」

지미는 미심쩍은 눈초리로 그를 쳐다보았다.

포와로가 계속해서 말했다.

「그래서, 나는 처음부터 석연치 않게 느끼고 있었던 문제를 돌이켜 보았소. 내가 방에 있는 몇몇 물건들은 항상 똑같은 위치에 고정되어 있다고 말한 것을 들었을 게요. 아까는 세 가지 예만 들었소만, 네 번째 예를 들어 볼까요──바로 전등 스위치요.」

지미는 여전히 납득이 안 간다는 듯 그를 쳐다보기만 했다.

포와로가 말을 이었다.

「당신의 친구 도너번은 창문 근처엔 가지도 않았지만──이 탁자에 손을 얹는 바람에 피가 묻었소! 그러나, 내게 이런 질문이 금방 떠오르더군──그는 왜 손을 그 위에 얹었을까? 그는 어두운 방안에서 무엇을 하느라고 헤맸는가? 전등 스위치는 항상 같은 위치에 있다고 했소──문 옆에 말이오. 그런데, 그가 이 방에 들어왔을 때, 왜 먼저 전등 스위치를 찾아 불을 켤 생각은 하지 않았을까? 그건 극히 당연하고도 정상적인 생각이오. 그의 말에 의하면, 그는 부엌에 있는 전등을 켰지만 불이 들어오지 않았다고 했소. 그러나, 내가 스위치를 올렸을 때는 아무 이상이 없었거든. 그렇다면, 그는 그 때 불이 켜지지 않기를 바라고 있었던 게 아닐까? 전등이 켜졌다면, 당신들이 아파트를 잘못 찾았다는 사실을 금방 알게 되었을 테니까. 그러면, 이 방까지 들어올 이유가 없었잖소.」

「무슨 말씀을 하려는 겁니까, 포와로 씨? 이해할 수가 없군요. 무슨 뜻입니까?」

「내 말은──이걸 좀 봐 주시오.」

포와로가 열쇠를 내보였다.

「이 집의 열쇠 아닙니까?」

「아니오, 위층의 열쇠입니다. 패트리셔 양의 열쇠인데, 도너번 베일리 씨가 오늘 저녁 그녀의 가방에서 몰래 꺼낸 거요.」

「하지만 왜──왜 그런 짓을?」

「그렇지! 그것을 핑계삼아 원하는 일을 하려 했던 거요──당신들은 아무런 의심도 받지 않고 이 집에 들어왔잖소. 초저녁에 승강기 문의 빗장을 미리 벗겨 두고서 말이오.」

「그런데, 그 열쇠가 어떻게 당신 손에 있습니까?」

포와로는 활짝 미소를 머금었다.

「방금 찾아냈소──짐작했던 대로──도너번 씨의 호주머니에서. 잘 들어 봐요. 내가 찾는 시늉을 한 그 조그만 병은 하나의 계략이었소. 도너번 씨가 걸려든 거지. 그는 내 계획대로──그 마개를 열고 냄새를 맡았소. 그 작은 병에는 에틸 클로라이드라는 아주 강력한 순간 마취제가 들어 있었거든. 1~2분 정도 그가 기절해 있는 동안 일을 끝낼 수 있었으니까. 나는 도너번 씨의 호주머니에서 예상했던 대로 두 가지 물건을 꺼냈소. 하나는 이 열쇠고──나머지 하나는──.」

그는 잠시 말을 끊었다가 다시 계속했다.

「나는 잠시 시체를 커튼 밑에 감춘 사실을 두고 경감이 갖다붙인 이유에 의심이 들었소. 시간을 벌 심산이었다고? 아니오. 그 이상의 의미가 있었던 거요. 그 때 내게 한 가지 생각이 떠오르더군──바로 우편물이 문제였소. 저녁 우편물은 보통 9시 30분경에 배달되니까, 살해범이 설사 찾고 있던 우편물이 없었다 치더라도, 저녁 시간에는 배달되었을지도 모르지요. 그렇다면, 그는 할 수 없이 다시 한번 현장으로 돌아와야 했던 겁니다. 그러나, 하녀가 집에 들어와서 범행 사실을 발견한다면 경찰이 그 아파트를 차지하고 있었을 테니까, 시체를 커튼 뒤에 숨겨놓은 거지요. 그랬기 때문에 하녀는 아무런 의심도 없이 편지들을 평소대로 탁자 위에 올려놓은 겁니다.」

「편지라고요?」

「그렇소. 편지였소.」

포와로는 그의 호주머니에서 무엇인가를 꺼냈다.

「이것이 도너번 씨가 정신을 잃었을 때 그의 호주머니에서 꺼낸 두 번째 물건이오.」

그는 수취인의 주소와 성명을 보여 주었다. 그 봉투에는 어니스틴 그랜트 부인의 이름과 주소가 타자로 찍혀 있었다.

「그런데, 포크너 씨, 이 편지의 내용을 보기에 앞서 당신에게 물어 볼 것이 있소. 당신은 패트리셔 양을 사랑하고 있습니까, 아닙니까?」

「저는 패트를 너무나 좋아하고 있습니다만——제게는 통 기회가 오지를 않았어요.」

「당신은 그녀가 도너번 씨한테 마음이 있다고 생각했죠? 그녀가 그를 처음에 좋아했는지 어떤지는 잘 모르겠지만——그건 겨우 처음뿐입니다. 그녀의 슬픔을 달래 주고——그녀가 곤경에 처해 있을 때 옆에 있어 줄 사람은 이제 당신뿐이오.」

「곤경에 처하다뇨?」

지미가 날카롭게 물었다.

「예, 곤경에 빠지게 될 겁니다. 물론 그녀의 이름이 사건의 표면에 오르지 않도록 최선을 다하겠지만, 완전히 제외시키는 건 불가능할 겁니다. 바로 그녀가 사건의 동기가 되었으니까.」

그는 들고 있던 봉투를 뜯었다. 동봉한 서류가 떨어졌다. 편지는 변호사 사무실에서 온 것으로, 내용은 간단했다.

'경애하는 부인.
부인이 보내 주신 서류는 지극히 합당한 것으로서, 외국에서 거행된 결혼일지라도 이유 여하간에 무효화될 수 없습니다.
배상(拜上)'

포와로는 동봉한 서류를 펼쳤다. 그것은 8년 전으로 명기된 베일리와 어니스틴 그랜트의 결혼증명서였다.

「아니, 이럴 수가! 패트는 그 여자에게서 만나자는 편지를 받았다고 했지만, 이런 엄청난 문제가 있으리라고는 꿈에도 생각지 못했을 겁니다. 정말 놀랍군요.」

지미가 흥분된 목소리로 말했다.

포와로가 머리를 끄덕였다.

「도너번 씨는 알고 있었죠——그리고 오늘 저녁 위층으로 가기 전에 자기 아내를 만나러 갔던 겁니다——하필이면 라이벌이 살고 있는 아파트로 그 불행한 여인이 들어오다니, 정말 짓궂은 운명이죠——하여튼, 그는 아내를 무참하게 살해한 뒤——당신들과 놀러나간 겁니다. 그의 아내가 변호사에게 결혼증명서를 보내어 회답을 기다리고 있다는 말을 한 게 틀림없어요. 그 전부터 그는 그들의 결혼에 문제가 있다고 누누이 그녀에게 설득도 하고 협박도 하곤 했겠지.」

「그렇지만, 그는 오늘 저녁 내내 아주 기분이 좋아 보였는데요. 그런데, 포와로 씨, 그를 그냥 달아나게 내버려두셨잖아요?」

지미는 몸서리를 쳤다.

「도망칠 수 없으니 안심해요.」

포와로는 엄숙한 표정으로 말했다.

「패트가 어떻게 나올지——정말 걱정스럽습니다. 그녀는 정말 그를 좋아하고 있었던 게 아닐까요——.」

지미가 걱정스러운 얼굴로 말했다.
「그건 당신이 할 일이오. 그녀가 모든 것을 잊고 당신을 사랑하도록 만들어 보시오. 그렇게 어려운 일은 아닐 게요.」
포와로가 상냥하게 말했다.

조니 웨이벌리의 모험

「엄마의 기분이 어떤지 당신은 이해할 수 있을 거예요.」
 웨이벌리 부인은 이 말을 벌써 여섯 번째 하고 있었다.
 그녀는 애원하듯이 포와로를 쳐다보았다. 슬픔에 잠긴 어머니에게 항상 동정을 금치 못하는 나의 작달막한 친구는 안심시키려는 듯한 손짓을 연방 해대며 말했다.
 「예, 압니다. 잘 알지요. 이해하고말고요. 이 포와로를 믿어 주십시오.」
 「경찰에서는———.」
 웨이벌리 씨가 입을 열었다.
 그의 아내가 그 말을 가볍게 일축해 버렸다.
 「경찰하고는 이제 더 이상 상종을 않겠어요. 우리는 그들을 믿었는데 무슨 일이 일어났나 보세요! 그러나, 포와로 씨의 명성과 놀라운 업적에 대해서는 많이 들어 알고 있으므로, 틀림없이 우리를 도와주시리라 믿어요. 엄마의 마음이란 것이———.」

포와로는 감동적인 몸짓을 하며, 같은 이야기를 또 되풀이하려는 것을 허둥지둥 막았다. 웨이벌리 부인의 심정은 분명히 진실된 것이었겠으나, 약삭빠르고 딱딱한 느낌을 주는 그녀의 용모와는 어딘지 모르게 조화를 이루지 못했다. 그 뒤 그녀가, 사환에서부터 시작하여 고생 끝에 현재의 위치에 이른 버밍엄의 저명한 강철 제조업자의 딸이라는 이야기를 들었을 때, 비로소 그녀가 그 아버지의 기질을 많이 물려받았음을 알 수 있었다.

웨이벌리 씨는 거대한 몸집에 혈색이 좋고 유쾌해 보이는 사람이었다. 다리를 딱 벌리고 서 있는 그의 모습은 영락없이 시골 대지주의 티가 났다.

「이 사건에 관해서는 이미 자세히 알고 계시겠죠, 포와로 씨?」

그건 분명히 불필요한 질문이었다. 요 며칠간 신문에서는 조니 웨이벌리라는 어린 소년의 유괴사건으로 떠들썩했다. 영국에서도 아주 오래 된 가문으로 손꼽히는 런던 아래쪽 서리 주의 웨이벌리 대저택의 대지주인 마커스 웨이벌리의 세 살 난 아들이자 상속인이었으니, 세상의 이목을 끌기에 충분했다.

「줄거리는 대강 알고 있습니다만, 사건의 전모를 다시 말씀해 주시겠습니까? 되도록이면 자세하게 말입니다.」

「그러죠. 사건의 시작은 열흘 전쯤이었던 것으로 기억됩니다. 그날 나는 익명의 편지를 한 통 받았습니다──어쨌든 몹시 불쾌한 일이었죠──그런데, 그 속에는 도무지 알 수 없는 말뿐이었습니다. 그 편지를 쓴 작자는 뻔뻔스럽게도 내게 2만 5천 파운드를 요구했어요──포와로 씨, 2만 5천 파운드라니 말이나 됩니까! 돈을 내놓지 않는다면 내 아들 조니를 유괴하겠다고 협박했어요. 나는 공연히 법석떨 것도 없이 그것을 휴지통에 집어던져 버렸습니다. 단순히 쓸데없는 장난이다 싶었죠. 그로부터 닷새 뒤에 나는 또 한 통의 편지를 받았습니다. '돈을 지불하지 않으면 오는 29일에 당신 아들을 유괴하겠다.'라고 적혀 있더군요. 그 날은 27일이었습니다. 애다는 걱정했지만, 나는 그 문제가 도무지 심각하게 받아들여지질 않더군요. 누가 뭐래도 우리는 영국에 살고 있지 않습니까. 어린애를 유괴하여 몸값을 요구하는 일은 있을 수도 없는 일입니다.」

「흔한 일은 물론 아니죠. 계속해 보십시오.」

포와로가 말했다.

「그런데, 애다가 하도 걱정을 하기에 쓸데없는 일이라고 생각하면서도——런던 경시청에 그 문제를 의뢰했습니다. 그들도 그 일을 그리 심각하게 받아들이는 것 같지 않았습니다——나처럼 쓸데없는 장난이라고 생각하는 것 같더군요. 28일이 되자 세 번째 편지가 날아들었습니다. '당신은 돈을 내놓지 않았다. 그러므로, 우리는 내일 29일 정오에 당신의 아들을 유괴하겠다. 아들을 찾으려면 6만 파운드를 준비하라.'라는 내용이었어요. 나는 다시 런던 경시청으로 달려갔죠. 이번에는 그들도 좀 놀란 모양이었습니다. 그들은 그 편지는 어떤 미치광이가 쓴 것으로 보이며, 특정한 시각에 자신들이 의도한 모종의 행동을 개시할 가능성이 크다고 판단을 내리고, 그에 적절한 예방책을 강구하겠다는 약속을 했습니다. 맥닐 경감이 그 이튿날 경찰대를 이끌고 웨이벌리로 와서 책임을 지겠다고 약속했어요.

나는 한결 편안한 마음으로 집에 돌아왔습니다. 그러나, 이미 공격 상태에 있다는 느낌을 떨쳐 버릴 수는 없었죠. 집안 사람들에게 낯선 사람을 들이지 말 것이며, 또한 어떤 사람도 집에서 나가는 일이 없도록 하라고 명령해 두었습니다. 그 날 저녁은 그다지 성가신 일 없이 지나갔지요. 그런데 다음 날 아침, 아내가 갑자기 몸이 좋지 않았어요. 몹시 심한 상태인 것 같아, 깜짝 놀란 나는 데이커스 박사를 부르러 보냈습니다. 그는 아내의 증세를 진단해 보더니 무척 놀라는 눈치더군요. 딱 부러지게 말도 못 하고 빙빙 돌려 말하는데, 그게 그녀가 독약에 중독되었다는 뜻이라는 것을 알겠더군요. 의사는 위험한 정도는 아니지만, 회복되려면 하루나 이틀은 걸릴 거라고 말했습니다. 그리고 나서 내 방에 돌아와 보니 베개에 쪽지 한 장이 꽂혀 있더군요. 가슴이 철렁 내려앉았습니다. 그 전의 다른 편지들과 같은 필적으로 '12'라는 글자만이 적혀 있었습니다.

포와로 씨, 나는 그 때 몹시 격분하여 피가 머리끝으로 솟는 것 같았어요! 바로 이 집안 사람이 관련되어 있었던 겁니다——하인들 중 하나가 말이지요. 나는 하인들을 모조리 불러놓고 입에서 나오는 대로 욕설을 퍼부어 댔습니다. 그들은 하나같이 입을 다물고 있더군요. 다만, 아내의 말 상대가 되어 주고 있는 콜린스 양이 와서, 조니의 유모가 그 날 새벽에 차도로 걸어 내려가는 것을 보았다고 살짝 귀띔해 주는 겁니다. 그래서 그녀를 불러다 따져 물었더니 실토를 하더군요. 그녀는 아이를 하녀한테 맡겨 놓고 몰래 빠져 나가서 자기 친구를 만났답니다——남자 친구를 말입니다! 뻔뻔스러운 것 같으니라고! 하지만, 그녀는 내 베개에 쪽지를 꽂아둔 일은 없다고 딱 잡아떼더군요——그 말이 사실인지는 모르겠습니다만, 다른 사람도 아닌 아이의 유모가 그 음모에 끼여들었다면 그보다 더 위험한 일이 어디 있겠습니까? 하인들 중 한 명이 관련되어 있다는 것은 확실했어요. 마침내 나는 울화통이 터져서 유모고 하인이고 할 것 없이 모조리 다 해고시켜 버렸죠. 나는 그들에게 한 시간 내로 짐을 꾸려 집을 떠나라고 했습니다.」

그 당시의 분노가 기억나는지 웨이벌리 씨의 혈색 좋은 얼굴이 한 층 더 붉어졌다.

「그건 좀 분별없는 행동이 아니었을까요, 선생?」

포와로가 말문을 열었다.

조니 웨이벌리의 모험 225

「방금 얘기하신 사실들을 모두 종합해 볼 때, 공연히 범인들 계획대로, 그들에게 이로운 일만 해 준 건지도 모릅니다.」

웨이벌리 씨가 그를 빤히 쳐다보더니 이렇게 말했다.

「그건 모르겠습니다. 나는 무조건, 그들을 모조리 내보내야 한다는 생각밖엔 없었으니까요. 그런 다음, 그 날 저녁 런던에 전보를 쳐서 하인들을 몽땅 새로 보내 달라고 의뢰했죠. 집에는 내가 믿을 수 있는 사람들만 남았습니다. 아내의 비서인 콜린스 양과, 내가 어렸을 적부터 함께 살아온 트레드웰이라는 집사뿐이었죠.」

「콜린스 양은 여기에 온 지 얼마나 됐습니까?」

「꼭 1년 되었어요. 그녀는 비서 겸 말벗으로 나에게는 여간 소중하지가 않답니다. 또한, 아주 유능한 가정부이기도 해요.」

웨이벌리 부인이 대답했다.

「그 유모는?」

「그녀는 6개월 되었어요. 신원보증서는 더 말할 나위 없이 좋았지만, 나는 조금도 마음에 들지 않아요. 조니가 하도 따르기에 두고 본 거죠.」

「결국 사건이 터지는 바람에 지금은 떠나고 없겠군요. 자, 웨이벌리 씨, 이야기를 계속해 주시겠습니까?」

웨이벌리 씨는 다시 이야기를 시작했다.

「10시 30분쯤 되자 맥닐 경감이 도착했습니다. 하인들은 이미 다 떠난 뒤였죠. 그 사람은 내 처사에 대해서 만족스러움을 표시하더군요. 그리고 집으로 통하는 입구란 입구에는 모조리 보초를 세웠으며, 정원에도 곳곳에 경찰들을 배치시켰습니다. 그는 협박 편지나 그 모든 것이 장난이 아니라면, 정체불명의 범인을 틀림없이 잡게 될 거라고 장담했습니다.

나는 조니를 내 곁에서 한시도 떼놓지 않았으며, 경감과 함께 회의실이라고 부르는 방으로 들어갔습니다. 경감은 문을 잠갔죠. 그 방에는 대형 괘종 시계가 있었는데, 시계 바늘이 12시에 가까워지자 나는 일어났다 앉았다 안절부절못했습니다. 이윽고 시계는 태엽 풀리는 듯한 소리를 내더니 12시를 치기 시작했습니다. 나는 조니를 와락 부둥켜 안았죠. 하늘에서 떨어지는 것처럼 정신이 아득해지더군요. 시계가 마지막으로 땡 하고 울린 순간, 밖에서는 일대 소동이 벌어졌습니다――고함지르고 뛰고 야단이었어요. 경감이 창문을 열고 내다보니 순경 하나가 뛰어왔습니다.

'범인을 붙잡았습니다, 경감님.' 하고 그는 숨을 헐떡이며 말하더군요. '그 자가 수풀 사이로 몰래 들어오고 있었는데, 몸을 뒤져 보니 마취제 같은 게 나왔습니다.'

테라스로 얼른 뛰어나가 보니, 순경 둘이서 초라한 차림에 인상이 흉악한 녀석 하나를 붙들고 있더군요. 몸을 이리저리 뒤틀면서 도망치려고 안간힘을 쓰고 있었습니다. 경찰 한 명이 범인으로부터 빼앗은 꾸러미를 내미는데 보니까 탈지면 뭉치와 클로로포름(마취약) 한 병이 들어 있더군요. 그걸 보니 피가 부글부글 끓더군요. 그리고, 내 앞으로 된 편지도 한 통 있었습니다. 뜯어 보았더니 이렇게 쓰여 있더군요.

'이쯤 했으면 돈을 내놓는 게 좋을 것이다. 당신 아들의 몸값은 이제 5만 파운드다. 당신이 아무리 날고 뛰어도 내가 말한 대로 조니는 29일 12시 정각에 유괴되고야 말았다.'

이제는 안심이구나 싶어 호탕하게 웃어젖히고 있는데, 자동차 엔진 소리와 함께 뭐라고 외쳐대는 소리가 들렸습니다. 나지막하고 긴 대형 회색 차가 맹렬하게 속도를 올리며 남쪽 수위실 쪽으로 질주하고 있더군요. 차를 모는 사람이 뭐라고 소리를 질러댔지만 그런 것은 안중에도 없었습니다. 조니의 연한 황갈색 머리카락이 나풀거리는 것을 보고서야 공포에 질렸죠. 그 애가 그 자 옆에 타고 있었던 겁니다.
'그 아이가 조금 전부터 안 보였어.' 경감이 소리질렀습니다. 그의 시선이 우리를 훑고 지나갔는데 나, 트레드웰, 콜린스 양——우리는 모두 그 자리에 있었지요. '그 아이를 마지막으로 본 게 언제입니까, 웨이벌리 씨?' 하고 경감이 묻기에 나는 기억해 내려고 생각해 보았습니다. 순경이 소리치며 뛰어왔을 때, 나는 조니를 까맣게 잊은 채 범인이 잡혔다는 말에만 정신이 팔려 경감과 함께 회의실을 뛰쳐나갔던 겁니다.
그 때 깜짝 놀랄 일이 발생했습니다. 마을에 있는 교회 시계가 종을 치지 뭡니까. '앗!' 하고 소리치며 경감이 자기 시계를 꺼내어 보더군요. 정각 12시였습니다. 우리가 일제히 회의실에 달려가 보니 그 시계는 12시 10분인 거예요. 누군가 고의로 그것을 건드린 게 분명합니다. 그건 한 번도 늦거나 빠른 법이 없던, 시간이 정확하게 들어맞는 시계였단 말입니다.」
웨이벌리 씨는 거기에서 이야기를 멈췄다. 포와로는 혼자 미소 지으며, 걱정에 잠긴 아버지가 밀어 비뚤어진 작은 깔개를 똑바로 폈다.
「흥미 있는 문젠데요. 분명하게 드러나 있지 않아서 묘미도 있고.」
포와로는 중얼거리듯이 말을 이었다.
「기꺼이 조사해 보겠습니다. 정말 감탄할 만큼 계획을 잘 세운 사건이군요.」
웨이벌리 부인이 질책하는 듯한 눈초리로 포와로를 쳐다보며 울부짖었다.
「아, 내 아들.」
포와로는 서둘러 안색을 부드럽게 하여 진심으로 슬픈 듯한 표정을 지었다.
「조니는 안전합니다, 부인. 무사해요. 안심하십시오, 그 괴한들은 아드님이 다치지 않도록 극진히 잘 돌보고 있을 테니. 그들에게는 조니가 황금알을 낳는 칠면조──아니, 거위라고 하던가요?」

「포와로 씨, 이제 한 가지 방법밖에는 없을 것 같아요──돈을 내 줘야 할까 봐요. 처음에는 전적으로 반대했지만──이제는! 엄마의 마음이란──.」

「그리고 보니 우리가 당신의 이야기를 방해했군요.」

포와로가 급히 외쳤다.

「나머지 이야기는 신문에서 읽어 다 아시겠습니다만──.」

웨이벌리 씨가 계속해서 말했다.

「맥닐 경감이 즉시 전화를 걸었죠. 자동차 모양과 범인의 인상착의가 곳곳에 나붙는 등, 처음에는 사건이 금방 해결될 것처럼 보였습니다. 그 수배 포스터를 보고서 한 남자와 어린 소년이 탄 차를 목격했다는 사람이 바로 나타났으니까요. 달리는 방향으로 보아 런던으로 향하고 있는 게 틀림없었어요. 도중 한 곳에서 차가 멈췄는데, 어린애가 울어 대며 같이 타고 있는 사람을 무서워하고 있는 표정이 역력했다는 신고도 들어왔죠. 마침내 맥닐 경감으로부터, 그 차를 잡아 남자와 소년을 유치해 두었다는 소식을 들었을 때 나는 한꺼번에 긴장이 확 풀린 나머지 거의 쓰러질 지경이었습니다. 결과는 물론 아시겠습니다만, 그 소년은 조니가 아니었을 뿐만 아니라, 그 남자는 어린애를 좋아하는 자동차광에 불과했어요. 여기에서 15마일 가량 떨어진 에든스웰이라는 마을의 거리에서 놀고 있는 어린 소년 하나를 그냥 차에 태워 주었다는 겁니다. 경찰의 자만심에서 빚어진 그 대실책 때문에 범인 차의 자취는 감쪽같이 증발해 버린 거라고요. 그들이 엉뚱한 차를 쫓아다니지만 않았어도 지금쯤은 아마 조니를 찾았을 겁니다.」

「진정하십시오, 웨이벌리 씨. 경찰은 용기와 지능을 갖춘 사람들입니다. 이번 사건에서 그들이 실수한 것은 극히 당연한 일이지요. 요컨

조니 웨이벌리의 모험   229

대, 그건 아주 교묘한 계략이란 말입니다. 정원에서 붙잡은 남자를 추궁했는데 그는 아무것도 모른다고 부인했다지요? 그는 그저 그 쪽지와 꾸러미를 받아 웨이벌리 코트 저택으로 전해 준 것뿐이라고 주장했고요. 범인은 편지와 꾸러미를 전달하라고 하면서 그에게 10실링짜리 지폐를 쥐어 주었을 뿐만 아니라, 10분 전 12시에 정확하게만 배달해 준다면 따로 사례를 하겠다고 약속했다는 겁니다. 그는 정원을 가로질러 집에 접근하여 옆문을 두드리기로 되어 있었다는 겁니다.」

「그 작자가 한 말은 한마디도 못 믿겠어요. 거짓말투성이라고요.」

웨이벌리 부인이 성을 내며 말했다.

포와로는 곰곰이 생각하며 말했다.

「정말 믿기 어려운 변명이지요. 그러나, 아직까지는 경찰에서도 반증을 제시하지 못했어요. 내가 알기로는 그 자가 이쪽에다 오히려 죄를 뒤집어씌웠다지요?」

포와로는 답변을 듣고자 웨이벌리 씨에게 시선을 던졌다. 그는 얼굴부터 먼저 붉으락푸르락해졌다.

「그 뻔뻔스러운 자는 트레드웰을 보더니 얼굴색 하나 안 변하고, 바로 그가 자기에게 편지와 꾸러미를 준 사람이라고 우기지 않겠어요. 수염만 있으면 범인의 얼굴과 똑같다나요. 다른 사람도 아니고 트레드웰을 보고 말입니다. 그는 이곳에서 태어나서 이곳에서 살아온 사람이라고요!」

포와로는 그 시골 신사가 열을 올리는 것을 보고 슬그머니 미소를 머금었다.

「그러나, 당신은 집안 사람 중에 유괴사건의 공범자가 있다고 의심하지 않았소?」

「그렇습니다. 하지만, 트레드웰은 아니에요.」

「부인의 생각은 어떻습니까?」

포와로는 대뜸 웨이벌리 부인을 보고 물었다.
「그 바람잡이에게 편지와 꾸러미를 준 사람이 트레드웰이라고 볼 수는 없어요──실제로 누군가가 그랬는지는 모르지만──그 자 말로는 10시에 그것들을 받았다고 했는데, 10시에 트레드웰은 흡연실에서 남편과 함께 있었거든요.」
「혹시 차에 탄 남자의 얼굴은 못 보셨나요, 웨이벌리 씨? 트레드웰과 닮은 것 같지는 않던가요?」
「너무 거리가 떨어져 있어서 얼굴은 볼 수 없었습니다.」
「트레드웰에게 형제가 있습니까?」
「여러 명이 있었지만, 지금은 모두 죽고 없어요. 마지막 한 사람은 전사했다더군요.」
「나는 웨이벌리 코트 저택의 구조에 대해 아직 잘 모릅니다. 그 차는 남쪽 수위실을 향해 달렸다고 했는데, 그것 말고 출입구가 또 있습니까?」
「예, 우리가 동쪽 수위실이라고 부르는 것이 있죠. 집의 반대편에 있습니다.」
「그 차가 집 안에 들어오는 것을 본 사람이 아무도 없다는 게 이상하군요.」
「뜰에 작은 교회로 통하는 길이 있어서 차량 출입이 상당히 많습니다. 범인은 편리한 장소에 차를 세워두고는, 그 바람잡이 때문에 사람들의 정신이 다른 데 팔려 있을 때, 얼른 집에 뛰어 들어간 것이 분명해요.」
포와로는 생각에 잠긴 채 말했다.
「그 자가 이미 집 안에 들어와 있었던 것은 아닐까요?」 포와로는 생각에 잠긴 채 말했다.
「집 안에 범인이 숨을 만한 곳이 있습니까?」

「글쎄요, 물론 우리는 사건 발생 전에 집을 샅샅이 뒤져보지는 않았죠. 그럴 필요를 못 느꼈으니까. 그자가 어딘가에 몸을 숨기고 있었을 법도 하지만, 대체 누가 그 자를 집 안에 들였겠습니까?」

「그 문제는 나중에 생각해 보기로 합시다. 한 번에 하나씩——차근차근 풀어 나가도록 합시다. 집에 특별한 은신처는 없습니까? 웨이벌리 코트 저택은 오래 된 건물이라서 '승려의 은신처'라고 불리는 곳이 있을 법도 한데요?」

「있어요, 승려의 은신처가 있어요. 홀에 있는 판자 하나를 떼어 내면 들어갈 수 있게 되어 있어요.」

「회의실 근처에 있습니까?」

「바로 문 밖이오.」

「그겁니다!」

「그러나, 아내와 나 말고는 아무도 그런 게 있다는 사실을 모를 거요.」

「트레드웰은?」

「글쎄요——어쩌다 들었는지도 모르죠.」

「콜린스 양은 어떻습니까?」

「그녀에게는 입 밖에 내지도 않았어요.」

포와로는 잠시 생각에 빠졌다.

「자, 선생, 이제는 웨이벌리 코트 저택에 직접 가 봐야 알겠군요. 오늘 오후쯤이면 괜찮겠습니까?」

「한시라도 빨리 와 주세요, 포와로 씨!」

웨이벌리 부인이 다급하게 외쳤다.

「그리고, 이걸 다시 한 번 더 읽어 보세요.」

그녀는 범인에게서 받은 최후의 통첩장을 그의 손에 건네주었다. 그 날 아침 웨이벌리 코트 저택에 편지가 배달되었기에, 부인이 급히 포와로를 찾아온 것이었다. 그 편지는 노골적으로 돈을 내놓으라는 말로 시작하여 교묘하고도 명백하게 몸값 지불 방법을 지시했으며, 만일 수작을 부리면 아들의 목숨이 위태로울 거라는 협박으로 끝이 나 있었다. 웨이벌리 부인은 돈에 대한 애착과 순수한 모성애 사이에 갈등을 느끼고 있던 차에 그 편지를 받고서 마침내 모성애 쪽으로 마음이 기운 게 분명했다.

포와로는 남편이 일어난 뒤, 웨이벌리 부인을 잠깐 붙잡고 말했다.
「부인, 솔직하게 말해 주십시오. 부인께서도 남편만큼 트레드웰이라는 집사를 신임하십니까?」
「그를 믿지 못할 이유는 없어요, 포와로 씨. 그가 이 사건에 관련되어 있다고는 생각지 않아요. 하지만──저어, 사실은 오래 전부터 그 사람이 조금도 마음에 들지 않았어요──조금도!」
「한 가지만 더 묻겠습니다, 부인. 아드님 유모의 주소를 혹시 알고 계십니까?」
「해머스미스 시(市) 네더럴 가(街) 149번지예요. 하지만, 설마 그런 상상을──.」
「나는 결코 그런 추측은 하지 않습니다. 다만──회색 뇌세포를 좀 사용할 뿐이죠. 그러면 가끔, 아주 가끔 어떤 생각이 떠오르는 때가 있지요.」

웨이벌리 부부가 나가고 문이 닫히자, 포와로는 내게로 다가왔다.
「그러니까 부인은 그 집사가 못마땅하단 말이지. 재미있는데, 안 그런가, 헤이스팅스?」

나는 절대 그의 말에 걸려들지 않는다. 포와로가 나를 속이는 일이 너무 잦기 때문에 방심해서는 안 되는 것이다. 그의 말에는 항상 함정이 도사리고 있었다.

공들여 몸단장을 한 다음, 우리는 네더럴 가를 향해 나섰다. 다행히도 제시 위더스 양은 집에 있었다. 그 여자는 표정이 밝은 서른다섯 살의 여자로 아주 야무져 보였다. 나로서는 이 여자가 그 사건에 가담했으리라고는 믿을 수 없었다. 그녀는 자신이 그런 식으로 해고된 데 대해 심한 불쾌감을 표시했으나, 자신이 잘못한 점은 솔직하게 인정했다.

그녀는 이웃에 사는 화가 겸 실내장식가를 우연히 알게 되어 결혼까지 약속하기에 이르렀는데, 그 날도 그 사람을 만나러 나갔었다는 것이다. 그건 아주 자연스러운 일 같았다. 그런데, 나는 포와로를 도무지 이해할 수가 없었다. 그가 하는 질문은 하나같이 중요하지도 않고 엉뚱해 보였기 때문이다. 질문은 주로 웨이벌리 코트 저택에 있을 당시 그녀의 일상생활에 관한 것들이었다. 나는 솔직히 지루했기 때문에 포와로가 떠나자고 할 때 마치 해방된 기분이었다.

그는 해머스미스의 거리에서 택시를 잡아타고 워털루로 가자고 이른 뒤 이렇게 말했다.

「여보게, 유괴라는 건 아주 간단한 일일세. 그 아이는 지난 3년 동안 언제라도 아주 쉽게 유괴될 수가 있었어.」

「그렇지만, 우리는 별 진전을 못 본 것 같은데요.」

나는 무뚝뚝하게 대꾸했다.

「천만에, 놀랄 만한 진전을 보았다네, 놀랄 만한! 여보게, 헤이스팅스, 넥타이 핀을 꽂으려면 제발 넥타이 한가운데에다 꽂게나. 자네 것은 지금 16분의 1인치나 오른쪽으로 치우쳐 있어.」

웨이벌리 코트 저택은 오래 된 건물이면서도 멋이 있었으며, 최근엔 고상한 취향에 따라 세심하게 재건한 모양이었다. 웨이벌리 씨는 회의실이며 테라스며, 그 사건과 관련된 여러 장소를 빠짐없이 보여 주었다. 마지막으로 포와로의 요청에 따라, 그가 벽에 있는 용수철 하나를 누르자 널빤지 하나가 옆으로 밀리면서 승려의 은신처로 들어가는 짧은 통로가 나타났다.
「보시다시피, 여기에는 아무것도 없습니다.」
웨이벌리가 말했다.
그 작은 방은 텅텅 비어 있었으며, 바닥에는 발자국의 흔적조차 없었다. 내가 포와로에게 다가가 보았더니, 그는 한쪽 구석에 난 어떤 자국을 열심히 들여다보고 있었다.
「여보게, 이게 뭔지 알겠나?」
자그마한 자국 네 개가 모여 있었다.
「개 발자국 아닙니까!」
내가 외쳤다.
「아주 작은 개라네, 헤이스팅스.」
「폼(포메라니아 종의 작은 개)?」
「폼보다 더 작은 거야.」
「그럼 그리펀(포인터의 개량종으로 털이 거친 개)인가요?」
내가 자신없는 목소리로 물었다.
「그리펀보다도 더 작아. 애견가들 사이에도 잘 알려지지 않은 종류지.」
그의 얼굴은 흥분과 만족감으로 열이 올라 있었다.
「내 생각이 들어맞았어. 그럴 줄 알았지. 자, 그만 나가세, 헤이스팅스.」
그는 중얼거렸다.
홀로 나와서 널빤지를 닫았을 때, 복도 끝에 있는 문에서 한 젊은 여자가 나왔다. 웨이벌리 씨가 그녀를 우리에게 소개했다.
「콜린스 양입니다.」
콜린스 양은 대략 서른 살쯤 되어 보였고, 기운차고 활발한 태도를 지니고 있었다. 다소 흐린 금발에다 코안경을 쓰고 있었다.

포와로의 요청에 따라 우리는 조그마한 거실로 들어갔다. 그는 그녀에게 하인들에 대해서, 특히 트레드웰에 대해서 자세하게 질문했다. 그녀도 자신이 집사를 좋아하지 않는다고 솔직히 시인했다.

「그는 너무 잘난 체하거든요.」

그녀가 토를 달았다.

그런 다음, 28일 저녁 때 웨이벌리 부인이 먹고 탈이 난 음식에 대한 질문으로 들어갔다. 콜린스 양은 자신도 2층에 있는 거실에서 그와 똑같은 음식을 먹었지만 아무 이상이 없었다고 했다. 그녀가 자리에서 일어서자, 나는 포와로를 슬쩍 찌르며 일러 주었다.

「개 이야기는요?」

내가 속삭이듯이 말했다.

「아 참, 개 이야기!」

그는 활짝 미소 지었다.

「혹시 집에서 개를 기르고 있습니까, 마드므아젤?」

「바깥에 있는 개집에 리트리버 두 마리가 있는데요.」

「아니, 실내에서 기르는 아주 조그만 개 말이오.」

「없어요──그런 종류는.」

포와로는 그녀를 내보냈다. 그런 다음 벨을 누르며 내게 말했다.

「콜린스 양은 거짓말을 하고 있어. 하지만, 그녀의 입장에 있다면 나라도 그랬을 걸세. 자, 이제 집사를 만나 볼까.」

트레드웰은 거드름을 피우는 사람이었다. 아주 침착한 태도로 이야기를 했지만, 줄거리는 웨이벌리 씨의 이야기와 다름없었다. 그는 승려의 은신처를 알고 있었다고 시인했다.

끝까지 당당함을 잃지 않았던 그가 물러나자, 포와로는 장난기 섞인 시선을 던지며 내게 물었다.

「자, 자네 생각은 어떤가, 헤이스팅스?」

「그보다도 당신의 생각은요?」
내가 받아넘기며 말했다.
「자네, 왜 그렇게 조심스러워졌나? 자네가 자극을 주지 않는다면, 회색 뇌세포는 결코 제 기능을 발휘하지 못할 걸세. 좋아, 자네를 놀리려는 게 아니야! 함께 추리를 해 보도록 하지. 우선 우리가 납득하기 어려운 점으로는 어떤 것을 꼽아 볼 수 있을까?」
「한 가지 의문나는 점이 있습니다. 아이를 유괴한 자가 동문으로 나갔다면 아무에게도 들키지 않았을 텐데, 왜 하필 남문으로 나갔을까요?」
「아주 잘 지적해 주었네, 헤이스팅스. 훌륭해. 다른 문제들과 관련시켜 생각해 볼까. 왜 범인은 웨이벌리 집안에 사전 경고를 했을까? 먼저 아이를 유괴한 뒤에 몸값을 요구했으면 될 게 아닌가?」
「행동을 취하지 않고 돈을 받아낼 심산이었겠죠.」
「단순히 공갈만 해서 돈을 내놓을 사람이 어디 있겠나? 너무나 안이한 생각이지.」
「그러면, 일단 12시에 사람들의 주의를 집중시켜 놓고, 범인은 몸을 숨기고 있다가 사람들이 그 바람잡이를 붙잡고 있는 동안 빠져 나와서 얼른 그 아이를 데리고 도망치려고 계획했겠죠.」
「그렇더라도 아주 간단하게 끝낼 수 있는 일을 어렵게 만든 결과밖에 안 돼. 날짜와 시간을 특별히 정하지 않고 기회가 오기를 기다렸다가, 그 아이가 유모와 함께 외출하는 날 자동차로 그 아이만 데리고 달아나면 훨씬 쉬웠을 게 아닌가.」
「그렇겠군요.」
나는 확신할 수는 없었으나 그의 말을 인정했다.
「사실 거기에 그 사건의 계획적인 조작이 숨어 있는 걸세. 자, 이제 다른 각도에서 문제에 접근해 보도록 하지. 모든 상황으로 보아 집 안에 공범자가 있음이 분명해. 첫째, 웨이벌리 부인이 수수께끼의 독약에 중독된 점. 둘째, 편지가 베개에 꽂혀 있었던 점. 셋째, 시계바늘을 10분 빠르게 돌려놓은 점 —— 모두 집 안에서 벌어질 수밖에 없는 일이야. 그리고 또 한 가지 자네가 미처 깨닫지 못한 사항이 있지. 승려의 은신처에 먼지가 하나도 없었다는 점일세. 빗자루로 싹 쓸어놓았더군.

자, 사건 당시 집에는 네 사람이 있었네. 유모는 제외해도 무방할 걸세. 그녀가 다른 세 가지 행위를 모두 했다고 치더라도 승려의 은신처를 청소할 수는 없었을 테니까. 그래서, 네 명을 용의선상에 두는 걸세. 웨이벌리 씨 부부, 트레드웰 집사, 그리고 콜린스 양. 먼저 콜린스 양부터 살펴볼까. 그녀를 의심할 이유는 아무것도 없어. 우리가 그녀에 대해 아는 바가 거의 없고, 어느 모로 보나 아주 똑똑한 여자이며, 여기에 온 지 1년밖에 안 되었다는 사실을 제외한다면 말이야.」

「하지만, 그 여자가 개에 대해 거짓말을 했다면서요?」

내가 그 사실을 상기시켰다.

「아 참, 개가 있었지.」

포와로는 묘한 미소를 지었다.

「이제 트레드웰로 넘어가 볼까. 그에게는 수상한 구석이 몇 군데 있어. 우선, 붙잡힌 바람잡이가 마을에서 자신에게 그 꾸러미를 준 자가 바로 트레드웰이라고 우겼다지 않나.」

「하지만, 그 점에 대해서라면 트레드웰은 알리바이가 확실하잖아요.」

「그렇다고 할지라도, 그 사람은 웨이벌리 부인에게 독약을 먹이고 베개에 편지를 꽂고, 시계를 조작하고, 승려의 은신처를 쓸어낼 기회가 충분했던 사람이야. 그러나 한편, 그는 웨이벌리 집안에서 태어나 웨이벌리 집안을 위해 일해 온 사람이기도 하지. 그런 점으로 본다면,

그 집안의 아들을 유괴하는 일에 가담했을 가능성은 거의 희박하다고 봐야겠지. 당치도 않아!」

「그래서요?」

「불필요하게 느껴질지도 모르겠으나, 차근차근 검토해 보세. 이제 웨이벌리 부인을 간단하게 살펴보도록 하지. 그녀는 부자인데다 재산도 사실 그녀 앞으로 되어 있어. 이 불모의 땅을 이토록 복구시킨 것도 다 그녀의 돈 덕분이지. 그러니, 그녀가 자기 아들을 유괴하여 자기 돈을 요구했을 리는 없는 걸세. 그렇지만, 그녀의 남편은 입장이 달라. 그는 돈많은 아내를 가졌을 뿐이라고. 자기 자신의 돈이 많다는 것과는 엄연히 다르지——사실, 내가 보기에 그 부인은 웬만한 일이 아니고서는 좀처럼 돈을 내놓지 않겠더군. 그런데, 웨이벌리 씨는 어떻던가. 상당한 방탕자라는 것, 한눈에 보이지 않던가?」

「있을 수 없는 일이에요!」

내가 얼른 내뱉었다.

「그렇지가 않아. 누가 하인들을 모조리 내쫓았나? 웨이벌리 씨일세. 그 사람이 직접 그 협박편지들을 쓰고, 아내에게 독약을 먹이고, 시계바늘을 돌려놓고, 자기의 충실한 하인인 트레드웰을 위해 알리바이를 설정해 놓은 거라네. 트레드웰은 웨이벌리 부인을 결코 좋아하지 않았지. 그는 자기 주인을 진심으로 섬겼기 때문에 기꺼이 그의 명령에 복종한 거야. 그 사건에는 모두 세 사람이 관련되어 있어. 웨이벌리, 트레드웰, 그리고 또 한 명은 웨이벌리의 친구일세. 회색 차에다 동네 아이를 태우고 달린 사람을 좀더 조사해 보지 않았다는 게 경찰의 큰 실수였어. 그 자가 바로 제3의 인물이지. 그 자는 이웃 마을에서 연한 황갈색 머리칼을 가진 소년 하나를 꾀어 차에 태운 거야. 그런 다음 동문으로 들어와서는 계획된 시간에 남문을 통과하면서 손을 흔들고 소리를 질러댄 거지. 사람들은 그의 얼굴과 차 번호뿐만 아니라 그 아이의 얼굴도 봐 두지 못했지. 그곳을 나온 범인은 런던으로 달리는 체한 것이고. 한편, 트레드웰은 험악한 인상의 신사로 변장하여 적당한 사람을 골라 그 편지와 꾸러미를 떠맡기는 역할을 했겠지. 그의 주인은 트레드웰이 가짜 수염을 달았는데도 그 자가 알아볼 경우에 대비해 알리바이를 제공했고 말이야. 웨이벌리 씨는 바깥에서 소란이 발생하여 경감이 뛰어나가자마자 재빨리 자기 아들을 승려의 은신처에 숨기고 뒤쫓아 나간 거라네. 그런 다음, 나중에 경감이 떠나고 콜린스 양이 눈에 안 보일 때, 아주 쉽게 아이를 자기 차에 태워 안전한 장소에 데려다 놓은 거지.」

「그런데, 그 개는 어찌 된 겁니까? 그리고 콜린스 양의 거짓말은요?」

「그건 내가 말장난을 좀 해 본 거라네. 그녀에게 집에 조그만 개가 있느냐고 물었더니 없다고 대답했어——하지만, 틀림없이 개는 있었다고——아이 방에 말일세! 자, 웨이벌리 씨는 조니가 칭얼거리지 않고 재미있게 놀도록 하기 위해 승려의 은신처에 장난감을 넣어 준 거야.」

웨이벌리 씨가 방에 들어왔다.

「포와로 씨——뭘 좀 알아내셨습니까? 내 아들이 어디에 붙잡혀 있는지 단서를 잡으셨나요?」

포와로는 그에게 종이 한 장을 건네주었다.

「여기 그 주소가 있소.」

「아니, 이건 백지가 아닙니까?」

「당신이 나 대신 그 주소를 써 주시오.」

「무슨 소린지——.」

웨이벌리 씨의 얼굴이 자줏빛으로 변했다.

「나는 모든 것을 알고 있소. 당신에게 24시간을 줄 테니 아드님을

240

데려오시오. 당신의 재주라면 그 아이를 다시 찾게 된 경위를 충분히 설명할 수 있을 겁니다. 그러지 않겠다면, 당신 부인에게 사건의 전모를 밝히겠소.」

웨이벌리 씨는 의자에 털썩 주저앉더니 손에 얼굴을 묻었다.

「조니는 여기에서 10마일 떨어진 곳에 있는, 내 어린 시절의 유모에게 가 있습니다. 아무 일 없이 잘 놀고 있을 겁니다.」

「그 점은 의심하지 않소. 당신이 좋은 아버지라는 것을 믿지 않았다면, 나는 당신에게 이런 기회를 주고 싶지도 않았을 거요.」

「좋지 않은 소문은———.」

「그렇소. 전통 있는 가문에서 태어나 존경을 받아온 당신의 이름을 다시는 더럽히 마시오. 안녕히 계시오, 웨이벌리 씨. 참! 그리고 한마디 충고할 게 있소. 청소는 항상 구석구석까지 하시오!」

스물네 마리의 검은 티티새

　에르큘 포와로는 친구인 헨리 보닝턴과 런던 첼시의 킹스 로(路)에 있는 갤런트 인디버라는 레스토랑에서 식사를 하고 있었다.
　보닝턴 씨는 갤런트 인디버를 즐겨 찾았다. 그는 그곳의 느긋한 분위기와 그 소박하면서도 영국적이고, 너무 야단스럽게 모양을 내지 않은 음식을 좋아했다.
　평소 그의 마음을 잘 알아주는 몰리라는 웨이트리스는 그를 오랜 친구처럼 대했다. 특히 그녀는 단골 손님들의 식사 취향을 놀라우리만큼 잘 기억하고 있어, 그녀 자신도 자랑스레 여기는 터였다.
　「어서 오세요, 선생님.」
　그녀는 구석 테이블에 자리를 잡은 두 사람을 보고 말했다.
　「오늘은 정말 잘 오셨어요——밤으로 속을 채운 칠면조 요리가 준비되어 있답니다——선생님이 좋아하시는 음식이잖아요? 더구나, 최고급 스틸턴 치즈까지 입수했거든요! 수프를 먼저 드시겠어요, 생선을 먼저 드시겠어요?」

음식과 포도주 주문을 받고 몰리가 잽싸게 물러가자, 보닝턴 씨는 숨을 크게 내쉬며 기대앉아 냅킨을 펼쳤다.

「좋은 아가씨야!」

그는 흡족한 표정으로 말을 이었다.

「한때는 상당한 미인이었다나 봐——화가들이 그녀를 모델삼아 그림을 그리곤 했다는군. 그뿐인가, 요리에 대해서도 일가견이 있다네——요는 그 점이 훨씬 더 중요하다는 말일세. 여자들은 대개 요리를 제대로 평가할 줄을 모르는데 말이야. 자기가 좋아하는 사람과 식사를 하러 가도 어떤 음식을 먹느냐에 관해서는 무관심한 경우가 허다하다고. 덮어놓고 제일 먼저 눈에 들어오는 것을 주문하는 게 예삿일이지.」

에르큘 포와로가 머리를 저었다.

「그건 좀 심한 말인데.」

「남자들은 그런 법이 없지. 정말 다행한 일이지 뭔가!」

보닝턴 씨는 의기양양한 표정으로 말했다.

「아주 없기야 할라고?」

에르큘 포와로는 눈을 반짝였다.

「글쎄, 아주 젊은 사람들이라면 또 모르지.」

보닝턴 씨가 시인했다.

「건방진 풋내기들! 요즈음 젊은애들은 모두 똑같아——배짱이 있기를 하나, 그렇다고 팔팔하기를 하나. 나는 젊은 녀석들이 못마땅해. 그리고 그들도——.」

그는 아주 공평하게 덧붙여 말했다.

「내가 못마땅할 테지. 자기들이 옳다고 생각할 테니까! 하지만, 젊은 녀석들이 말하는 것을 좀 들어 보게. 예순을 넘으면 '살아 있을' 권리도 없는 것처럼 말한다니까! 그들이 하는 말과 행동을 보면 머지않

스물네 마리의 검은 티티새 243

아 나이 많은 친지들을 저 세상으로 보내려는 게 아닌가 하는 생각마저 든다고.」
　「그들의 생각에도 일리는 있지.」
　포와로가 말했다.
　「자네는 정말 너그럽군. 경찰 일에 뛰어들어서 탈이긴 하지만.」
　에르큘 포와로는 미소를 지으며 말했다.
　「그럼에도 불구하고 예순이 넘은 사람들의 사고사(事故死) 일람표를 만들어 보면 흥미가 있다네. 그걸 보면 틀림없이 마음속에 이상한 추측이 생기게 되어 있어. 그건 그렇다 치고, 자네 이야기나 들어 보세. 요즈음 경기가 어떤가?」
　「엉망이야! 경기가 아주 안 좋다네. 정도가 너무 지나쳐. 감언이설만 난무하고 말이야. 감언이설로 어수선한 경기를 무마시키려 든다네. 말하자면, 향기가 짙은 소스로 그 밑에 있는 맛없는 생선을 감추려는 게지! 나는 너절하게 소스를 끼얹지 않은 진짜 넙치살만 먹겠어.」
　바로 그 때 몰리가 그 생선을 날라왔다.
　그는 만족스러운 듯이 말했다.
　「아가씨는 내가 원하는 것을 정확하게 알고 있군.」
　「물론이죠. 단골 손님이시잖아요, 선생님. 당연히 알아 모셔야죠.」
　에르큘 포와로가 물었다.
　「그럼, 사람들은 항상 같은 요리를 찾소? 가끔 다른 요리를 먹어 보고 싶지 않을까?」
　「남자분들은 안 그래요, 선생님. 여자분들은 변화를 좋아하지만――남자분들은 항상 같은 요리를 주문하신답니다.」
　「그것 보게. 내가 뭐라고 했나? 여자들은 음식에 관한 한 근본적으로 뭘 모른다니까!」

보닝턴은 투덜거렸다.

그는 레스토랑을 휘 둘러보았다.

「세상은 참 재미있는 곳이야. 자네, 저쪽 구석에 앉아 있는, 턱수염을 기른 이상한 생김새의 노인이 보이나? 몰리가 그러는데, 저 노인은 화요일과 목요일 저녁때면 어김없이 여기에 온다는 거야. 거의 10년 가까이 이곳을 찾아온다는군──가히 이 음식점의 상징이라 할 만하지. 그런데, 여기에서 그의 이름이나, 그가 살고 있는 곳이나, 혹은 직업이 무엇인지 아는 사람은 단 한 명도 없다는 거야. 한번 생각해 보게나. 참 이상한 일 아닌가.」

웨이트리스가 칠면조 요리를 가져오자 그가 말했다.

「저 '시계 영감님'이라는 양반은 여전하신가 보군.」

「그럼요, 선생님. 화요일과 목요일에는 꼭 출근하시죠. 그런데, 지난 주에는 '월요일'에 나타나셨답니다! 깜짝 놀랐다니까요! 저는 제가 날짜를 착각한 줄로만 알았어요. 어느새 화요일이 되었나 싶었죠! 하지만, 그 분은 그 다음 날 저녁때 어김없이 또 오셨어요──그러니까, 그 월요일은 특별 출근이었던 셈이에요.」

「그렇게 오래 된 습관에서 벗어났다니 재미있군. 그런데, 그 이유가 무엇이었을까?」

포와로가 중얼거리듯이 말했다.

「글쎄요, 선생님, 제 생각에는 그 분한테 무슨 걱정거리라도 있었던 것 같아요.」

「왜 그런 생각이 들었소? 그의 태도 때문에?」

「아뇨, 선생님──태도는 전과 다름없었어요. 평소처럼 묵묵하게 음식만 드셨거든요. 들어오고 나갈 때 '잘 있었소?' '잘 있어요.'라는 말밖에는 통 말씀이 없으시니까요. 제가 그런 생각을 하게 된 이유는 주문한 음식 때문이었어요.」

스물네 마리의 검은 티티새 245

「'주문' 때문에?」

「말씀드리면 두 분께서 웃으실 거예요.」

몰리는 얼굴을 붉혔다.

「그러나, 여기에 10년 동안 찾아오신 분의 식사 취향은 당연히 알고 있죠. 그 분은 콩팥 푸딩이나 검은 딸기라면 딱 질색을 하시지요. 그리고, 걸쭉한 수프를 드시는 것도 한 번도 뵌 일이 없었고요──그런데, 그 월요일 밤에 오셨을 때는 걸쭉한 토마토 수프에 비프 스테이크, 콩팥 푸딩에 검은 딸기 파이까지 주문하신 거예요! 마치 자신이 무엇을 주문하고 있는지 깨닫지도 못하는 것 같았다니까요!」

「굉장히 흥미로운 이야기로군요.」

에르큘 포와로가 말했다.

몰리는 기쁜 표정으로 물러갔다.

헨리 보닝턴은 싱글싱글 웃으며 말했다.

「자, 포와로──자네 추리를 들어 보고 싶군. 그 절묘한 추리를 말일세.」

「나는 자네의 추리를 먼저 들어 보고 싶은데.」

「날더러 와트슨(셜록 홈즈의 친구로, 홈즈의 이야기를 해설해 나간다.)이 되라는 얘긴가? 흠, 저 노인이 의사한테 갔더니 의사가 음식을 바꿔 보라고 한 게 아닐까?」

「걸쭉한 토마토 수프에 스테이크와 콩팥 푸딩과 검은 딸기 파이로 말인가? 세상에 그런 처방을 내리는 의사가 어디 있담?」

「그런 말 말게. 의사들은 별의별 처방을 다 내린다고.」

「그래, 고작 그런 생각밖에 안 떠오르나?」

「글쎄, 진지하게 말해서 딱 한가지 해석밖에 나올 수 없겠는데. 저 정체불명의 친구는 어떤 심각한 정신적 흥분에 시달리고 있었던 거야. 마음이 너무 불안한 나머지, 말 그대로 자신이 무엇을 주문하고 있으며, 무엇을 먹고 있는지 깨닫지 못한 거지.」

헨리 보닝턴은 잠시 말을 끊었다가 다시 입을 열었다.

「자, 이제 자네가 말할 차례일세. 자네는 저 노인의 마음속에 무슨 생각이 있었는지 알고 있다고 할 테지. 그리고, 어쩌면 저 노인이 자살을 결심한 거라고 말할 참이겠지.」

그는 자신이 말해 놓고서는 껄껄 웃었다.

그러나, 포와로는 웃지 않았다.

포와로는 그 당시 노인에게 심각한 걱정거리가 있었던 것은 분명하다고 시인했다. 그리고, 그렇다면 그 노인은 무슨 일이 일어날 것인지 어렴풋이 느끼고 있었다는 이야기가 된다고 했다.

그의 친구들은 그런 생각은 너무 터무니 없는 거라고 몇 번이고 얘기했다.

약 3주일 뒤 에르큘 포와로와 보닝턴은 다시 만났다——이번에는 지하철 안에서였다.

그들은 이리저리 흔들리는 차 안에서 가죽 손잡이에 매달려 서로 고개를 끄덕여 보였다. 피카딜리 광장에서 사람들이 쏟아져 내린 뒤, 맨 앞쪽에 자리를 잡고 앉았다——사람들이 오가지 않는 조용한 자리였다.

「여담이지만——자네, 갤런트 인디버에서 본 그 노인 기억나나? 나는 그 노인이 저 세상으로 훌쩍 떠나 버린 게 아닌가 하는 생각이 든다네. 1주일 내내 한 번도 거기에 나타나지 않았다는군. 몰리도 무슨 일인지 모르겠다며 걱정이 대단해.」

보닝턴 씨가 말했다.

에르큘 포와로는 머리를 번쩍 쳐들고 눈을 반짝이면서 물었다.

「정말인가? 아니, 그게 정말인가?」

「그 노인이 의사한테 가서 식이요법을 하라는 처방을 받았을지도

스물네 마리의 검은 티티새 247

모른다는 추측을 내가 했었지? 물론 식이요법은 당치도 않은 말이지만——그가 의사한테 가서 건강진단을 받긴 받은 것 같네. 그런데, 의사가 충격적인 선고를 한 거란 말일세. 그 때문에 노인은 넋을 잃은 채 메뉴도 보지 않고 음식을 주문한 거겠지. 그 충격이 너무 컸던 나머지, 더 살 것도 못 살고 저 세상으로 훌쩍 떠나 버린 게 아닐까? 아무튼 의사들은 말을 조심해야 돼.」

「대개 말을 조심하던데.」

「나는 여기에서 내려야겠네. 또 보세. 우리가 그 노인이 누구였는지 알게 될 거라는 생각은 말게나——그의 이름조차도 말이야. 재미있는 세상일세!」

보닝턴 씨는 이렇게 말하고 얼른 지하철에서 내렸다.

에르퀼 포와로는 마치 세상이 그렇게 재미있는 곳은 아니라는 생각을 하는 듯이 잔뜩 찌푸린 채 앉아 있었다. 집으로 돌아온 그는 충실한 하인인 조지에게 몇 가지 지시를 내렸다.

에르퀼 포와로는 이름이 잔뜩 적힌 명단을 한 장 들고 손가락으로 훑어 내려가고 있었다. 그것은 어떤 지역의 사망자 명단이었다.

포와로의 손가락이 멈췄다.

「헨리 개스코인. 예순아홉 살. 우선 이 사람부터 알아봐야겠군.」

그 날 오후 늦게 에르퀼 포와로는 킹스 로(路)에서 얼마 떨어지지 않은 매켄드루 의사의 병원을 찾아갔다. 매켄드루는 지적인 얼굴에 머리카락이 붉고 키가 큰 사람이었다.

「개스코인이오? 예, 맞습니다. 괴상한 노인이었죠. 다 쓰러질 듯한 낡은 집에서 혼자 살고 있었답니다. 지금은 현대식 아파트를 건립하기 위해 그 지역의 헌 집들을 철거하고 있지요. 나는 그 노인을 진찰해 본 적은 없지만, 가끔 본 적은 있어 어떤 사람이었는지는 알고 있습니다. 맨 처음 걱정을 한 사람은 우유 배달부였죠. 우유병이 문 앞에 쌓이기 시작했으니까요. 결국, 옆집 사람들이 경찰에 연락하여 문을 부수고 들어가 그 노인을 발견했답니다. 계단에서 굴러 떨어져 목뼈가 부러진 상태였어요. 너덜너덜한 끈이 달린 낡은 실내복을 입고 있었던 걸로 보아——아마 그 끈에 걸려 넘어진 것 같습니다.」

「그럼, 단순한 사고였군요.」

「그렇습니다.」

「친척은 있었습니까?」

「조카가 하나 있습니다. 한 달에 한 번쯤 왔다 가곤 했죠. 이름은 램시, 조지 램시입니다. 의사라고 하더군요. 윔블던에 살고 있답니다.」

「당신이 개스코인을 보았을 때, 죽은 지 얼마나 되었던가요?」

「아! 이건 좀 전문적인 이야기가 되겠군요. 적어도 48시간 내지 72시간은 되었겠더군요. 그의 시체가 발견된 것은 6일 아침이었죠. 그런데, 사실 이 시간은 다소 좁힐 수가 있습니다. 그 노인이 입고 있던 실내복 호주머니에서 편지 한 통이 나왔거든요——3일에 쓰여진 것으로——그 날 오후 윔블던에서 부쳤으니까——밤 9시 20분경에 배달되었을 겁니다. 그러니까, 사망시간은 3일 밤 9시 20분 이후라고 볼 수 있겠죠. 또, 그 시간은 위의 내용물 소화 상태와도 들어맞아요. 그는 사망하기 두 시간 전쯤에 저녁식사를 했더군요. 내가 시체를 부검한 것이 6일 아침이었는데, 모든 상태로 보아 그는 대략 60시간 전에 사망한 것 같습니다——그러니까 3일 밤 10시 무렵이 됩니다.」

「하나도 조리에 어긋나는 게 없군요. 그런데, 그를 마지막으로 본 것은 언제였나요?」

「목요일인 3일 저녁 7시쯤 킹스 로(路)에서 그를 봤다는 사람이 있습니다. 그리고 7시 30분 갤런트 인디버라는 레스토랑에서 저녁식사를 했습니다. 목요일 저녁에는 어김없이 그곳에서 식사를 했다더군요.」

「다른 친척은 없습니까? 조카 하나밖에 없었나요?」

「쌍둥이 형이 하나 있었습니다. 좀 이상한 얘기긴 하지만, 그들은 몇 년 동안 서로 소식도 없었답니다. 헨리는 젊었을 때 잠시 화가가 되려고 했었다는데, 솜씨는 형편없었나 봐요. 앤터니 개스코인이라는 이름의 형도 같은 화가 지망생이었는데, 아주 부유한 여자와 결혼하면서 그림을 포기했답니다──그 문제로 형제가 싸운 모양입니다. 그 뒤부터 서로 만나지 않았던 것 같습니다. 그런데 정말 묘하게도, 그들은 같은 날 죽었습니다. 그 형은 3일 오후 1시에 죽었다는군요. 언젠가 한번 쌍둥이가 같은 날 죽는 것을 본 적이 있지요──다른 나라에 살고 있었는데도요! 우연의 일치겠지만──그럴 수도 있는가 봅니다.」

「그 형의 아내는 살아 있습니까?」

「아뇨. 그녀는 몇 년 전에 죽었죠.」

「앤터니 개스코인은 어디에서 살았나요?」

「그는 킹스턴 힐에 저택을 가지고 있었어요. 램시 의사가 내게 들려준 바에 의하면, 그 노인은 거의 은둔하다시피 생활한 것 같습니다.」

에르퀼 포와로는 생각에 잠긴 채 고개를 끄덕였다.

스코틀랜드 인 의사는 민감한 시선으로 그를 쳐다보았다.

「뭔가 짚이는 것이라도 있는 겁니까, 포와로 씨? 당신이 가지고 온 소개장을 보고 의무상 질문에 답변을 해드렸습니다만, 무슨 일로 그러시는지 감을 잡을 수가 없군요.」

포와로가 천천히 입을 열었다.

「이 죽음을 당신은 우연한 사고라고 했습니다. 내가 생각하고 있는 것도 마찬가지로 단순합니다──단순한 사건이죠.」

매켄드루 의사는 깜짝 놀란 것처럼 보였다.

「그러니까, 살인사건이군요! 그렇게 믿는 근거라도 있습니까?」

「아뇨. 단지 추측일 뿐이오.」

포와로가 말했다.

「무언가 있는 게 틀림없군요──.」

매켄드루가 물고 늘어졌다.

포와로는 입을 다물고 있었다.

「혹시 조카인 램시를 의심하고 계신다면, 그건 엉뚱한 나무에 대고 짖는 것이나 다름없습니다. 램시는 8시 30분부터 한밤중까지 윔블던에서 브리지를 하고 있었으니까요. 검시(檢屍) 중 밝혀진 사실이죠.」

포와로가 중얼거리듯이 말했다.

「그럼, 그건 입증된 사실이겠군요. 경찰은 워낙 신중하니까.」

「그런데, 당신은 그에게 혐의를 둘 만한 사실을 알고 있는가 보군요?」

「나는 당신에게 듣기 전까지는 그런 사람이 있다는 사실조차 몰랐습니다.」

「그렇다면, 누군가 다른 사람을 의심하고 있습니까?」

「아니오. 전혀 그런 게 아닙니다. 이것은 인간이라는 동물의 일상습관에 대한 사건이오. 그 점이 매우 중요합니다. 그런데, 죽은 개스코인 씨는 거기서 벗어났다는 겁니다. 따라서, 그 모든 게 어긋나는 것이지요.」

「정말 무슨 소린지 모르겠군요.」

에르큘 포와로가 웃으며 일어서자 의사도 따라 일어섰다.

「솔직히 말씀드려서, 나는 헨리 개스코인의 죽음에 대해 눈곱만큼도 의심을 품지 않았습니다.」
　매켄드루가 솔직하게 말했다.
　키가 작은 포와로가 손을 벌리며 말했다.
　「나는 고집쟁이오――머릿속에 생각이 좀 있기는 한데――그것을 뒷받침해 줄 만한 증거는 아직 아무것도 없지요. 그런데, 매켄드루 씨, 헨리 개스코인은 틀니였습니까?」
　「아뇨. 아주 튼튼한 이를 가지고 있던데요. 그 나이에 비해서는 정말 건강한 상태였습니다.」
　「손질을 잘했던 모양이지요――이빨이 희고 칫솔질을 잘 했던가요?」
　「예, 눈에 띌 정도로.」
　「변색되지도 않았던가요?」
　「예, 담배를 염두에 두고 있는지 모르겠지만, 그는 담배를 안 피웠던 것 같습니다.」
　「꼭 그것을 염두에 둔 것은 아닙니다――그냥 모험을 걸고 시도해 보는 것뿐이죠――어쩌면 영영 밝혀지지 않을지도 모르지만! 안녕히 계십시오, 매켄드루 씨. 친절하게 답변해 주셔서 고맙습니다.」
　그는 의사와 악수를 하고 떠났다.
　「자, 이제는――모험을 걸고 도박을 할 때군.」

　갤런트 인디버에서 그는 보닝턴과 식사를 하던 그 테이블에 앉았다. 그의 시중을 든 아가씨는 몰리가 아니었다. 그 아가씨의 말이, 몰리는 휴일이라 안 나왔다는 것이다.
　그 때가 정각 7시였는데, 에르큘 포와로는 그 아가씨와 자연스럽게 죽은 개스코인 씨에 대한 이야기를 나눌 수 있었다.
　그녀가 말했다.

「그래요. 그 분은 10년 가까이 이곳에 오셨어요. 그러나, 우리들 중 아무도 그 분의 성함조차 몰랐답니다. 신문에서 그 분 사진과 검시에 관한 기사를 보고 제가 몰리에게, '이것 좀 봐. 이건 우리 '시계 영감님' 아냐!' 하고 말했죠. 우리는 그 분을 그렇게 부르곤 했거든요.」

「그 노인이 사망한 날 저녁 이곳에 왔었다지요?」

「예, 3일 목요일이었어요. 목요일에는 항상 오셨으니까요. 화요일과 목요일이면──시계처럼 정확하게 나타나셨답니다.」

「저녁식사로 무엇을 먹었는지 기억이 나오?」

「잠깐만 생각해 보고요. 그래, 카레 수프에다가 비프 스테이크 푸딩인가, 아니 양고기였던가? 아니에요, 푸딩이 맞아요. 또, 검은 딸기 사과 파이와 치즈를 드셨어요. 그런 다음, 집으로 가서 바로 그 날 밤 계단에서 굴러 떨어지셨다니. 너덜너덜한 실내복 끈 때문이었다죠? 하긴, 그 분이 입고 다니는 옷은 정말 너무했어요──구식에다가 온통 누덕누덕한 옷을 입었는데도 불구하고 어딘지 모르게 품위가 있어서 마치 '위대한 사람'처럼 보였답니다. 우리 가게에는 별의별 재미있는 손님들이 다 오죠.」

그녀가 물러간 뒤, 에르퀼 포와로는 넙치 요리를 먹었다.

영향력 있는 모 기관으로부터 받은 소개장 덕분에 에르퀼 포와로는 그 지역 검시관과 어렵지 않게 면담할 수 있었다.

「사망한 개스코인은 이상한 인물이었습니다. 외롭고 괴상한 노인이었죠. 그런 노인의 죽음이 세인의 관심을 불러일으키고 있다는 게 신기하게 느껴질 정도입니다.」

지역 검사관은 호기심 어린 시선으로 방문객을 쳐다보았다.

에르퀼 포와로는 세심한 주의를 기울이며 단어를 골랐다.

「그의 죽음과 관련된 사실이 있어 조사를 해 보는 게 좋을 것 같기에 선생을 찾아왔습니다.」

「글쎄요, 제가 어떤 도움을 줄 수 있을는지요?」
「법정에 제출된 서류의 파기나 보관 여부는 당신의 결정에 따르기로 되어 있는 줄 압니다. 헨리 개스코인의 실내복 주머니에서 편지가 한 장 나왔다는데, 사실입니까?」
「그렇습니다.」
「그 노인의 조카 조지 램시 의사에게서 온 편지였죠?」
「맞습니다. 그 편지는 검시재판에서 사망시간 추정을 위한 참고자료로 제출되었죠.」
「그 편지 아직 있습니까?」
 에르퀼 포와로는 초조하게 대답을 기다렸다. 조사를 하기 위해 그 편지를 남겨 두었다는 말을 들었을 때, 그의 입에서는 안도의 한숨이 새어나왔다. 꺼내어 준 편지를 받아들고 그는 세심하게 검토했다. 만년필로 쓴 것인데, 필체가 다소 읽기 어려웠지만, 내용은 대충 다음과 같았다.

'헨리 삼촌께
 앤터니 삼촌을 만나 뵈었으나 유감스럽게도 일이 잘 되지 않았습니다. 삼촌이 방문하신다고 하는 말씀에도 별로 달가워하지 않는 기색이었으며, 과거지사는 잊어버리자는 삼촌의 요청에도 아무런 반응을 보이시지 않았습니다. 병세가 악화되어서 정신이 오락가락하시는 것 같았습니다. 삼촌이 누군지조차도 거의 기억하지 못하시는 모양이었으니까요.
 실망시켜 드려서 죄송합니다만, 저로서는 최선을 다했습니다.

사랑하는 조카
조지 램시 올림'

편지를 쓴 날짜는 11월 3일이었으며, 겉봉의 소인은 오후 4시 30분으로 찍혀 있었다.

포와로는 중얼거리듯이 말했다.

「순서가 착착 맞아떨어지는군.」

다음 목적지는 킹스턴 힐이었다. 그는 끈덕지게 비위를 맞춰 가며 다소 어렵게, 죽은 앤터니 개스코인 집의 요리사 겸 가정부였던 어밀리아 힐과 이야기를 나눌 수 있었다.

힐 부인은 처음에는 꼿꼿한 태도를 취하며 의심을 늦추지 않았으나, 그 이상하게 생긴 외국인의 상냥한 말투와 행동이 효력을 발생해 곧 누그러지기 시작했다.

수많은 다른 여자들과 마찬가지로 그녀도 진심으로 공감하며 들어 주는 사람 앞에서 자신의 모든 문제 거리들을 숨김없이 털어놓는 것이었다.

장장 14년간이나 그녀는 개스코인 씨의 살림을 맡아 했는데 —— 그건 쉬운 일이 아니었다! 결코! 그녀였기에 망정이지 다른 여자들 같으면 벌써 옛날에 떠나고 말았을 것이다. 그 노인이 괴상하다는 것은 누구한테 물어 봐도 부정하지 못할 것이다. 돈에 대해서는 또 얼마나 집착하는 구두쇠였는지 ——광적이라 할 만했는데—— 알고 보면 그 노인만큼 알부자도 없었다나! 그러나, 힐 부인은 그 노인을 정성껏 모시며 갖은 고초를 다 견뎌냈기 때문에 응당 '유산'이 돌아오리라 기대했다. 그런데, 어처구니없게도 전혀 한푼도 없었다는 것이다. 전재산을 아내에게 남기며, 아내가 먼저 사망할 경우엔 동생 헨리에게 모든 것을 남긴다는 다 낡아빠진 유언장뿐이었다는 것이다. 옛날에 써놓은 유언장 말이다. 그건 공정한 처사가 못 된다!

에르큘 포와로는 채워지지 못한 물욕(物慾)에 대한 불평으로부터

스물네 마리의 검은 티티새 255

다른 이야기로 그녀를 차츰차츰 유도했다. 그것은 정말 무정하고도 불공평한 처사였다! 힐 부인이 불쾌하게 여기며 충격을 받았다고 해서 뭐라고 할 사람은 아무도 없을 것이다. 개스코인 씨가 돈에 대해 인색하다는 건 잘 알려진 사실이다. 사람들의 말을 빌리면, 그 노인은 하나밖에 없는 동생의 부탁도 잘라서 거절했다는 것이다. 그 사실은 힐 부인이 누구보다도 잘 알고 있을 것이다.

힐 부인이 물었다.

「그럼, 램시 의사가 찾아온 이유가 그것 때문이었나요? 그 분의 동생에 관한 일이라는 것은 알았지만, 단지 동생 되시는 분이 화해를 원한다는 이야기인 줄로만 알았는데요. 그들은 몇 년 전에 싸웠거든요.」

포와로가 말했다.

「내가 알기로는 개스코인 씨가 한마디로 거절했다면서요?」

「거절하다 뿐이겠어요. 그 분은 힘없는 목소리로 이렇게 말했어요. '헨리라고? 그럼 헨리 일로 온 거란 말이냐? 몇 년 동안 만나지 않았는데, 이제 와서 뭣하러 만나? 만나고 싶지 않아. 툭하면 시비를 거는 녀석이야, 헨리는.' 하고 말이죠.」

화제는 이윽고 남들이 알아주지 않는 힐 부인의 불만과 개스코인 씨의 변호사가 보여 준 냉혹한 태도로 넘어갔다.

이야기를 너무 느닷없이 끊는다는 느낌을 주지 않으려고 다소 고심한 끝에 포와로는 그 집을 나왔다.

그리하여 저녁식사 직후에 포와로는 조지 램시 의사가 살고 있는 윔블던 도싯 로(路)의 엘름크레스트로 갔다.

의사는 집에 있었다. 에르큘 포와로가 안내를 받고 진찰실에 들어가 있었더니, 곧 조지 램시 의사가 나타났다. 방금 저녁식사를 마친 모양이었다.

에르큘 포와로가 먼저 말을 꺼냈다.
「나는 환자가 아닙니다, 램시 씨. 이렇게 불쑥 찾아온 것이 좀 무례한 행동일는지도 모르겠습니다만──나는 솔직하고 분명한 태도가 좋다고 생각합니다. 완곡한 어법으로 장광설을 늘어놓는 변호사들은 딱 질색이죠.」

그의 말이나 생김새는 램시의 흥미를 끌기에 충분했다. 램시 의사는 중간키에 면도를 깨끗이 한 사람으로, 머리는 갈색이었으나 속눈썹은 거의 흰색에 가까워서 눈빛이 희미한 것이 아주 열정적인 사람으로 보였다. 그의 태도는 활발했으며 유머 감각도 있었다.

그는 눈썹을 치켜 올리며 말했다.
「변호사들이라고요? 그 친구들을 싫어하신다고요! 정말 흥미가 느껴지는데요. 자, 앉으시죠.」

포와로는 앉아서 명함 한 장을 꺼내어 의사에게 주었다. 조지 램시는 하얀 속눈썹을 깜박였다.

포와로는 몸을 앞으로 기울이고 소곤거렸다.
「내 고객들은 대부분이 여성들이죠.」
「당연하시겠죠.」

조지 램시 의사는 눈을 찡긋하며 말했다.
「맞습니다. 여자들은 경찰을 믿지 않죠. 오히려 사립탐정을 좋아하는 편입니다. 그들은 문제 거리를 세상에 알리고 싶어하지 않거든요. 며칠 전에도 한 노부인이 문제 해결을 의뢰해 왔죠. 그녀는 오래 전에 남편과 싸운 일로 상심해 있었습니다. 그 부인의 남편은 다름아닌 당신의 삼촌이신 개스코인 씨였어요.」

조지 램시의 얼굴이 자줏빛으로 변했다.
「삼촌이라고요? 당치 않아요! 숙모님은 오래 전에 돌아가셨어요.」
「앤터니 개스코인 씨가 아니라 헨리 개스코인 씨 말이오.」

「헨리 삼촌이라고요? 하지만, 그 분은 결혼도 하지 않으셨는데!」
「분명히 결혼했습니다.」
에르큘 포와로는 얼굴 하나 붉히지 않고 거짓말을 했다.
「의심할 여지가 없어요. 그 부인이 결혼증명서까지 갖고 왔거든요.」
「그건 거짓말입니다!」
조지 램시가 외쳤다. 그의 안색은 이제 검은 자줏빛으로 변해 있었다.
「못 믿겠어요. 당신은 정말 뻔뻔스러운 거짓말쟁이로군요.」
「이 정도가 그렇게 나쁜가요? 당신은 아무것도 아닌 일로 살인까지 저질렀는데.」
「살인이라고요?」
램시의 목소리는 떨렸으며, 희미한 눈은 공포에 질려 튀어나올 것만 같았다.
포와로가 말했다.
「어쨌거나, 당신이 검은 딸기 파이를 먹고 있는 것을 보았소. 그건 현명치 못한 습관이지. 검은 딸기에는 비타민이 풍부하다고들 하지만, 다른 한편으로는 치명적인 결과를 낳을 수도 있지요. 이번 경우에는 한 남자의 목에 올가미를 씌우는 결과가 된 것 같군요——바로 당신의 목에 말이오, 램시 선생.」

「보시다시피, 자네의 추측은 들어맞지가 않았네.」
에르큘 포와로는 테이블에 마주 앉은 자기 친구에게 손을 내저으며 조용하고 밝게 미소지었다.
「극심한 정신적 압박을 받고 있는 사람은 평상시에는 전혀 하지 않던 일을 자신도 모르게 할 수도 있겠지. 그렇지만, 굳이 그 시간을 택하지는 않을 걸세. 반사작용은 저항이 가장 적은 곳에서 나타나게 마련이야. 무슨 걱정에 휩싸인 사람이 잠옷 바람으로 만찬석상에 나타나는 일은 상상해 볼 수 있는 일이지만——그것은 그 사람의 잠옷이지 다른 사람의 잠옷은 아닐 게 아닌가.

걸쭉한 수프와 콩팥 푸딩과 검은 딸기를 싫어하는 사람이 어느 날 저녁 느닷없이 그 세 가지를 모두 주문했다네. 자네는 그 사람이 무언가 다른 생각에 골똘해 있었기 때문이라고 하겠지. 그러나, 나는 마음속에 다른 생각이 가득찬 사람이라면 무의식중에 늘 주문하던 요리를 주문하게 된다고 말하겠네.

자, 그렇다면 어떤 다른 해석이 있을 수 있을까? 나는 이보다 더 합리적인 해석이 떠오르지 않는다네. 그래서 정말 걱정이더군! 그 사건은 모두 잘못되어 있었어.

지난 번 자네가 내게 그 노인이 사라졌다고 말해 주었지. 수년 만에 처음으로 화요일과 목요일에 모습을 드러내지 않았다고 말일세. 나는 그게 재미있는 일로만 여겨지지 않더군. 이상한 가설이 문득 떠오르지 뭔가. '그 노인이 죽었을지도' 모른다는 것이었지. 그래서, 이리저리 조사를 해 보았더니 그 노인이 정말 죽었더군. 그것도 너무 간단하고 쉽게 죽었더란 말일세. 다시 말해서, 맛없는 생선 위에 소스를 끼얹어 놓았단 말일세!

7시에 킹스 로(路)에서 그 노인을 본 사람이 있다네. 그리고 7시 30분에 여기에서 저녁식사를 했어——죽기 두 시간 전이지. 모든 것이 앞뒤가 들어맞는다네——위에서 검출된 내용물로 보나 편지로 보나. 소스를 끼얹어도 너무 많이 끼얹었어! 생선은 전혀 보이지도 않게 말일세!

애정이 깊은 조카가 편지를 썼고, 사망 시간에 훌륭한 알리바이를 가지고 있는 거야. 죽음은 너무 간단했어——계단에서 굴러 떨어졌으니 말이야. 단순한 사고일까? 아니면, 살인일까? 사람들은 이구동성으로 사고였다고 하겠지.

그런데, 애정이 깊은 그 조카가 살아 있는 유일한 친척이란 말일세. 애정이 깊은 조카가 유산을 상속받은 것이지——하지만, 상속받을 만한

스물네 마리의 검은 티티새 259

재산이 있을까? 뻔히 알려진 가난뱅이였는데.
 그런데, 그 노인에게는 형이 있었지. 그 형은 돈많은 아내와 결혼했었고, 킹스턴 힐의 호화판 저택에 살았더군. 그러니까 아내가 죽으면서 그에게 전재산을 남겼음이 틀림없어. 자, 순서가 어떻게 되나 볼까――부유한 아내가 앤터니에게 재산을 물려주고, 앤터니는 헨리에게 재산을 남기고 헨리의 재산은 조지에게 넘어가는 거지――완벽하게 연결되어 있다네.」
 「이론상으로는 아주 그럴 듯한 말이군. 그래서, 어떻게 했다는 건가?」
 보닝턴 씨가 재촉하듯이 물었다.
 「이론이 선 다음에는――원하는 정보를 입수하는 거지. 헨리는 식사를 하고 두 시간 뒤에 죽었다고 했어――검시재판에서는 온통 그 시간에만 신경을 곤두세우고 있더군. 그런데, 그 식사가 저녁식사가 아니라 '점심'이었다고 가정한다면? 한번 조지의 입장을 살펴볼까. 조지는 돈이 필요했어――그것도 굉장히. 앤터니 개스코인이 죽어가고는 있었지만――그가 죽는다고 해서 조지에게 이득이 될 것은 없었지. 그의 재산은 헨리에게 넘어가게 되어 있었으니까. 그리고, 어쩌면 헨리 개스코인은 앞으로 몇 년은 더 살 수 있었을 거야. 그러므로, 헨리도 죽어야 했어――그것도 빠를수록 좋은 거지――그런데, 문제는 헨리는 반드시 앤터니가 죽고 난 다음에 죽어야 한다는 사실이야. 그와 동시에 조지는 알리바이를 가지고 있어야만 했으니까. 한 레스토랑에서 한 주에 두 번씩은 꼭 저녁식사를 하는 헨리의 습관에서 조지는 알리바이의 힌트를 얻어낸 거라네. 용의주도한 그 친구는 우선 계획을 시험해 보기로 하고, 어느 월요일 저녁 문제의 레스토랑에 자기의 삼촌으로 변장하고 가 보았지.
 그런데 아무 지장없이 진행되었단 말씀이야. 모든 사람들이 그를 영락없는 삼촌으로 보았거든. 시험에 성공했으니, 이제 앤터니 삼촌이 확실하게 죽을 징조만 보이면 되는 거지. 마침내 때가 왔어. 그는 11월 2일에

3일자로 편지를 써서 그 날 오후에 당장 삼촌에게 부쳤다네. 그리고는 3일 오후 런던의 삼촌을 찾아가서 계획을 실행한 걸세. 계단 위에서 냅다 떼밀어서 헨리 삼촌을 굴러 떨어지게 한 거야. 그런 다음, 자기가 쓴 편지를 찾아서 삼촌이 입고 있던 실내복 호주머니에 찔러 넣었지. 7시 30분이 되자 조지는 수염을 달고 숱이 많은 눈썹을 붙이는 등 완벽하게 변장하고 갤런트 인디버에 나타난 거야. 헨리 개스코인 씨는 7시 30분에만 해도 분명히 살아 있었다 이거지. 그런 다음 화장실에서 얼른 본디 모습으로 다시 변신하고, 차를 전속력으로 몰아 윔블던으로 돌아가서는 한밤중까지 브리지를 한 거라네. 완벽한 알리바이가 된 거지.」

보닝턴 씨가 그를 쳐다보며 말했다.

「하지만, 편지 겉봉에 찍힌 소인은 어찌된 건가?」

「오, 그건 아주 간단해. 소인은 얼룩이 져 있더군. 왜냐 하면 검은 물감으로 11월 2일을 11월 3일로 살짝 바꿔 놓았거든. 일부러 자세히 들여다보지 않고서는 눈치챌 수가 없었을 걸세. 그리고, 마지막으로 검은 티티새가 있지.」

「검은 티티새?」

「스물네 마리의 검은 티티새로 구운 파이 말일세! 정확하게 말하자면 검은 딸기가 되겠지! 조지는 생각하는 것만큼 그리 훌륭한 배우는 아니었어. 그는 자기 삼촌 같은 차림에 삼촌 같은 걸음걸이와 말씨에 삼촌 같은 수염과 눈썹을 달았지만, 삼촌같이 먹는 것을 깜박 잊은 거야. 그는 그만 자신이 좋아하는 요리를 주문하고 만 거지.

검은 딸기를 먹으면 이빨에 검은 물이 든다는 사실 아나? 그 시체의 이는 물이 들지 않았다더군. 헨리 개스코인은 그 날 밤 갤런트 인디버에서 분명히 검은 딸기를 먹었는데 말이야. 그런데, 위에도 검은 딸기가 없었다는 거야. 오늘 아침에 알아보았지. 더구나, 조지는 턱수염이며 변장에 썼던 나머지 도구들을 바보같이 고스란히 보관하고 있더구먼. 찾으려 들면 증거는 얼마든지 있다네. 조지를 찾아가서 추궁을 했더니 실토를 하더군! 이것으로 사건은 해결되었어. 그런데, 그는 또 검은 딸기를 먹고 있더란 말일세. 탐욕스러운 친구야——자기가 좋아하는 음식이라면 사족을 못 쓰지. 습관에서 빗나간 행동에 착안한 이 사건의 경우, 결국 탐욕이 그의 목을 매단 거야.」

그 때 웨이트리스가 검은 딸기 사과 파이 2인분을 날라왔다.

「도로 가져가요. 먹다가 체하겠어. 조그만 야자 푸딩이나 하나 갖다줘요.」

보닝턴 씨가 말했다.

연애 탐정

　체구가 작은 새터트웨이트 씨는 자신을 초대한 사람을 생각에 잠긴 눈초리로 바라보았다. 이 두 사람 간의 우정에는 묘한 데가 있었다. 이 집 주인인 대령은 스포츠에 대단한 정열을 가진 소박한 시골 신사였다. 부득이한 사정으로 런던에 머물러야 했던 지난 몇 주일 동안 그는 퍽이나 따분해 했다. 그런 반면, 새터트웨이트 씨는 전형적인 도시인이었다. 그는 프랑스 요리며 숙녀들의 드레스에 대해 일가견이 있었으며, 최근에 생긴 스캔들에 대해서도 모르는 게 없었다. 그는 인간 본성을 관찰하는 데 열중한 사람으로, 자신의 독특한 분야에서는 전문가였다——다름아닌 인생의 방관자라는 측면에서 말이다.
　그러므로, 그와 멜로스 대령은 공통점이 거의 없다고 해도 무방할 것이다. 대령은 이웃의 일에는 전혀 관심이 없을 뿐만 아니라, 어떤 일에든 감정을 드러내는 것은 질색이었다. 그런 두 사람이 친구가 된 연유라면, 예전에 그들의 아버지들이 친구 사이였다는 사실을 들 수 있을 것이다. 또한, 아는 사람들이 같고 벼락부자에 대해서 똑같이 반

발심을 가지고 있다는 정도였다.

7시 30분쯤이었다. 두 사람은 대령의 안락한 서재에 앉아 있었는데, 멜로스가 사냥에 열을 올리며 보낸 지난 겨울 이야기를 들려주는 중이었다. 말에 대한 지식이라고는, 일요일 아침에 아직도 지방의 고풍 어린 집에 그대로 보존되어 있는 마구간을 방문하면서 얻는 정도였으나, 새터트웨이트 씨는 한결같이 정중한 태도로 대령의 이야기에 귀를 기울였다.

날카로운 전화벨 소리가 멜로스의 열띤 이야기를 방해했다. 그는 테이블 쪽으로 가서 수화기를 들었다.

「여보세요, 그렇소——멜로스 대령이오. 뭐라고?」

그의 태도는 완전히 바뀌었다——딱딱하고 공식적인 것이, 이제는 사냥꾼이 아니라 치안판사로서 말하고 있었다.(치안판사는 보통 명예직으로, 경범죄를 다룸.)

그는 잠시 듣고 있다가 간단하게 말했다.

「알았네, 커티스. 당장 가지.」

그리고는 수화기를 내려놓고 손님을 향해 말했다.

「제임스 드와이턴 경이 자기 서재에서 살해된 채 발견되었다는군.」

「뭐라고?」

새터트웨이트는 깜짝 놀라며 몸서리를 쳤다.

「지금 당장 앨더웨이로 가 봐야겠어. 같이 갈 텐가?」

새터트웨이트는 대령이 그 주(州)의 경찰서장이라는 사실을 기억했다.

「방해만 되지 않는다면——.」

그는 머뭇거리며 말했다.

「방해라니 무슨 말인가. 아까 전화한 사람은 커티스 경감인데, 마음씨 좋고 정직한 친구이긴 하지만 머리가 잘 돌지 않는단 말이야. 그래서, 자네도 함께 갔으면 좋겠네, 새터트웨이트. 보아하니 이 사건은 꽤나 골치 아프게 생겼어.」

「범인은 붙잡았나?」

「아니.」

멜로스는 짤막하게 대답했다.

새터트웨이트의 예민한 귀는 그 짤막한 부정어 뒤에 억제된 의미가 숨어 있음을 감지했다. 그는 마음속으로 드와이턴 집안에 대해 알고 있는 모든 것을 되새겨 보았다.

고인이 된 제임스 경은 거만하고 무뚝뚝한 노인이었다. 쉽게 원한을 살 사람이라고나 할까. 이제 60줄에 들어서서 머리는 반백이었으나, 혈색은 좋았다. 또한 구두쇠라고 소문이 나 있었다.

그는 드와이턴 부인을 생각해 보았다. 다갈색의 탐스러운 머리를 가진 젊고 날씬한 그녀의 아름다운 모습이 눈앞에 아른거렸다. 그녀를 둘러싼 소문도 무성해서, 사람들은 늘 그녀를 얘기 거리로 삼아 뒤에서 수군거렸다. 그러니까 멜로스가 달갑지 않은 표정을 짓는 것도 다 그 이유 때문이리라. 그는 이런저런 상상을 떨쳐 버리고 마음을 가다듬으려 애썼다.

5분 뒤, 새터트웨이트와 멜로스는 2인승 승용차에 몸을 싣고 함께 어둠 속을 달렸다.

대령은 본디 입이 무거운 사람이어서 1.5마일을 달리는 동안 말 한 마디 없었다. 그러다가 느닷없이 이렇게 물었다.

「그 사람들도 알고 있겠지?」

「드와이턴 집안 말인가? 물론 알다 뿐이겠는가. 집주인은 한 번인가 만났지만, 부인은 자주 보았지.」

「아름다운 여자더군.」

멜로스가 말했다.
「미인이지!」
새터트웨이트가 단언했다.
「그렇게 생각하나?」
「순수한 르네상스 시대 미인일세.」
이야기에 흥미가 솟는 듯 새터트웨이트가 말했다.
「지난 봄 자선연극이 한창일 때, 그녀는 연극에 출연했었지. 나는 그것을 보고 아주 강렬한 인상을 받았다네. 현대적인 모습이라고는 어디에서도 찾아볼 수가 없었어——순수한 유물처럼. 공화정 시대의 총독 관저에 두면 걸맞을 걸세. 아니면, 루크리치아 보르지아(고대 로마 전설에 나오는 열녀) 같다고나 할까.」
멜로스 대령이 핸들을 약간 옆으로 꺾는 바람에 새터트웨이트는 말을 멈췄다. 왜 갑자기 루크리치아 보르지아의 이름을 입에 올리게 되었는지 자신도 이상하게 여겨졌다. 이런 살인사건이 일어난 상황에서——.
「드와이턴이 독살된 건 아니겠지?」
그는 불쑥 물었다.
멜로스는 다소 호기심을 담은 시선으로 그를 곁눈질해 쳐다보며 말했다.
「왜 그런 질문을 하는 건가?」
「오, 나——나도 모르겠어.」
새터트웨이트는 말문이 막혔다.
「그——그냥 머릿속에 떠올랐을 뿐이야.」
「독살은 아니었네. 머리가 깨졌다는군.」
멜로스가 우울한 어조로 말했다.
「둔기에 얻어맞았구먼.」

새터트웨이트는 점잖게 고개를 끄덕이며 중얼거리듯이 말했다.
「추리소설 이야기하듯 말하지 말게, 새터트웨이트. 청동상으로 얻어맞았다네.」
「저런.」
새터트웨이트는 입을 다물었다.
「폴 델랑구아라는 녀석을 혹시 알고 있나?」
멜로스가 잠시 뒤에 물었다.
「알지. 잘생긴 젊은이지.」
「여자들은 그렇게 말할 걸세.」
대령이 퉁명스럽게 말했다.
「자네, 그 사람을 좋아하지 않는군?」
「그래. 마음에 들지 않아.」
「자네는 좋아할 줄 알았는데. 그 사람 승마 솜씨가 훌륭하잖나.」
「승마 쇼에 온 외국인 같던데 뭘. 원숭이처럼 얕은 재주나 부리고.」
새터트웨이트는 웃음이 나오려는 것을 꾹 참았다. 멜로스는 고리타분한 사람답게 보는 눈이 너무나 영국적이었다. 스스로 세계주의적인 견해를 가지고 있다고 자부하는 새터트웨이트는 섬나라 사람 특유의 편협한 인생관을 한탄할 자격이 있었다.
「그 청년이 이곳에 와 있나?」
「앨더웨이에서 드와이턴 집안 사람들과 지내고 있다네. 소문을 들어 보니 제임스 경이 일 주일 전에 그를 내쫓았다는군.」
「왜?」
「그의 부인과 가까이하다 들켰겠지 뭐. 도대체 ———.」
그 때 차가 급회전을 하며 그만 충돌사고가 발생했다.
「영국의 교차로는 너무 위험해. 그래도 저쪽에서 경적을 울려야 했을 거 아냐. 우리가 대로에 있었으니까. 하지만, 피해는 저쪽이 더 크겠는데.」

멜로스가 말했다.

그가 뛰어내렸다. 그쪽 차에서도 한 사람이 나와서 다가왔다. 그들의 말이 간간이 새터트웨이트의 귓가에 들려 왔다.

낯선 사람이 말했다.

「전적으로 내 잘못입니다. 하지만, 나는 이 지역을 잘 몰라서요. 게다가, 대로에서 당신의 차가 달려오고 있으리라고는 전혀 생각지도 못했습니다.」

마음이 누그러진 대령이 적당히 응수하더니, 두 사람은 함께 그쪽 차를 들여다보았다. 이미 운전사가 그 차를 조사하고 있었다. 대화는 기술상의 문제로 접어들었다.

「30분쯤 걸리겠군요. 어서 가 보십시오. 선생님 차가 피해를 면해서 다행입니다.」

낯선 사람이 말했다.

「사실은——.」

대령이 말을 꺼내는데 예기치 않은 상황이 벌어졌다.

새터트웨이트가 잔뜩 흥분하여 날렵한 동작으로 차에서 뛰어내리더니 낯선 사람의 손을 덥석 잡는 것이었다.

그는 격앙된 목소리로 말했다.

「이게 누굽니까! 목소리를 듣고 짐작했습니다만, 역시—— 놀랄 일이군. 정말 놀랄 일이야.」

「누군데?」

멜로스 대령이 의아해 하며 물었다.

「할리 퀸 씨라네. 멜로스, 내가 퀸 씨에 대해 여러 차례 말하지 않았던가?」

멜로스 대령은 그 사실을 기억하지 못하는 것 같았지만, 예의바르게 분위기를 맞춰 주었다. 그러는 동안 새터트웨이트는 유쾌하게 떠들고 있었다.

「이게 얼마 만입니까――가만있자――.」
「벨스 모틀리에서 함께 밤을 보내고는 처음이죠.」
퀸은 차분한 어조로 말했다.
「벨스 모틀리가 뭡니까?」
대령이 끼여들었다.
「여관 이름이라네.」
새터트웨이트가 설명했다.
「여관 이름 치고는 너무 이상하군.」
「오래 된 여관이어서 그럴 겁니다. 기억하시겠지만, 영국에서는 한때 종과 어릿광대를 흔히 볼 수 있었죠. 지금이야 거의 볼 수 없지만 말입니다.」
「그랬던 것 같군요. 예, 기억납니다.」
멜로스는 대강 얼버무렸다. 그러면서 눈을 깜박였는데, 빛의 묘한 효과로 인하여――한쪽 차의 전조등과 다른 쪽 차의 빨간 후미등 때문에――한 순간 퀸이 어릿광대로 차린 것처럼 보였다. 그러나 그건 단지 빛의 장난 때문이었을 뿐이다.
「당신을 이렇게 길바닥에 내버려두고 가서야 되겠습니까. 그러지 말고 우리와 함께 갑시다. 세 명은 충분히 탈 수 있으니까. 안 그런가, 멜로스?」
새터트웨이트가 말했다.
그러나, 대령의 목소리는 그리 탐탁지 않은 듯했다.
「괜찮겠지. 그런데――지금 우리는 볼일이 있지 않은가, 새터트웨이트?」

연애 탐정 269

새터트웨이트는 우뚝 서 있다가 묘안이라도 떠올랐는지 흥분된 몸짓을 하며 외쳤다.
「그래, 내가 왜 진작 그 생각을 못했지! 당신을 만난 건 우연이 아닙니다, 퀸 씨. 오늘 밤 우리가 교차로에서 부딪친 게 단순한 사고가 아니라니까요.」
멜로스 대령이 어리둥절한 얼굴로 친구를 쳐다보자, 새터트웨이트가 그의 팔을 잡고 말했다.
「자네, 내가 전에 우리 친구 디렉 캐펠에 대해서 말해 준 것 기억하나? 그가 자살한 동기를 아무도 추측할 수가 없었다고 말일세. 그 문제를 해결한 장본인이 바로 퀸 씨라네——그 밖에도 여러 차례 문제를 해결해 냈지. 이 사람의 특기라면, 가까이 두고도 우리가 보지 못하는 것들을 지적해 준다는 것이지. 정말 놀라운 솜씨라고.」
「새터트웨이트, 당신은 나를 부끄럽게 하는군요. 내 기억으로는, 그 문제를 해결한 장본인은 내가 아니라 당신이었던 것 같은데요.」
퀸은 미소 지으며 말했다.
「다 당신이 그 자리에 있었기 때문이지요.」
새터트웨이트는 확신에 찬 어조로 말했다.
멜로스 대령은 초조한 듯이 헛기침을 하며 말했다.
「자, 시간이 없으니 어서 탑시다.」
그가 운전석에 올라탔다. 그는 새터트웨이트가 하도 요란하게 구는 바람에 낯선 사람을 떠맡게 된 것이 썩 마음에 내키는 일은 아니었지만, 그렇다고 거절할 명분이 있는 것도 아니었고, 무엇보다도 앨더웨이에 빨리 가고 싶었다.
새터트웨이트는 퀸을 대령 옆에 앉히고 자신은 바깥 좌석에 탔다. 차가 넓어서 그리 꽉 끼지 않고도 세 사람이 탈 수 있었다.
「그럼, 범죄에 관심이 있으신가 보군요, 퀸 씨?」

대령은 가능하면 상냥하게 대하려고 말을 걸었다.
「아뇨. 정확하게 말해, 범죄에 흥미가 있는 것은 아닙니다.」
「그렇다면 무엇이죠?」
퀸은 미소 지으며 말했다.
「그러지 말고 새터트웨이트 씨에게 물어 봅시다. 그는 관찰의 명수 아닙니까.」
새터트웨이트는 천천히 입을 열었다.
「틀릴지도 모르겠지만, 내 생각에——퀸 씨가 흥미를 가지고 있는 것은——연인들이 아닐까요?」
그는 마지막 말을 하면서 얼굴을 붉혔다. 사실, 그런 말을 거리낌없이 할 수 있는 영국인은 없으리라. 새터트웨이트는 쑥스러워하며 말했으므로 그 말은 인용 부호를 쓴 것 같은 효과를 냈다.
「저런!」
대령은 놀란 듯이 이렇게 내뱉고는 입을 다물었다.
그는 속으로 이 사람을 새터트웨이트의 친구 중에서도 아주 괴상한 축인 것 같다는 생각을 했다. 그는 곁눈질로 슬쩍 그를 쳐다보았으나, 생긴 것은 멀쩡해 보였다——지극히 정상적인 젊은이였다. 살갗이 가무잡잡하긴 하지만, 조금도 외국인처럼 보이지 않았다.
「자, 그럼 —— 사건의 전모를 얘기해 드리죠.」
새터트웨이트는 힘을 주며 말했다.
그는 약 10분 정도 이야기했다. 어둠 속을 질주하는 캄캄한 자동차에 앉아 있었으므로, 그의 이야기에는 사람을 도취시키는 힘이 있었다. 그가 인생의 방관자이든 어쨌든 그것이 무슨 문제가 된단 말인가? 그는 자유자재로 말을 구사하고 솜씨있게 엮어, 눈에 보이듯 형태를 묘사했다——흰 팔과 다갈색 머리를 지닌 로라 드와이턴의 전형적인 르네상스 풍의 미모와, 여자들의 눈에 미남으로 비치는 폴 델랑구아의 가무잡잡한 피부와 우수를 띤 모습까지.

곁들여, 사건의 배경이 된 앨더웨이 저택에 관한 이야기도 했다——앨더웨이 저택은 헨리 7세 때 세워졌다고도 하고, 혹자는 그 이전이라고도 한다. 전통적인 영국식으로 축조된 앨더웨이 저택에는 잘라낸 주목(朱木)이며 고풍스러운 헛간이 있었고, 예전에 수도승들이 금요일을 위해 잉어를 길렀던 양어장도 그대로 남아 있었다.

그는 또한 두세 마디 솜씨좋은 말로 제임스 경을 뚜렷하게 묘사했다. 제임스 드와이턴 경은 전통있는 드 위턴 가문의 직계 후손으로, 그의 선조들은 오래 전에 그 땅에서 돈을 우려내어 돈궤에 넣고 꼭꼭 잠가 두었다고 한다. 그리하여 다른 귀족들이 다 불운을 만난 시대에도 앨더웨이 저택의 주인들만큼은 결코 가난을 겪지 않았다고 한다.

여기서 새터트웨이트의 이야기는 끝났다. 그는 두 사람이 자기 이야기에 깊이 공감하고 있다는 것을 줄곧 확신하고 있었다.

「당신은 언어의 예술가요, 새터트웨이트 씨.」

「최——최선을 다했을 뿐이지요.」

자그마한 체구의 그는 갑자기 겸손을 떨었다.

그들은 몇 분 전에 수위실 문을 막 통과했다. 차가 현관 앞에 서자 순경 한 명이 급히 계단을 뛰어 내려와 그들을 맞이했다.

「어서 오십시오, 대령님. 커티스 경감은 서재에 계십니다.」

「알았네.」

멜로스가 계단을 뛰어오르자 나머지 두 사람도 그 뒤를 쫓았다. 세 사람이 널찍한 홀을 지나가는데 나이 많은 집사가 걱정스러운 얼굴로 문에서 내다보고 있었다.

멜로스가 그에게 머리를 끄덕이며 말했다.

「아, 마일즈. 이게 무슨 슬픈 일인가.」

「그러게 말입니다. 저는 도무지 믿을 수가 없습니다, 대령님. 정말 어떻게 그런 일이······ 누군가가 나리를 내리쳤다는 생각만 해도 ──.」
　집사의 목소리가 떨렸다.
「그래, 그럴 테지.」
　멜로스는 그의 이야기를 가로막으며 말했다.
「잠시 뒤에 자네 이야기를 들어 보기로 하세.」
　그는 서재로 성큼성큼 걸어갔다. 몸집이 크고 군인처럼 생긴 경감이 공손하게 그를 맞이했다.
「골치 아픈 사건입니다, 대령님. 현장은 아무것도 건드리지 않았습니다. 무기에는 지문 한 점 남아 있지 않더군요. 누구의 짓이든 간에 그 자는 요령을 터득한 자입니다.」
　새터트웨이트는 커다란 책상 앞에 앉은 채 앞으로 고꾸라져 있는 시체를 보다가 얼른 눈길을 돌렸다. 그 남자는 뒤통수를 세게 얻어맞은 모양인지 두개골이 부서져 있었다. 처참한 광경이었다.
　흉기는 바닥에 떨어져 있었다 ── 높이가 2피트 가량 되는 청동상인데, 밑부분이 피로 얼룩져 있었다. 새터트웨이트는 호기심에 찬 눈초리로 그것을 들여다보았다.
「비너스로군. 그러니까, 비너스한테 얻어맞은 거로군.」
　그는 조용하게 말했다.
　그는 그 생각에서 시적 명상의 소재를 발견했다.
「창문은 모두 안쪽에서 잠겨 있었습니다.」
　경감은 의미심장한 표정을 지으며 말을 멈췄다.
「그러니까 내부의 소행이란 말이지. 좋아 ── 좋아. 이내 알게 되겠지.」
　경찰서장은 내키지 않는 듯한 어조로 말했다.
　피해자는 골프복 차림이었으며, 골프채 가방이 커다란 가죽 소파 위에 아무렇게나 내던져져 있었다.
 경찰서장의 시선을 쫓고 있던 경감이 설명했다.
「골프장에서 막 돌아온 것 같습니다. 그 때가 5시 15분이었다는군요. 들어와서 집사에게 차를 가져오게 한 다음, 나중에 시종을 불러 부드러운 슬리퍼를 갖다 달라고 했답니다. 우리가 현재 알고 있는 한, 그 시종이 그가 살아 있는 것을 본 마지막 사람입니다.」
 멜로스는 고개를 끄덕이더니, 다시 한 번 책상 쪽으로 날카로운 시선을 주었다.
 대부분의 장식품이 뒤집혔거나 부서져 있었다. 그 중에서도 탁자 한가운데에 모로 누워 있는, 검은 에나멜 칠을 한 커다란 시계가 특히 눈에 띄었다.
 경감이 목청을 가다듬더니 말했다.
「저것이 우리에게는 다행스럽게도 유리한 사실을 제공하고 있습니다, 대령님. 보시다시피 시계가 멈춰 있거든요. '6시 30분'에요. 그것으로 우리는 범행 시간을 알 수 있습니다. 아주 편리하게 되었지 뭡니까.」
 대령이 그 시계를 뚫어지게 쳐다보며 이렇게 말했다.
「자네 말대로 아주 편리한 일일세.」
 그는 잠시 멈췄다가 덧붙여 말했다.
「그럼 그렇지! 어쩐지 일이 너무 편리하게 되었다 싶었어. 별로 달가워할 일이 못 되는 것 같네, 경감.」
 그는 나머지 두 사람을 둘러보았다. 그는 퀸을 향해 호소의 빛이 가득 담긴 시선을 보내며 말했다.
「제기랄, 어쩐지 너무 착착 들어맞는다 했더니. 내 말이 무슨 뜻인지 알겠죠? 이런 식으로 될 수는 없습니다.」
 퀸이 작은 목소리로 말했다.

「그러니까, 시계가 그렇게 쓰러질 수는 없다는 거죠?」
 멜로스는 잠시 그를 응시하다가 다시 시계를 바라보았는데, 그 시계에는 갑자기 위엄을 빼앗긴 물건에서 볼 수 있는 애처롭고 순진무구한 표정이 담겨 있었다.
 멜로스 대령은 아주 조심스럽게 시계를 제자리에 세워 놓은 다음 쾅 하고 책상을 내리쳤다. 그 시계는 진동했을 뿐 쓰러지지는 않았다. 멜로스가 그 동작을 되풀이하자, 시계는 아주 천천히 마치 내키지 않는 듯이 뒤로 넘어졌다.
「범죄가 발견된 것은 언제였나?」
 멜로스 대령이 날카롭게 물었다.
「7시쯤이었습니다, 대령님.」
「누가 발견했지?」
「집사가요.」
「그를 데려와. 좀 만나 봐야겠어. 그런데, 드와이턴 부인은 어디에 계신가?」
「자리에 누워 계십니다, 대령님. 부인은 기진맥진한 상태여서 아무도 만날 수 없다고 하더군요.」
 멜로스가 고개를 끄덕이자, 커티스 경감은 집사를 찾으러 나갔다. 퀸은 생각에 잠긴 채 벽난로를 들여다보고 있었으며, 새터트웨이트도 같은 모습으로 서 있었다. 그가 잠깐 동안 연기 나는 통나무를 보고 있으려니 벽난로 안에 뭔가 반짝거리는 게 있었다. 주워 보았더니 굽은 유리조각이었다.
「부르셨습니까, 대령님?」
 여전히 떨리고 불안한 목소리로 집사가 말했다. 새터트웨이트는 유리조각을 윗도리 호주머니에 집어 넣은 다음 문 쪽을 돌아보았다.
 그 노인은 출입구에 서 있었다.

「앉게. 자네는 너무 떨고 있구먼. 자네한테는 정말 충격이었을 걸세.」

경찰서장은 친절하게 말했다.

「그렇습니다, 대령님.」

「자, 오래 붙잡고 있지는 않겠네. 집주인이 5시 조금 넘어서 들어왔다고 했나?」

「예, 나리께서는 여기로 차를 갖다 달라고 하셨어요. 그 뒤 제가 찻잔을 치우러 왔더니, 제닝스를 들여보내라고 하시더군요——그는 나리의 시종이죠, 대령님.」

「그 때가 몇 시였나?」

「6시 10분경이었습니다, 대령님.」

「그래서 어떻게 되었지?」

「저는 제닝스에게 나리의 말씀을 전했죠. 그리고 난 다음, 7시에 창문과 커튼을 닫으러 여기 와 보니——.」

멜로스가 그의 말을 가로막았다.

「좋아, 됐네. 그 이야기는 할 필요 없네. 그런데 시체를 건드렸다거나, 혹은 이 방의 물건들을 만지지는 않았겠지?」

「오! 물론입니다, 대령님! 저는 곧장 달려가서 경찰에 전화를 걸었죠.」

「그런 다음?」

「마님께 그 사실을 알리라고 몸종인 자넷에게 일렀습니다.」

「자네는 오늘 저녁 내내 부인을 뵌 적이 없었나?」

멜로스 대령은 지나가는 말투로 질문을 했지만, 그 뒤에 불안이 감춰져 있음을 새터트웨이트는 감지했다.

「못 뵈었지요. 마님은 그 비극을 듣고 난 뒤 마님 방에만 계셨으니까요.」

「그 전에는 보았나?」

질문은 날카로웠으며, 그 방에 있던 모든 사람들이 집사가 주저하고 있다는 사실을 눈치챘다.

「저——저는 계단을 내려오고 있는 모습을 언뜻 뵈었을 뿐입니다.」

「부인이 여기로 들어오던가?」

새터트웨이트는 숨을 죽였다.

「그——그런 것 같습니다, 대령님.」

「그 때가 몇 시였나?」

바늘 떨어지는 소리라도 들릴 만큼 조용했다. 새터트웨이트는 의아심이 들었다. 저 노인은 자신의 대답에 무엇이 걸려 있는지 알고나 있단 말인가?

「정각 6시 30분이었습니다, 대령님.」

멜로스 대령은 숨을 깊이 들이마셨다.

「됐네. 가 보게. 나가서 제닝스라는 시종을 들여보내 주겠나?」

제닝스는 신속하게 달려왔다. 얼굴이 좁다란 남자로, 걷는 모양새가 고양이 같았으며, 어딘가 교활하고, 무언가 숨기는 듯한 느낌을 주었다.

들키지 않는다는 확신만 있으면 쉽게 주인을 살해할 사람이라고 새터트웨이트는 생각했다.

그는 멜로스 대령의 질문에 답변하는 그 몸종의 말을 주의깊게 들었다. 그러나 그의 이야기는 아주 솔직한 것 같았다. 그는 자기 주인에게 부드러운 가죽 슬리퍼를 갖다주고 나서 골프화를 가지고 나갔다고 했다.

「그 다음 무엇을 했나, 제닝스?」

「하인방으로 되돌아갔습니다, 대령님.」

연애 탐정 277

「이 방을 나간 때가 몇 시였지?」
「정확하게 6시 15분이었습니다, 대령님.」
「6시 30분에 자네는 어디에 있었나, 제닝스?」
「하인방에 있었죠.」

멜로스 대령은 고개를 끄덕이며 그 사람을 내보낸 다음, 커티스에게 묻는 듯한 시선을 던졌다.

「맞습니다, 대령님. 확인해 보았더니, 그는 6시 20분경부터 7시까지 하인방에 있었답니다.」

「그렇다면 그 사람은 아니군. 게다가, 살인할 만한 동기도 없지.」

경찰서장은 다소 유감스러운 표정으로 말했다. 그들은 서로 쳐다보고 있었다.

그 때 누군가 문을 두드렸다.

「들어와요.」

대령이 말했다.

여주인의 몸종이 겁먹은 얼굴로 나타났다.

「저어, 마님께서 멜로스 대령님이 와 계시다는 소리를 듣고 만나뵙고자 하십니다.」

「좋아. 당장 가지. 방을 안내해 주겠소?」

그러나, 뒤에서 손을 내밀어 그녀를 옆으로 밀어젖히고는 출입구에 나타난 사람이 있었다. 로라 드와이턴은 다른 세상에서 온 방문객처럼 보였다.

그녀는 몸에 달라붙는 중세풍의 흐린 청색 비단 다회복(茶會服)을 입고 있었다. 다갈색 머리는 가운데 가리마를 타서 귀 위로 늘어뜨렸다. 자신에게 어울리는 스타일을 잘 알고 있는지, 드와이턴 부인은 한 번도 짧은 머리를 한 적이 없었다. 귀를 덮은 머리는 목덜미에서 단정하게 묶여 있었다. 팔은 드러내 놓았다.

한쪽 손으로는 출입문의 기둥을 붙잡고, 다른 손은 책을 쥔 채 옆으로 늘어뜨려 있었다. 새터트웨이트는 '초기 이탈리아 유화에 그려진 성모 마리아처럼 보인다'고 생각했다.

그녀는 몸을 약간씩 비틀거리며 거기에 서 있었다. 멜로스 대령이 얼른 그녀 쪽으로 나아갔다.

「말씀드릴 게 있어서 왔어요──말씀드릴 게──.」

그녀의 목소리는 낮고도 매끄러웠다. 새터트웨이트는 잊고 있었던 무대 위의 극적인 장면이 실현되어 눈앞에 전개되고 있는 것 같은 황홀감에 젖어 있었다.

「자, 드와이턴 부인──.」

멜로스는 팔로 그녀를 감싸며 부축했다. 그는 홀을 지나 작은 곁방으로 그녀를 데려갔다. 그 방의 실크 벽지는 퇴색되어 있었다. 퀸과 새터트웨이트도 따라갔다. 그녀는 낮은 소파에 앉아 적갈색 쿠션에 머리를 기대고 눈을 감고 있었다. 세 사람은 그녀를 지켜 보았다.

로라 드와이턴은 갑자기 눈을 뜨고 똑바로 앉더니 아주 차분한 태도로 말했다.

「제가 남편을 죽였어요. 그 말씀을 드리러 온 거예요. 제가 남편을 죽였어요!」

한 순간 고통스런 침묵이 흘렀다. 새터트웨이트는 심장이 멎는 듯 했다.

멜로스가 말했다.

「드와이턴 부인, 부인은 지금 심한 충격을 받은 상태입니다──신경이 쇠약해져 있는 거예요. 부인은 지금 자신이 무슨 말을 하고 있는지도 모르실 겁니다.」

그녀는 이제 물러설 것인가?──아직도 늦지는 않았는데.

「저는 제가 하고 있는 말을 똑똑히 알고 있어요. 남편을 쏜 사람은

연애 탐정 279

바로 저예요.」
 방 안에 있는 남자들 중 두 명은 놀라서 숨이 막힐 지경이었으나, 나머지 한 명은 아무렇지도 않다는 듯이 있었다. 로라 드와이턴은 몸을 한층 더 앞으로 기울였다.
「제 말을 이해하지 못하시겠어요? 제가 내려와서 남편을 쏘았다니까요. 솔직히 자백하는 겁니다.」
 그녀가 손에 쥐고 있던 책이 바닥에 툭 하고 떨어졌다. 책 사이에 끼워져 있던 종이 자르는 칼도 떨어졌는데, 그것은 칼자루에 보석을 박은 단검과 모양이 흡사했다. 새터트웨이트는 기계적으로 그 칼을 집어 탁자 위에 얹어 놓았다.
 그러면서 그는 이런 생각을 했다.
 '위험한 장난감이군. 이것으로 사람도 죽일 수 있겠는데.'
「저어——이제 어떻게 하실 건가요? 저를 체포하나요? 저를 데려가시는 건가요?」
 로라 드와이턴의 목소리에는 초조한 기색이 역력했다.
 멜로스 대령은 난처한 표정으로 말했다.
「부인이 하신 말씀은 매우 중요한 문제입니다, 드와이턴 부인. 우리가——저어——해결을 할 때까지 부인의 방에 가 계십시오.」
 그녀는 고개를 끄덕이며 일어났다. 그녀는 이제 침착을 되찾은 엄숙하고도 냉정한 모습이었다.
 그녀가 문 쪽으로 가려 할 때, 퀸이 말했다.
「그런데, 권총은 어떻게 했습니까, 드와이턴 부인?」
 불안하게 동요하는 빛이 그녀의 얼굴을 스치고 지나갔다.
「저——저는 그것을 바닥에 떨어뜨렸나 봐요. 아니, 창밖에 내던진 것 같아요——오! 저는 모르겠어요. 그게 무슨 상관이죠? 제가 무슨 짓을 하고 있는지조차 모르는 상태였어요. 그건 아무래도 괜찮은 것 아니에요?」
「예, 상관없을 겁니다.」
 그녀는 퀸의 질문에 놀랐는지 그늘이 깔린 당혹스러운 표정으로 그를 쳐다보았다. 그러더니 머리를 쳐들고 오만한 자태로 방에서 나갔다. 새터트웨이트가 얼른 그녀를 뒤쫓아갔다. 그녀가 당장이라도 쓰러질 것 같았기 때문이다. 그러나, 그녀는 벌써 계단 중간까지 오르고 있었으며, 조금 전의 나약한 모습이라곤 조금도 찾아볼 수 없었다. 겁에 질린 표정을 한 아까 그 하녀가 계단 발치에 서 있는 것을 보고 새터트웨이트는 점잖게 말했다.
「가서 마님을 보살펴 드려요.」
「예, 선생님.」
 몸종은 푸른 가운을 입은 여주인을 뒤쫓아가려다 말고 말했다.
「저어, 여쭤 볼 게 있는데요, 선생님. 경찰이 그 사람을 의심하고 있는 건 아니겠죠?」
「누구 말이오?」
「제닝스요. 오! 정말 그는 파리 한 마리 잡지 못하는 사람이에요.」
「제닝스? 물론, 그런 건 아니오. 어서 가서 마님을 보살펴 드려요.」
「알았습니다, 선생님.」
 몸종은 쏜살같이 계단을 뛰어 올라갔다. 새터트웨이트는 방금 나온 방으로 되돌아갔다.
 멜로스 대령이 심각한 어조로 말하고 있었다.
「이거야 도무지 뭐가 뭔지 모르겠군. 여기에는 분명히 뭔가 숨겨진 곡절이 있는 겁니다. 그——그건 소설에 나오는 여주인공들이 멋모르고 덤비는 행동과 같은 거죠.」
「정말 현실성이 없는 이야기일세. 꼭 연극을 보고 있는 듯한 느낌이 든단 말이야.」

새터트웨이트가 동감을 표시했다.
퀸이 머리를 끄덕이며 말했다.
「그렇죠. 그렇지만, 당신은 그 연극에 감탄하고 있지 않습니까? 당신이야 그것을 보면서 훌륭한 연기라고 생각할 사람이지요.」
새터트웨이트는 화난 듯이 그를 쳐다보았다.
모두 침묵을 지키고 있는데 멀리서 무슨 소리가 들렸다.
「총소리 같은데?」 멜로스 대령이 재빨리 말했다. 「사냥꾼이 낸 소리일 겁니다. 아까도 부인이 그 소리를 듣고 내려왔다가 시체를 발견했을 겁니다. 부인은 가까이 가서 시체를 보지도 않고 단숨에 결론으로——.」
「델랑구아 씨가 오셨습니다, 대령님.」
나이 많은 집사가 출입구에 서서 쭈뼛거리며 말했다.
「누구?」
멜로스가 물었다.
「델랑구아 씨가 오셔서 만나 뵙고자 하십니다.」
멜로스 대령은 뒤로 기대어 앉아 냉정한 어조로 말했다.
「들어오라고 하게.」
잠시 뒤 폴 델랑구아가 출입구에 나타났다. 멜로스 대령이 알고 있는 바대로 그에게는 영국인답지 않은 데가 있었다——우아하고 세련된 동작이라든가, 미간이 좀 좁은 듯한 미남형의 가무잡잡한 얼굴을 볼 때 말이다. 그에게도 르네상스 시대의 분위기가 있었다. 결국 그와 로라 드와이턴은 같은 분위기를 풍기고 있는 셈이었다.
「안녕하십니까, 여러분.」
델랑구아가 약간 과장된 몸짓으로 인사를 했다.
멜로스 대령은 차갑게 말했다.
「무슨 용건으로 오셨는지 모르겠소, 델랑구아 씨. 만일 사건과 관계 없는 일이라면——.」
　델랑구아는 웃으며 그의 말을 가로막았다.
「오히려 사건에 전적으로 관련된 일입니다.」
「무슨 뜻이오?」
「제가 이렇게 찾아온 이유는 제임스 드와이턴 경을 살해한 사실을 자백하기 위해서입니다.」
　델랑구아는 침착하게 말했다.
「당신 지금 무슨 말을 하고 있는지 알고 있는 거요?」
　멜로스가 위엄 있는 목소리로 말했다.
「물론입니다.」
　그 젊은이의 시선이 탁자에 못박힌 채 한동안 꼼짝도 하지 않았다.
「도무지 이해할 수가——.」
「왜 제가 자백을 하느냐고요? 양심의 가책 때문이라고 생각하십시오——이유야 있지 않겠습니까. 제가 그를 찔렀습니다——이미 알고 계실 테지만.」
　그는 탁자 쪽을 보며 고개를 끄덕였다.
「저기 저 무기로 말입니다. 크기가 작아 다루기 쉬운 도구죠. 드와이턴 부인이 무심코 책갈피에 넣어둔 것을 제가 몰래 꺼내 두었던 겁니다.」
「잠깐. 그러니까, 당신은 이것으로 제임스 경을 찔러 죽였다고 자백하는 겁니까?」
　멜로스 대령은 이렇게 말하면서 그 단검을 높이 들었다.
「그렇습니다. 저는 창문을 통해 방에 잠입했지요. 그가 등을 돌리고 있었기 때문에 간단히 해치울 수 있었습니다. 그런 다음 같은 방법으로 빠져 나간 겁니다.」
「창문을 통해서 말이오?」

「물론 창문을 통해서죠.」
「그 때가 몇 시였소?」
델랑구아는 머뭇거렸다.
「글쎄요──제가 문지기와 이야기하고 있을 때가──6시 15분 이었죠. 그리고는 방에 들어와 교회탑에서 울리는 종소리를 들었거든요. 그러니까──6시 30분경이었음이 틀림없습니다.」
대령의 입술에 냉소가 떠올랐다.
「그렇소, 젊은이. 범행시간은 6시 30분이었소. 아마 당신은 이미 그 말을 들었겠지? 하, 이건 정말 이상한 살인사건이구먼!」
「왜죠?」
「범행을 자백하는 사람이 너무 많아.」
멜로스 대령이 말했다.
그들은 그 젊은이가 침을 꿀꺽 삼키는 소리를 들었다.
「또 누가 자백을 했단 말입니까?」
그는 애써 태연한 목소리를 내려고 했으나 허사였다.
「드와이턴 부인이오.」
델랑구아는 머리를 뒤로 젖히고 좀 부자연스러운 태도로 웃었다.
「드와이턴 부인은 좀 엉뚱한 데가 있어요. 저라면 그녀가 하는 말에 신경쓰지 않겠습니다.」
그는 가볍게 받아넘겼다.
「나 역시 그렇소. 그런데, 이 살인사건에는 또 다른 이상한 점이 있소.」
멜로스가 말했다.
「뭐가요?」
「그러니까, 드와이턴 부인은 제임스 경을 총으로 쏘았다고 자백했는데, 당신은 그를 칼로 찔렀다고 자백했단 말이오. 그러나, 두 분에게는 정말 다행스러운 일이지만, 그는 총에 맞거나 칼에 찔린 게 아니오. 그는 두개골을 얻어맞았어요.」

「맙소사! 아니, 여자가 어떻게 그런 짓을——.」

델랑구아가 소리쳤다.

그는 입술을 깨물며 말을 멈췄다.

멜로스가 엷은 미소를 지은 채 고개를 끄덕였다.

그가 먼저 입을 열었다.

「책에서 종종 읽은 적은 있지만, 실제로는 한 번도 본 적이 없었는데.」

「뭘 말입니까?」

「사랑에 눈이 먼 한 쌍의 젊은이가 상대방이 죄를 저질렀다고 생각하여 서로 자기가 한 짓이라고 죄를 뒤집어쓰려는 것 말이오. 자, 우리는 다시 원점에서 출발해야겠군.」

새터트웨이트가 큰 소리로 말했다.

「그 시종 말입니다. 방금 그 몸종이 하는 말을 좀 전까지는 전혀 신경을 쓰지 않았는데——.」

그는 일단 멈췄다가 다시 조리 있게 말하려고 노력했다.

「드와이턴 부인 몸종은 우리가 그 시종을 의심할까 봐 걱정하고 있더군요. 그 시종에게, 우리는 모르지만 몸종이 알고 있는 동기가 있음이 틀림없소.」

멜로스는 얼굴을 찌푸리더니 종을 울렸다. 몸종이 내려왔다.

「드와이턴 부인한테 가서 괜찮으시다면 다시 내려와 주십사고 전해 주겠소?」

부인이 올 때까지 그들은 묵묵히 기다렸다. 그녀는 델랑구아를 보더니 깜짝 놀라며 쓰러지지 않으려고 한 손을 내뻗었다. 멜로스 대령이 얼른 가서 그녀를 잡아 주었다.

「괜찮습니다, 드와이턴 부인. 놀라실 것 없어요.」
「어떻게 된 거예요? 델랑구아 씨가 여기에서 무엇을 하고 있는 거죠?」

델랑구아가 그녀에게 다가갔다.
「로라──로라──왜 그런 짓을 했소?」
「무슨 짓?」
「다 알고 있어요. 나를 위해서 그랬다는 걸──당신은 내가 범인인 줄 알았군요──그런 생각을 하는 것도 당연한 일이지. 하지만, 오! 당신은 천사요!」

멜로스 대령은 헛기침을 했다. 그는 감상적인 것을 혐오했을 뿐만 아니라, 조금이라도 '이상한 장면'이 연출될 조짐이 보이면 기급을 하는 사람이었다.

「드와이턴 부인, 부인과 델랑구아 씨는 운이 좋았어요. 그는 방금 도착하여 살인을 자백했는데──물론 그는 그런 일을 하지 않았습니다. 그러나, 우리는 진실을 알고 싶습니다. 더 이상 주저하지 말고 대답해 주십시오. 집사 말로는 부인이 6시 30분에 서재에 들어갔었다는데──사실입니까?」

로라가 델랑구아를 쳐다보자 그가 고개를 끄덕였다.
「사실대로 모두 말씀드려요, 로라. 우리도 진실을 알아야 하지 않겠소.」

그녀는 길게 한숨을 쉬며 말했다.
「그럼 말씀드리겠어요.」

그녀는 새터트웨이트가 얼른 내밀어 준 의자에 앉았다.
「제가 내려와서 서재 문을 열어보았더니──.」

로라는 말을 멈추고 침을 꿀꺽 삼켰다. 새터트웨이트가 다가가서 그녀의 손을 토닥거려 주었다.

「괜찮습니다. 무엇을 보았죠?」
「남편이 책상 위에 엎어져 있었어요. 그런데, 그의 머리에서——피가——오!」
그녀는 손으로 얼굴을 감쌌다. 경찰서장이 몸을 앞으로 기울였다.
「드와이턴 부인, 실례지만, 부인은 델랑구아 씨가 그를 쏘았다고 생각했군요?」
그녀가 고개를 끄덕였다.
「용서해 줘요, 폴. 하지만, 지난 번에 당신이——당신이——.」
그녀가 애원하듯이 말했다.
「그를 개처럼 쏘아 죽여 버리겠다고 했었지. 기억납니다. 요전 날 그 사람이 당신을 학대하고 있는 광경을 보았을 때였죠.」
델랑구아가 냉혹하게 말했다.
경찰서장은 조사중인 문제를 끝까지 파고들었다.
「드와이턴 부인, 그런 다음 부인은 2층으로 다시 올라가서——저——침묵을 지켰다는 말이로군요. 그 점은 부인 나름대로 이유가 있을 테니 꼬치꼬치 캐묻지 않겠습니다. 그런데, 시체를 건드리거나 책상 근처에는 가지 않았겠죠?」
그녀는 몸을 바르르 떨었다.
「물론이에요. 저는 곧장 서재에서 뛰쳐나왔어요.」
「예, 알겠습니다. 그런데 그 때가 정확하게 몇 시였습니까? 기억나십니까?」
「침실에 돌아와 보니 정각 6시 30분이었어요.」
「그렇다면——6시 25분쯤에 제임스 경은 이미 죽어 있었군요.」
경찰서장은 다른 사람들을 쳐다보았다.
「그 시계는 그럼——조작된 거로군. 우리도 처음부터 그 점이 수상했었지. 원하는 시간으로 바늘을 돌려놓는 것만큼 쉬운 일도 없겠죠. 하지만, 범인은 실수를 한 겁니다. 시계를 모로 눕혀 놓았으니. 그럼, 범인은 집사나 시종으로 좁혀질 수 있을 것 같습니다. 하지만, 집사는 아닌 것 같소. 그런데, 드와이턴 부인, 그 제닝스라는 시종이 남편에게 원한을 품을 만한 일이 있습니까?」

로라는 손으로 감싸고 있던 얼굴을 들었다.

「꼭 원한이라고 할 수는 없지만——바로 오늘 아침에 제임스가 그를 내쫓겠다는 말을 하더군요. 그가 도둑질하는 것을 보았다면서.」

「아! 이제야 알겠군요. 제닝스는 추천장 없이 해고되었을 게 뻔하고, 그렇다면 그로서도 심각한 일이겠죠.」

「그리고 조금 아까 시계에 관해 말씀을 하셨는데——범행 시간을 알고 싶으시다면——방법이 한 가지 있기는 해요——제임스는 분명히 골프용 회중시계를 지니고 있었을 거예요. 어쩌면 그가 앞으로 쓰러질 때 부서졌는지도 모르겠지만요.」

로라 드와이턴이 말했다.

「그럴 듯한 생각입니다. 그러나, 어쩌면——커티스!」

대령이 천천히 말했다.

경감은 재빨리 뜻을 알아차리고 고개를 끄덕이더니 그 방을 떠났다. 잠시 뒤 그가 돌아왔다. 그의 손바닥 위에 골프공 모양으로 생긴 은시계가 있었다. 골퍼들이 공과 함께 호주머니에 넣어 가지고 다니도록 만들어진 것이었다.

「여기 있습니다, 대령님. 그러나, 도움이 되는지 모르겠군요. 이런 시계는 튼튼하게 만들어져 있기는 하지만.」

대령은 그것을 받아들고 귀에다 대보았다.

「시계는 멈춘 것 같구먼.」

그가 엄지손가락으로 누르자 시계 뚜껑이 열렸다. 그 안에 있는 유리가 깨어져 있었다.

「됐어!」

그는 의기양양하게 말했다.

시계바늘은 정확하게 6시 15분을 가리키고 있었다.

「이 포트 와인의 맛은 일품이군요, 멜로스 대령님.」

퀸이 말했다.

9시 30분이었다. 세 사람은 멜로스 대령의 집에서 늦은 저녁식사를 막 끝낸 참이었다. 새터트웨이트가 특히 즐거운 표정이었다.

그가 낄낄거리며 말했다.

「내 말이 옳았소. 이젠 부인할 수 없겠죠, 퀸 씨. 당신은 오늘 밤 서로 올가미에 머리를 들이대려고 하는 어리석은 젊은 두 사람을 구하러 나타난 겁니다.」

「내가요? 절대 그렇지 않아요. 나는 아무것도 한 게 없는데요.」

「물론 겉으로 보기에는 뭘 했다고 할 수는 없겠죠.」

새터트웨이트는 일단 긍정을 했다.

「그러나, 반드시 그렇게 볼 수는 없습니다. 아시다시피 아슬아슬한 상황이었거든요. 나는 드와이턴 부인이 '제가 남편을 죽였어요.'라고 말한 순간을 결코 잊지 못할 겁니다. 무대에서도 그만큼 드라마틱한 장면은 본 적이 없어요.」

「그건 나도 동감입니다.」

퀸이 말했다.

「소설 밖에서 그런 일이 일어나리라고는 전혀 생각지도 못했습니다.」

그 날 밤 대령은 그 말을 아마 스무 번쯤은 했을 것이다.

「그래요?」

퀸이 말했다.

대령이 그를 가만히 쳐다보았다.
「그런데, 오늘 밤에 그런 일이 일어난 겁니다.」
「새터트웨이트가 뒤로 기대어 포도주를 한 모금 마신 뒤 참견하고 나섰다.」
「내 말 좀 들어 보시오. 드와이턴 부인은 훌륭했소. 명연기자요. 그러나, 한 가지 실수를 했어요. 무턱대고 남편이 총에 맞았다는 결론을 내리지 말았어야 했어요. 마찬가지로 델랑구아도 탁자 위에 놓여 있던 그 단검만을 보고 경솔하게 그가 칼에 찔려 죽었다고 억측을 해 버린 겁니다. 드와이턴 부인이 그 단검을 가지고 내려온 것은 단순한 우연이었잖습니까?」
「그럴까요?」
퀸이 말했다.
새터트웨이트가 계속해서 말했다.
「자, 그들이 구체적인 살해방법은 말하지 않고 단지 제임스 경을 죽였다고만 했다면——결과가 어떻게 되었을까요?」
「그들의 말을 믿었을지도 모르죠.」
퀸이 묘한 미소를 지으며 말했다.
「처음부터 끝까지 소설에 나오는 이야기 같습니다.」
대령이 말했다.
「바로 거기에서 그들은 아이디어를 얻었을 겁니다.」
퀸이 말했다.
「그럴 가능성도 있죠. 책에서 한번 읽었던 것이 생각지도 못했던 때에 우연히 떠오르는 법입니다.」
이번에는 새터트웨이트가 동감을 표시했다.
그는 퀸을 쳐다보며 말했다.
「물론, 처음부터 그 시계가 수상해 보였어요. 탁상시계든 회중시계든 바늘을 빠르게 하거나 느리게 하는 일이 얼마나 쉬운 일인가를 결코 잊어서는 안 되죠.」
 퀸은 고개를 끄덕이며 그 말을 되풀이했다.
「빠르게 하거나——느리게 하거나——.」
 그의 목소리에는 상대방의 반응을 촉구하는 듯한 데가 있었다. 그는 초롱초롱 빛나는 까만 눈동자로 새터트웨이트를 응시했다.
「탁상시계는 분명히 빠르게 해놓지 않았습니까?」
 새터트웨이트가 물었다.
「그랬던가요?」
 퀸이 반문했다.
 새터트웨이트는 그를 뚫어지게 쳐다보더니 천천히 입을 열었다.
「그럼, 골프용 시계를 느리게 해놓았다는 말입니까? 그러나 그건 말이 안 됩니다. 있을 수 없는 일이지요.」
「그렇지마는 않습니다.」
 퀸이 조그만 목소리로 말했다.
「글쎄요——이치에 맞지 않는 것 같아요. 그런 짓이 대체 누구에게 이로운 일이란 말입니까?」
「아마 그 시간 동안 알리바이를 가지고 있는 사람이겠죠.」
「앗! 그 시간이라면 델랑구아가 문지기와 이야기를 하고 있던 때입니다.」
 대령이 소리쳤다.
「그는 그것을 특별히 강조했죠.」
 새터트웨이트가 덧붙였다.
 두 사람은 서로를 쳐다보았다. 그들은 자신들이 밟고 있는 땅이 무너져 내리는 듯한 불안감을 느꼈다. 여러 가지 사실들이 소용돌이치며 새롭고도 전혀 예상치 못한 국면으로 접어들고 있었다. 그리고, 그만화경 한가운데에 퀸의 가무잡잡한 얼굴이 웃고 있었다.
멜로스 대령이 입을 열었다.
「하지만, 그럴 경우——그럴 경우——.」
이해력이 빠른 새터트웨이트가 그 대신 말을 이어 주었다.
「모든 게 정반대가 됩니다. 같은 함정이라도——그 시종에게 불리한 함정이 됩니다. 오, 있을 수 없는 일이오! 불가능해요. 그렇다면, 그들이 왜 제각기 범인이라고 주장했겠습니까?」
「바로 그겁니다. 그 때까지 두 분은 그들을 의심하고 있었죠?」
퀸이 말했다.
그의 목소리는 조용하게 꿈결처럼 계속되었다.
「소설에서 본 것과 똑같다고 하셨죠, 대령님? 그들은 거기에서 힌트를 얻은 겁니다. 무죄인 주인공과 여주인공이 그렇게들 하죠. 사람들은 당연히 그들이 결백하다고 믿게 됩니다——그들의 행동 뒤에는 그러한 전통이 떠받쳐 주고 있었던 거지요. 새터트웨이트 씨도 줄곧 연극을 보는 것 같다고 했죠. 두 분 다 옳았습니다. 거기에는 현실성이 없었어요. 두 분은 줄곧 자신들이 무슨 말을 하고 있는지도 모른 채, 사건의 핵심에 접근하고 있었던 겁니다. 실제로 그들은 자기들의 이야기를 곧이곧대로 믿지 않으리라는 계산하에, 더 큰 효과를 노리고 있었던 겁니다.」
두 사람은 멍하니 쳐다보고만 있었다.
새터트웨이트가 천천히 말했다.
「영악하군요. 영악하고 잔인하기 짝이 없는 사람들이군요. 그런데, 나는 다른 생각이 또 들어요. 집사가 7시에 창문을 닫으러 들어갔다고 했는데——그렇다면, 그는 창문이 열려 있으리라고 기대했다는 이야기가 됩니다.」
「델랑구아가 그리로 들어왔다고 했죠. 그는 일격에 제임스 경을 후

려쳐서 죽인 다음, 그녀와 함께 각자가 맡은 일을 한 겁니다.」
퀸이 말했다.
그는 새터트웨이트에게 그 다음에 벌어진 장면을 얘기해 보라고 재촉했다. 그는 망설이다가 입을 열었다.
「그들은 탁상시계를 내리친 다음 모로 뉘어 놓았겠죠. 그리고, 골프용 시계를 뒤로 돌려놓고 그것도 부서뜨렸습니다. 그런 다음, 남자는 창문으로 나가고 여자는 그것을 잠근 겁니다. 그러나 한 가지 이해할 수 없는 일이 있습니다. 왜 굳이 골프용 시계까지 건드렸을까? 괘종시계의 바늘만 뒤로 돌려놓으면 간단했을 것을.」
「괘종시계는 너무 눈에 띄는 것이었지요. 어떤 사람이라도 그와 같이 빤히 들여다보이는 책략은 끝까지 조사를 했을 겁니다.」
퀸이 대답했다.
「그렇다 하더라도, 그 골프용 시계를 건드린 건 너무 지나친 수작이었소. 더구나, 우리는 그런 물건이 있으리라고는 전혀 예상도 못했다가 순전한 우연으로 생각지 않았습니까.」
「오, 그렇지 않아요. 그것은 부인이 꺼낸 말이라는 점을 기억하십시오.」
새터트웨이트는 얼이 빠진 듯이 그를 빤히 쳐다보았다.
퀸이 생각에 잠긴 듯한 어조로 말했다.
「그러나, 아시다시피——그 시종이라면 골프용 시계를 그냥 지나쳐 버리지 않았을 겁니다. 주인이 호주머니에 무엇을 넣어 가지고 다니는지 시종보다 더 잘 아는 사람도 없죠. 탁상 시계를 돌려놓았으면 시종은 골프용 시계도 빠뜨리지 않고 돌려놓았을 겁니다. 그 두 사람은 인간의 심리를 잘 모르고 있어요. 그들은 새터트웨이트 씨와 같지가 않다는 말입니다.」
그는 작은 목소리로 겸손하게 말했다.

새터트웨이트는 고개를 내저었다.
「그럼, 내 생각은 완전히 엉뚱했군요. 나는 당신이 그들의 목숨을 구해 주었다고만 생각했어요.」
퀸이 말했다.
「물론 구해 주었지요. 오! 다만 그 두 사람이 아니라 다른 두 사람이죠. 아마 두 분은 그 여주인의 몸종을 제대로 보지 않았겠죠? 그녀는 푸른 비단 옷을 입지도 않았고 연기를 하지도 않았지만, 정말 대단한 미모를 가진 처녀입니다. 그녀는 제닝스라는 남자를 무척 사랑하고 있는 것 같았습니다. 두 분은 아마 그 남자를 교수형으로부터 구해 낼 수 있으리라고 봅니다.」
「하지만, 우리에게는 증거가 전혀 없는데요.」
멜로스 대령이 침통한 표정을 지으며 말했다.
퀸이 웃으며 말했다.
「새터트웨이트 씨가 가지고 있습니다.」
「내가?」
새터트웨이트는 어리둥절한 표정을 지었다.
퀸이 계속해서 말했다.
「당신은 골프용 회중시계가 제임스 경의 호주머니 안에서 부서진 게 아니라는 증거를 가지고 있습니다. 뚜껑을 열지 않고서는 시계를 그렇게 부술 수 없어요. 시험해 보면 알 수 있죠. 누군가가 시계를 꺼내어 뚜껑을 열고 시계바늘을 뒤로 돌려놓은 다음 유리를 깨뜨려서 뚜껑을 도로 닫고 제자리에 넣어 놓은 겁니다. 그런데, 그들은 유리조각 하나를 잃어버린 줄은 꿈에도 몰랐을 겁니다.」
「오!」
새터트웨이트가 외쳤다. 그는 윗도리 호주머니에서 구부러진 유리조각을 조심스레 꺼냈다.

그에게도 기회가 왔다.
새터트웨이트가 의기양양하게 말했다.
「이것만 있으면──한 사나이를 죽음으로부터 구해 낼 수 있을 겁니다.」

〈끝〉

■ 작품해설 ■

여기 소개하는 단편집 『쥐덫』(1950, Three Blind Mice and Other Stories)은 애거서 크리스티(Agatha Christie, 영국, 1891~1976)의 51번째 추리소설이며, 12번째 단편집이다.

지난 1947년, 당시 영국 메어리 여왕이 80회 생일을 맞아 BBC 방송국장이 생일 축하 방송으로 무엇을 듣고 싶냐고 물어 보았다. 이 때 방송국 측에서는 웅장한 오페라나 셰익스피어 연극을 내심 생각하고 있었다 한다. 그런데, 메어리 여왕의 대답은 뜻밖이었다. 즉, 애거서 크리스티의 극을 듣고 싶다고 통고해 온 것이다. 당시 메어리 여왕은 애거서 크리스티의 열렬한 팬이었으며, 빅토리아 공주와 만나면 으레 대화는 크리스티 여사의 최근 작품 쪽으로 옮아 가곤 하는 것이었다. 이들뿐만 아니라, 현재의 여왕인 엘리자베스 2세도 당시 틴에이저일 때 크리스티 여사의 작품에 몰두했었다고 한다.

아무튼 이러한 연유로 BBC의 요청을 받은 애거서 크리스티는 1주일 만에 작품을 완료했다. 그리고 메어리 여왕은 생일 축하 파티가 열린 말보로 하우스 궁(宮)에서 3분짜리 이 방송극을 듣고는, 매우 멋진 생일 선물이었다고 흡족해 했다 한다. 그 작품이 바로 여기 소개되는 중편 『쥐덫』(The Mousetrap)의 원본이 된 『어린 쥐의 복수』이다. 나중에 크리스티 여사는 이것을 5막의 장막극 『쥐덫』으로 직접 각색했다. 이 연극은 1952년 11월 25일 런던의 앰배서더스 극장에서 첫 공연을 가졌다. 그 이후 이 작품은 오늘날까지 단 하루도 빠지지 않고 공연되어, 사상 최장기 공연 기록으로 기네스북에도 올라 있다. 이 사실은 세계 연극계뿐 아니라 추리소설계에도 커다란 의미를 던져 주고 있다. 이 『쥐덫』의 제작자인 피터 손더스는 크리스티 여사가 타계한 이후, '그녀는 버킹검 궁(宮), 국회의사당, 런던탑과 함께 영국을 대표하는 존재'라고 경의를 표했다.